人民共和國文化與文學叢書

十 一 編

李 怡 主編

第 6 冊

性別想像的共同體
—— 1990 年代以來海峽兩岸暨港澳女性文學研究(下)

王 豔 芳 著

花木蘭文化事業有限公司

國家圖書館出版品預行編目資料

性別想像的共同體—— 1990 年代以來海峽兩岸暨港澳女性文
學研究（下）／王豔芳 著 -- 初版 -- 新北市：花木蘭文化事
業有限公司，2023〔民 112〕
目 2+198 面；19×26 公分
（人民共和國文化與文學叢書 十一編；第 6 冊）
ISBN 978-626-344-373-0（精裝）
1.CST：女性文學 2.CST：中國文學史 3.CST：文學評論
820.8   112010205

特邀編委（以姓氏筆畫為序）：

ISBN-978-626-344-373-0

吳義勤 孟繁華 張 檸
張志忠 張清華 陳思和
陳曉明 程光煒 劉福春
（臺灣）宋如珊
（日本）岩佐昌暲
（新西蘭）王一燕
（澳大利亞）鄭 怡

人民共和國文化與文學叢書
十一編　第 六 冊　　　　　　　ISBN：978-626-344-373-0

性別想像的共同體
—— 1990 年代以來海峽兩岸暨港澳女性文學研究（下）

作　者　王豔芳
主　編　李 怡
企　劃　四川大學中國詩歌研究院
總 編 輯　杜潔祥
副總編輯　楊嘉樂
編輯主任　許郁翎
編　輯　張雅淋、潘玟靜　美術編輯　陳逸婷
出　版　花木蘭文化事業有限公司
發 行 人　高小娟
聯絡地址　235 新北市中和區中安街七二號十一三樓
　　　　　電話：02-2923-1455／傳真：02-2923-1452
網　址　http://www.huamulan.tw 信箱 service@huamulans.com
印　刷　普羅文化出版廣告事業
初　版　2023 年 9 月
定　價　十一編 12 冊（精裝）台幣 30,000 元

性別想像的共同體
—— 1990 年代以來海峽兩岸暨港澳女性文學研究（下）

王豔芳　著

目次

下　冊

第三章　海峽兩岸暨港澳女性文學的地方書寫

　　地方，既代表著一種文化，又代表著一種身份，同時還是一種政治。海峽兩岸暨港澳地域廣博，文化差異，政經不同，文學中的地方書寫各呈異彩。1980 年代大陸尋根文學方興之時，作家攜帶著充滿地域文化色彩的文學作品登上文壇，一時之間，整個中國版圖幾乎被尋根作家們各具地域特色的文學書寫區域所分割。與此同時，當代文學研究界的地域文化研究也蔚為壯觀，黑土地文學、瀟湘風情文學、江南文學、海派文學等，甚至每一省都有自己創作風格的文學隊伍和文學創作。隨著中國城市化進程的加速，這些展現較大範圍、相對廣闊意義上的地域文化作品漸少，而被各種都市文學書寫所代替。此後，歷經十多年的鄉村城鎮化建設歷程，各種頗具特色的文化或旅遊小鎮被打造出來。出於對地方歷史文化的自覺認同，或僅僅為了客觀再現當地的民風民俗或日常生活，又或者是為了主動推介當地的自然景觀與文化遺跡，地方書寫蔚然成風並漸成氣候。1990 年代以來，各具地方特色的文學創作成為作家自身創作的某種標識和符號，構成新世紀地方書寫的身份認同的文學新格局。

第一節　臺灣島嶼書寫

　　正如早前的臺灣文學地景中，李永平的吉陵、王禎和的花蓮、黃春明的宜蘭、蕭麗紅的嘉義、施叔青姐妹的鹿港、朱天文姐妹的眷村等各自構成其文學書寫的區域標誌一樣，在兩岸暨港澳女性文學中，王安憶筆下的上海，鐵凝筆下的保定，遲子建筆下的漠河，孫惠芬筆下的上塘，范小青筆下的蘇州，葛水

平筆下的山西，笛安筆下的龍城，池莉、方方、虹影筆下的武漢，張欣筆下的廣州，張翎筆下的藻溪，這些地方的名稱或虛或實、或大或小，但都有其固定的地理空間所指和文化特質蘊涵，有著不同於其他地方的地景特點、人文風情、生存樣態、人物秉性和城市性格，構成新世紀地方書寫新一輪的文學格局。此外，西西、黃碧雲關於香港的浮城想像和盛世危言，韓麗珠、謝曉紅關於香港的後現代寓言書寫，黃碧雲關於澳門前世今生的歷史記憶等更加豐富了這種地方書寫。

　　兩岸暨港澳的女性文學中，有相當一部分作品是關於島嶼的書寫和想像，這一方面是因為臺灣、香港和澳門本身的島嶼地理形態，也因為臺港澳作家島嶼生存的生活體驗和文化積澱，甚至包括其關於島嶼的各種文學想像和政治隱喻。在臺灣，「解嚴」之後的文學生態不斷發生重大變化，及至1990年代末期，各縣市又紛紛採取措施，通過各類文學藝術作品和各式文學獎項塑造其區域特色、凝聚地方意象。其作用一方面在於整理和保存地方文化，激活文化資本，促進觀光產業甚至打造國際交流品牌；另一方面在於通過地方書寫，在建構本土文化身份和原鄉意識的同時，於急速的全球化語境中凸顯獨特的地域標誌。因此，「如何書寫地方、再現土地過往的滄桑與風華」〔註1〕成為近年來臺灣文學界摸索開發的新趨向。新一輪的地方書寫中，郝譽翔的北投、蔡素芬的臺南、方梓的花蓮、黃碧雲的澳門、施叔青的洛津等正在成為地志書寫的文化新景觀。作為一名臺灣作家，陳玉慧遊走世界各地，當她回眸透視她所走出的臺灣島嶼時，她這樣說：

　　　　我來自一個奇怪的地方。我在出去後才知道，在許多國家幾乎沒什麼人知道或承認臺灣，我以前以為「中華民國」在國際上很有影響，版圖很大，國民黨只是暫時從大陸遷臺。我到了歐洲以後才知道這是莫大的謊言。以前我們在學校的地理課上學到的還包括中國大陸的地理，雖然那些地方聽起來都很遙遠，像東北的長白山或新疆的戈壁沙漠，除了「外省人」誰也沒去過，但我們還是學習那樣的地理。我一直不明白，但我離開後才終於明白，臺灣是個很奇特的所在，臺灣只是像一個國，卻並不是一個國。〔註2〕

〔註1〕范銘如：《文學地理：臺灣小說的空間閱讀》，臺北：麥田出版2008版，第103頁。

〔註2〕陳玉慧：《海神家族》，南京：江蘇人民出版社2010年版，第3頁。

　　這種認識和感觸應該是較為普遍。在出走臺灣和返歸臺灣之間，關於臺灣的認識和書寫不同，作為本土人士和作為一個過客看待島嶼時的眼光不同，筆下也是完全不同的景觀和想像。小說《海神家族》設計了多條敘事線索，既有家族的故事，也有臺灣的故事；既有一年四季的宗教和人生儀禮，還有明確的時間和空間線索：每一節的開頭都標明故事發生的時間，最獨特的是對空間的強調，不僅點明每一重要事件發生的地點，而且隨著故事的講述，這些不斷轉換的地點構成了一個很有意味的整體地理空間。由此構成島嶼書寫和嶼外想像的文學地圖：家族的故事起於 1930 年臺灣基隆港，中間歷經 1940 年臺灣臺中、1946 年南洋群島、1948 年安徽當塗、1963 年臺灣臺中、1972 年臺灣臺北、1982 年巴西聖保羅、1998 年臺灣臺中、2001 年德國柏林，最後結束於 2002 年臺灣臺中。整個敘事以基隆、臺中、臺北為核心，同時勾連起安徽當塗、南洋群島以及巴西聖保羅、德國柏林，形成了在場的島嶼視角以及從外部空間和歷史鏈條觀看島嶼的多重敘事視角。

　　1980 年代張愛玲重新用中文書寫的長篇散文《重訪邊城》，記錄 1961 年秋天她唯一一次的臺灣之行，即以一個過客的身份採用寫實主義和參差對照的手法為臺灣造像，描述她對臺灣的印象和感受。文章起筆神奇，帶著一種家常的霸氣：「我回香港去一趟，順便彎到臺灣去看看。」〔註3〕儘管此時她已經在美國生活了數年，但她的臺灣之行彷彿到親戚朋友家裏串門一樣隨和平易。她寫自己剛下飛機，就遇到一個中年男人，問她是否尼克遜太太？當她有些好奇地將此事向接機的麥先生說起時，被告知那是個經常出現在機場的精神病男人，總是在飛機場接飛機，接美國名人。這聽起來雖然是個笑話，但張愛玲的感慨卻極其敏銳：「我笑了起來，隨即被一陣抑鬱的浪潮淹沒了，是這孤島對外界的友情的渴望。」〔註4〕這是張愛玲的神奇的預感，也是她對臺灣孤島命運及其民眾心理症候的精準把脈。

　　新世代臺灣女作家郝譽翔在其長篇小說《那年夏天，最寧靜的海》中以寓言的方式寫下她心目的島嶼臺灣。小說有數條獨立的敘事線索，也帶有遊記的某些書寫特徵，主要的故事構成如下：拉普邦查島之旅路線圖；那年夏天，最寧靜的海；無尾熊男人的故事；第一夜：導演 David 說的故事。關於失蹤、四月、五月及其他；第二夜：醫生夫人茉莉說的故事。關於 K 的身世、唱片行老

〔註 3〕張愛玲：《重訪邊城》，臺北：皇冠出版社 2008 年版，第 10 頁。
〔註 4〕張愛玲：《重訪邊城》，臺北：皇冠出版社 2008 年版，第 12 頁。

闊、薩提、逃走的歌、愛做夢的魚以及世界的盡頭；第三夜：記者蜜雪兒說的
故事。空空的行李箱、護照不見了、可憐的查牙肚子餓、失去了開啟彼此的鑰
匙；第四夜：富家少爺Ben說的故事。徵信男突然來訪、公路的雜貨店、國際
長途電話、May的神奇魔術；第五夜：舞蹈家雪子說的故事。太陽之東、月亮
以西、被遺忘的皇宮、國王與王後、我的白鴿、快飛來將我拯救；敘事以「消
失的臺灣旅客」為結局。五日遊行程設計、五個故事的分頭講述構成了郝譽翔
的島嶼寓言，內中有著越來越深入和豐富的關於島嶼生存的哲學思考。起初，
她所理解和認識的島嶼和西西筆下「浮城」的命運有幾分相仿：

> 從天空看起來，T島那塊薄薄的陸地簡直就像是一片浮在海面
> 之上，隨時就有溺斃危險的葉子，只消海水不經意的輕輕反撲一下，
> 就可以將整個島嶼全然地吞沒掉了吧。和廣大的無邊無際的海洋比
> 較起來，我們這些在陸地上奔走的生命顯得何等的脆弱和渺小啊，
> 卻又渾然不知自己的生與死，原來只繫於一葉之間。〔註5〕

在這裡，T島指稱臺灣島不言自明，不僅描述了島嶼漂浮海上的脆弱命
運，更指出島嶼居民生命的渺小和生死的混沌。在剖析了島嶼生存的現狀之
後，敘述者將島嶼和大陸進行了比較，表達了島嶼人的內心獨白，他們沒有大
陸的野心，期盼一種天然的安靜的存在：

> 我發覺所有的島嶼似乎都具有一種共同的宿命，而在我看來，
> 這才是這個地球上最具有美感的東西。島嶼和大陸不同的地方就是，
> 大陸的自省能力永遠也追趕不上它龐大的野心，但是島嶼沒有野心，
> 它就是安安靜靜的，一個人獨自漂浮在那裡，想著它的心事，完全
> 沒有要說出來的欲望，更不會隨便就對外來的陌生人透露。〔註6〕

但是，隨著全球化的迅猛開展，大大小小的島嶼都無可避免地趨同於席捲
而來的世界化的都市流行色，各種各樣的跨國企業連鎖店遍地開花、衣食住
行，方方面面，以至於讓人分不清楚這是世界的哪一個角落，在世界的顏色趨
於雷同的時刻，安靜的島嶼也走向由媒體和時尚界共同打造的新的後殖民主
義消費時代。

近年來，這間以墨綠作為主要色調的美式咖啡連鎖店，快速在

〔註5〕郝譽翔：《那年夏天，最寧靜的海》，臺北：聯合文學出版社2005年，第28頁。
〔註6〕郝譽翔：《那年夏天，最寧靜的海》，臺北：聯合文學出版社2005年版，第29
～30頁。

　　街頭繁殖開來，像是一隻隻馱著綠色甲殼的小蟲，寄生在都市中心，使得各角落快速長成一模一樣的風景。頂好超市。麥當勞。屈臣氏。7-11。紅色。橘色。綠色。條紋狀。城市是跨國企業商標的拼圖，消失了它原來的個性與面貌，以至於我們很難再去辨認，這裡究竟是羅斯福路呢？忠孝東路？或是敦化南路？是臺灣呢？東京？或是香港？走在街上的女人頂著挑染離子燙的長髮。亮光唇蜜。珍珠蜜粉。秋冬流行的馬鞍包。LV櫻花包。大和拜金女。欲望城市。臺北正在全面地走進一個制服年代，政治權威瓦解之後的新戒嚴體制，由媒體和時尚界共同攜手打造。〔註7〕

　　敘述者的視角非常奇妙，經由太空對島嶼的俯瞰到漸漸聚焦總覽整個島嶼內部的顏色與風尚，然後降落地面並立足於島上的一個小鎮，走進島上居民的日常生活：在考察了島上居民的日常生活百態後，對島嶼生存進行了反思，指出相對於陸地國家的野心勃勃缺乏反省，島嶼的地理狀貌和政治形態所造就的島民的自我滿足心理。儘管存在各種各樣的問題，但島嶼的居民千百年來即是如此，他們去不了哪裏，故而只能在這裡樂觀而自足地生活著，這既可以說是島嶼居民的幸福自足，也是島嶼居民的狹隘宿命。事實上，這個問題在香港小說家西西的「浮城」系列小說中也有出現，只不過1980年代中期以後，隨著香港回歸問題討論的日趨緊密，島上的居民才開始對未來產生莫名的擔憂，於是有了類似於「天佑我城」的祈禱：沒有一個市鎮會永遠繁榮，也沒有一個市鎮會恒久衰落，人何嘗不是一樣，沒有長久的快樂，也沒有了無盡期的憂傷。臺灣當然也是如此：

　　　　那是一個沒有特色的小鎮，就像臺灣的其他小鎮一樣，主要街道的名字不是中山路，要不就是中正路或中華路。狹窄的路旁是三層水泥樓房，密密麻麻的招牌，摩托車，路邊攤，鐵皮屋，腐爛的水果，無精打采的蔬菜，蒼蠅在暗紅色的豬肉上飛舞著。而這一切都是那般赤裸地，毫不遮掩地沐浴在南方夏日裏沒完沒了的太陽下。

　　　　生活在這個平凡小鎮的居民，沒有多餘的欲望，在他們的身上可以找到臺灣人最奇怪的自滿性格，很少跨出小鎮的結果，造成了一種外人難以理解的自大和樂觀。他們公認臺灣是全世界最好的一

〔註7〕郝譽翔：《那年夏天，最寧靜的海》，臺北：聯合文學出版社2005年版，第59頁。

塊地方，社會一天比一天進步，日子也過得越來越好了，無可挑剔。
臺灣錢，淹腳目。他們總是把這句話掛在嘴上，好像真的親眼目睹
到那副景象，錢幣多到淹滿了整條道路，妨礙行人走路似的，由此
而莫名其妙感到苦惱。〔註8〕

由香港、臺灣、澳門作為島嶼的類似的生存狀態和未來命運的考量，郝譽
翔的思考再次跳脫島嶼本身，將視域擴大到對整個亞洲在全球政治經濟中的
命運進行關注。雖然只是通過觀看一部電影引發的思索，但述說的卻是一種
懸浮在半空中的島嶼人狀態：永遠的異鄉人，放逐者，沒有過去，沒有未來，
喪失了一切的座標，也找不到進入的通道，完全的疏離，終極的虛無。這才是
人生中最大的恐怖。不僅臺灣、香港、澳門，包括整個亞洲，在全球化的鼓譟
聲浪和無聲侵襲面前，過去的傳統生活方式和價值觀念正在分崩離析，而很多
人正忙於追趕世界的步伐，對這種集體的宿命缺少關注：「亞洲不也正是處在
一種懸浮的狀態中嗎？它喪失了過去的傳統，而未來要不停追趕西方的現代
化腳步，卻注定是永遠慢了半拍。沒有過去，不見未來，這不正是亞洲集體
的宿命嗎？」〔註9〕

突如其來的死亡，隨時隨地襲擊在世的人們，死者逮住了生者，生者從此
被判終身監禁。然而一旦把過去所發生的一切事情放在一起，卻忽然找到了彼
此之間聯繫的線索，並把他們背後的邏輯看得一清二楚。那就是人們現在所生
活的這座島嶼，早就已經失去了它實際的內容，只剩下形式的組合、交換、重
複以及變形。所以，如果不能穿透現實的表面捕捉到這種形式的無窮變化，那
麼，人們又要如何去面對當前空洞的生活呢？要如何才能夠不會感到內容貧
乏，而繼續安心地在這個世界上生活下去呢？不過，清楚地看到這一點的人並
不多。大多數的島嶼生存者都自認為已經把現實牢牢地掌握在手中，卻不知
道他們觸摸到的，只不過是在時間激流表面所濺起來的，一點點的微不足道的
浪花而已。人們誤以為回歸死亡之後，緊接著便是誕生。只要度過黑夜，太陽
依舊照樣升起。而人們唯一可以做的，便是乖乖地待在原地，等待時間前來拯
救。到了那時，得救的人們將會快樂地想起，此前的擔心是多麼地愚蠢和可憐
啊。於是人們又可以心安理得、怡然地活下去，假裝從前的一切的事情從來都

─────────────

〔註 8〕郝譽翔：《那年夏天，最寧靜的海》，臺北：聯合文學出版社 2005 年版，第 102
頁。

〔註 9〕郝譽翔：《那年夏天，最寧靜的海》，臺北：聯合文學出版社 2005 年版，第 49
頁。

沒有發生過。但是，和一般的島嶼生存者不同，敏感的敘述者卻從來沒有忘記關於未來的使命和憂患，她不僅思考了生存，而且剖析了死亡，甚至企圖就靈魂的存在和意義進行叩問，並由此探問人類的過去與未來：

> 那死亡在我身上形成了一種模糊卻強烈的使命感，它驅使著我，但也隨時損耗著我，持續地損耗下去，它威脅著要把我吞沒進去，除非我可以找到它的意義。但那到底是什麼呢？攸關人類的終極秘密。我渴望知道死亡到底是怎麼一回事？否則我就無從與它對抗下去。
>
> 人類的軀體與靈魂是否果真能夠獨立切割開來？我們看不見風，就像我們看不見靈魂一樣，但我們卻不能否認風確實是存在的，那麼靈魂呢？它存在於何處？黃泉碧落。八荒九垓。占童在神壇前起舞降靈。但我懷疑有誰能夠真正翻譯來自陰間的話語？〔註10〕

不知過去，遑論未來。人類是活在記憶中的動物，島嶼當然也不例外，每一個島嶼都有它一段深淵般的宿命，從外表無從窺知的身世。代代累積下來的歷史，就像是一場既古老又變化多端的噩夢。幾度裂開又癒合的傷痕，刻鏤在島嶼地底岩層的深處，卻總是不預期地在夢中宛如冰山一般浮出水面：

> 根據可靠的歷史記載，這座拉普邦查島最早是被西班牙人發現的。「發現」是一個多麼奇怪的詞彙啊，因為自從開天闢地以來，這座島就一直是位在那兒，躺在藍色海洋的懷抱中，海鳥從天而降，在礁石上棲息繁殖，海龜爬到沙灘上孵蛋，海豹懶洋洋地趴在石頭上曬太陽，叢林裏的野獸哺育下一代。至於人類這種動物，究竟是什麼時候出現在這座島上的呢？早已經不可考了，不過這個問題一點都不重要，因為那時的人類也僅是島上諸多生物中的一種罷了。而浪花日復一日反覆拍打著礁岸，根本就沒有所謂發現這一回事。島嶼一直就是在那兒，海洋知道，浪花知道，太陽知道，而島自己也知道。〔註11〕

「發現」一詞意味著島嶼的原生態被外界所打破，同時也有可能意味著原生態的生活為外來殖民者的侵入所深刻改變。郝譽翔的《那年夏天，最寧靜的海》不僅書寫了島嶼的日常，而且發掘了島嶼的歷史，不僅揭示了島嶼的

〔註10〕 郝譽翔：《那年夏天，最寧靜的海》，臺北：聯合文學出版社 2005 年版，第 43 頁。

〔註11〕 郝譽翔：《那年夏天，最寧靜的海》，臺北：聯合文學出版社 2005 年版，第 153 頁。

起源,而且反省了島嶼的宿命,構築了一切島嶼的寓言。這裡的島嶼既是臺灣島,也是其他一切島嶼,事實上,這是關於世界的寓言,是有關人類生存的寓言,是關乎性別、愛情、婚姻、家庭、生死的寓言。在小說所精心設計的遊戲中,一個人放手了,另一個人在承受中慢慢接受一切。在藉由島嶼寓言所進行的哲學思考的過程中,個人所能做的也就是釋懷,因此這也是一個自我治癒的寓言故事,是一個人自我原諒和自我放下的過程。在郝譽翔的創作中,研究者較多關注的是她小說中的身體書寫,如《洗》;家族書寫,如《溫泉洗去我們的憂傷》;而對她的島嶼書寫並未在意,《那年夏天,最寧靜的海》的研究也在某種程度上被忽略,事實上,這篇小說的重要性不言而喻,不僅意味著一場文字和敘述方式的冒險和全新嘗試,而且是書寫領域的全新嘗試,其中關於島嶼的命運和生存現狀的思考,包含了至為重要的以島嶼為生存歸宿的個人的心靈治癒與成長過程。

關於臺灣的書寫中,除了對臺灣作為島嶼的整體書寫之外,更多的作品是對島內具體的地方書寫。由於臺灣特殊的地理氣候等自然條件,各地的風光形態差異很大,再加上政治經濟特點的不同,使得從臺南到臺北,從花蓮到臺中,從高雄到基隆,每一地的風俗和日常都有很大差異,特別是臺灣島內有很多具備特殊歷史和文化的城鎮,成為作家們地方書寫的鍾情之地,如鹿港、九份、南投、北投、墾丁等。前文曾論述過的施叔青《行過洛津》中的洛津書寫、《風前塵埃》中所描繪的花蓮,都是臺灣地方書寫的典範。新世代作家蔡素芬筆下的臺南七股鄉,沿海小村落裏海風鹹日頭毒的鹽田世界,再現了蕭麗紅《桂花巷》和《千江有水千江月》中鄉土書寫的傳統和圖景:

> 這是塊鹹土地,一畦一畦的鹽田圍拱小村三面,站在村子口的廟堂往無垠的四周眺望,鹽田一方格一方格綿延到遠方與灰綠的樹林共天色。灰黑的天地上積著引灌進來的淺淺海水,陽光豔豔的季節浮出一顆顆純白結晶鹽,在烈陽下扎著亮人光芒,一方田上有千萬顆,一田一田,千萬顆連著千萬顆,延伸到天邊,好像銀河落在人間。生活在這條銀河上的男女,挑起扁擔,將那曬出來的鹽掃進畚箕鹽籠,一肩挑起,越過一方方鹽田,將鹽倒在路邊的泥臺上,長長的泥臺,結晶鹽搭得像座金字塔,一家接一家,在泥臺上閃爍著耀眼的白色光芒。春夏之交多雨水,剛結出的鹽馬上給雨水融化了,為防雨淋鹽融,農人紛紛編織稻衣,將成匹的稻衣圍圍蓋在泥

臺上的鹽堆，披上褐色稻衣的無數鹽堆像是一群群隨季節移動的蒙
古部落。〔註12〕

　　小說主人公明月和大方的故事就是從這裡開始。和蕭麗紅筆下的高剔紅
自小失去母親、貞觀自小失去父親不同，明月父母雙全，但母親固執病態，父
親長期在外。母親的執意堅持迫使明月與不喜歡的人結婚，婚後發現丈夫原來
是個蕩子，充滿期待的一生摧折在不幸的婚姻中。明月帶著她愛情的創傷，家
庭的不幸，人到中年以後離開南部故鄉到高雄謀生，小說描寫從南部鄉村初到
都市的明月和慶生對都市的觀感和震撼：

　　　　然而都市畢竟是都市，車子駛進高雄的那一刻她就體會出這個
　　大都會的壯闊，是她從來也無法想像的繁華世界，街上有那麼多的
　　攤販和人群，過了一條街又是密密麻麻的住宅。車子走了半小時，
　　沿路都是住宅和人群，這樣的盛景佳里小鎮哪可相比。過去她只以
　　為佳里就是繁華世界，今日方知那不過是汪洋大海裏一顆小小的珍
　　珠，難怪常出海至各港口的大方幾年前就下定主意來都市。這裡有
　　五光十色誘人的霓虹，但那霓虹也令人如船行大海，茫茫失落不知
　　去向。好幾個夜晚，她和慶生走在霓虹閃爍的街上，夾在人海裏，
　　直覺得自己要被這人海燈浪吞噬了。工作未有著落，身上只有幾塊
　　錢，城市越大越顯個人的卑微渺小。舉頭處處是機會，找起工作卻
　　處處碰壁。〔註13〕

　　地方書寫是從蕭麗紅到蔡素芬小說相對一致的訴求。或許源於臺灣島內
空間距離的有限，或許源於故事發生的年代正是臺灣經濟快速發展的時期，無
論是男性還是女性，為了謀求更好的生存不免要走異路，奔異地。從臺南小鎮
的風情描寫，到臺北、高雄都市霓虹的描繪，從都市裏的情感與打拼，到回歸
故土的感懷，對鄉土世界的淳樸情感及其理念依然貫穿在小說始終。在某種意
義上，故鄉成為最好和最後的心靈治療之地。《千江有水千江月》中貞觀回故
鄉如此，《鹽田兒女》中明月回故鄉為阿捨奔喪依然如此。儘管明月對阿捨充
滿了埋怨，但在阿捨離去的時候，她的眼淚頓如雨下，許多前塵往事在那一刻
湧現，肺腑撕裂百感雜陳：孤單、不平、委屈、憤怨、不捨……這些人物的歸
去來兮正反映了鄉土世界的情感，鄉土和城市之間的反差以及現代化過程中

〔註12〕蔡素芬：《鹽田兒女》，臺北：聯經出版 1994 年版，第 1 頁。
〔註13〕蔡素芬：《鹽田兒女》，臺北：聯經出版 1994 年版，第 177 頁。

特定人物的心路歷程，最終驗證鄉土世界和情感的逐次湮滅。蔡素芬的小說中不僅有鹽田、都市，還有北方的淡水小鎮：

> 天氣逐日轉冷，小鎮北方面海，海口無所遮蔽，風雨卷來，使小鎮的冬日濕度勝過內陸盆地，氣溫比盆地內住戶密集的城市略低三度。冬雨綿綿，早晚寒露浸骨。校園裏的學生紛紛著冬裝禦寒。那些住校的學生初次見識了小鎮的冬日，山崗上淒涼的風雨，與家裏溫暖的燈影對比，特別令人萌生想家的情懷。〔註14〕

不僅有冬日小鎮的寒雨，還有晴日的麗彩：「偶有晴日，白雲流暢，觀音山輪廓清晰。祥浩在晴日下山，抬頭是白雲相伴，從克難坡沿階而下，淡水小鎮一隅幡然呈現，河的水影與參差的房舍交相映，老屋的瓦簷因長久濕潤而結上一層斑駁的青苔，在天光下閃動耀眼的翠綠。陽光下，最老朽的事物也顯得明媚可喜。」甚至，蔡素芬的小說《燭光盛宴》還描寫到臺灣都市裏「城中村」——眷村：

> 眷村所在之處，算是空曠又不失生活機能，城市既是國家的行政中心，繁忙的國務訊息似乎透過空氣就可以流通，無論是收音機、市場、商家、路上來往的車子行人、眷村裏左鄰右舍，都是訊息的符碼，他們的聲音與行為即是這個國家正在發生的事，泊珍覺得這裡的空氣確實不一樣，生活裏充滿新鮮感，她會坐上三輪車去西門一帶找上海師傅做旗袍，買南北貨，帶全家到像樣的館子享用江浙或北方料理，她身邊的金條可以支應她收買一陣子生活的新鮮感，她抽煙抽得很凶，抽煙時，她常發呆的注視著什麼，一警覺，發現只是望著空氣裏的絲屢塵絲。〔註15〕

作為即將消失的臺灣政治和文化地標，具備相當歷史內涵的眷村書寫獨屬於特定的作家群體，但是，這些作家作品也常常只是將眷村作為故事發生的場景或背景，蔡素芬不僅描述了其日常生活面貌，而且指出了其機能所在，而人物又帶有歷史的遺留。方梓的長篇小說《來去花蓮港》是第一本從女性移民角度來書寫花蓮的小說，由於其特別的女性視角，這篇小說比之前的花蓮書寫更多了些溫暖與踏實。方梓採取寫實的筆法，娓娓寫出三個女人的故事：1915年從桃園到花蓮開墾的阿音，1925 年為了逃離不祥宿命，決定到花蓮展開新

〔註14〕蔡素芬：《橄欖樹》，臺北：聯經出版 1998 年版，第 72 頁。
〔註15〕蔡素芬：《燭光盛宴》，臺北：九歌出版 2009 年版，第 221 頁。

生活的客家人初妹，以及為了解脫不倫之戀的糾纏、到花蓮尋找自己隱秘的
身世和多年不見的母親的現代都會女子闞沛盈。對這三個女人而言，花蓮無疑
是一座斬斷過去，尋求新生的烏托邦，而在這塊狹長的縱谷地帶上，困蹇的生
命終於獲得了安頓，心靈的創傷也漸漸弭平。

　　小說成功再現了 1915 到 1945 年間的花蓮時空，從庶民如何翻山越嶺、
搭船渡海、忍受山路迂迴、太平洋風浪的顛簸，來到島嶼邊緣墾荒，以及如何
在山與海之間，胼手胝足地開墾、播種、插秧。從農具作物，居住的屋舍，颱
風來襲的氣象變化，四時的祭祀儀式，庶民的日常飲食，到養兒育女的點滴，
而這些非戲劇性的細節累積而成的，便是一軸花蓮的社會生活風俗的長卷。母
親的家園就在清水村，離中央山脈很近的地方。阿美族，花蓮人慣稱「阿眉
仔」，是原住民族群中的最大族群。數百年的漢化結果，原住民人口愈來愈少，
即使最大族群的阿美族也不過是十多萬人口。闞沛盈終於和她的母親相見，故
事也在這裡完成接龍，所有人物之間的關係在逐次的對接中變得清晰起來：

> 　　後來的事你都知道了，母親投靠她的阿姨，半年後阿姨的媳婦
> 素敏幫她介紹附近一個 30 歲老實的農夫。母親特地告訴你有關她阿
> 姨阿音，日本時代十八歲隻身在蘇澳搭船來花蓮結婚生子，開枝散
> 葉。阿音的媳婦素敏則是五歲隨著守寡的姨母初妹從苗栗來後山重
> 新生活。這樣的移民故事，在你心裏起了漣漪。

> 　　你想起十年前見過的那個老婆婆，竟然是母親的阿姨阿音。這
> 個十年前你就聽過的故事，那時年輕，你無動於衷。現在你深刻體
> 悟到，原來女性的移民過程，在以男性為主的開拓歷史中是空白的，
> 不管前山後山，每個地方每個階段的移民、開墾，都像吳沙到宜蘭，
> 都是以男人建構的歷史。〔註16〕

　　方梓的花蓮書寫是站在女性移民立場，打撈並堅守臺灣島內移民歷史中
的女性記憶，從而彰顯在臺灣歷史的建構過程中女性被遮蔽了的不應忽略的
付出和貢獻。因此，方梓的書寫不僅具有地方書寫的意義，還具有女性書寫的
價值和意義。尤其是隨著新世紀以來臺灣新鄉土文學書寫的興起，臺灣的地方
書寫不再僅僅是為了在急速的全球化語境中凸顯獨特的地域標誌，而是為了
建構臺灣自身的族群譜系，這正如作家兼學者的郝譽翔所說：

> 　　近十年來，新鄉土書寫蔚然成風，於是我們看見了臺灣不再只

〔註16〕方梓：《來去花蓮港·推薦序》，臺北：聯合文學出版社 2012 年版，第 299 頁。

是一座島嶼，而是由許許多多不同的地志風景拼貼而成，其中有施叔青筆下的鹿港，鍾文音的雲林，王聰威的旗津哈瑪門，陳淑瑤的澎湖，而即使是臺北城一地，也不再只是都市典型的資本主義戀物拜物的場域，而是從中剝離出更加多元的層次來，有舞鶴的淡水，吳明益的光華商場，郝譽翔的北投。由此脈絡看來，文學家們書寫所生所長的故土，其實正是臺灣近年來在建構主體過程中的一大豐收，它既是在回溯作家個人的生命史，從祖先系譜去追索族群遷徙的軌跡，更是由不同的時空出發，去一點一滴填補起臺灣失落的過去。故從失憶到回憶，從單一的地圖分裂，開展而成多元的空間，在「去中心」之後，竟然不是後現代所宣稱：真相已死，身世成謎，反倒是臺灣的歷史與地理版圖，隨著文字的考掘與描摹，日益顯得豐富而且立體起來，眾聲喧嘩，難掩活潑潑的生命力。〔註17〕

而且越是迫近當下，女作家在臺灣地方書寫的空間選擇上，越是由外轉內，以全新的眼光來審視臺灣本島，當書寫者帶著個體的異國旅行體驗所產生的文化衝擊，再次返回臺灣本土時，產生了對於島嶼的完全不同的認知，沒有參照就沒有比較，跨越疆界的異地體驗開始讓女作家們重新審視這個自小生長的島嶼。臺灣80後新秀女作家賴鈺婷2012年出版了旅行散文集《小地方》，以二十個節氣為時間順序，每一個節氣走訪遊覽臺灣島嶼上的一個鄉鎮，描繪臺北宜蘭的蓮田、臺中霧峰的龍眼、臺南東屏的鹽場，從北到南，縱貫東西，形成一次環島之旅。雖然沒有引人入勝的異國風景，亦沒有驚心動魄的奇景險境，但書寫者卻在一次次的旅行中重溫親情，獲得成長。臺灣新世代作家郝譽翔在新一輪的地方書寫嘗試中，以文字開闢並建構了屬於她的北投小鎮，寄託著她對特殊地理空間的文化體認和主體關切，在場景、記憶，以及庶民關切等方面蘊含著重層的文學地理內涵和文化象徵意義。

北投，臺北市轄區，位於該市最北部，與新北市接壤，內有著名的陽明山公園、北投溫泉和關渡風景區。「北投」的名稱來源於「PATOU」，在當地原住民──凱達格蘭族語言中是「女巫」的意思。據說由於北投位處地熱谷，終年煙霧飄渺，感覺極其神秘，似乎有「女巫」居住其間，故而得名。北投，正是郝譽翔的故鄉，她在這裡度過了從童年到青年的重要時期。作為臺北著名的溫

〔註17〕郝譽翔：《耐人咀嚼的生活長卷：〈來去花蓮港〉》，方梓：《來去花蓮港·推薦序》，臺北：聯合文學出版社2012年版。

泉鄉，北投有著冠蓋雲集、極盡繁華的輝煌時代，也有一度淪為聲色場所、廢
娼後逐漸蕭條沒落的過去，以及近年來純粹休閒觀光的新旅遊形象打造。郝譽
翔聽聞、見證和經歷了北投小鎮的繁榮、沒落以及後來的改造過程，但並非創
作伊始即著意於北投的地方書寫，她在經過了《洗》《逆旅》《衣櫃裏的秘密》
《松鼠自殺事件》《初戀安妮》《那年夏天，最寧靜的海》等文學創作的多方嘗
試和不斷磨練之後，於 2007 年借助現代志怪小說《幽冥物語》重返成長之地，
為自己的文學書寫開闢了極富隱喻意義的新場景。

　　有了故事，有了人，就必須有場景。於是我想起了我的故鄉，
北投。

　　我在北投長大，成人，我幾乎閉著眼睛，就能繪出那裡街道的
走向，街邊的風景。而北投，在我的成長過程之中，竟也不只是一
座樸素之城，反倒更像是一個充滿了魔幻想像的詭譎溫泉之地。它
的古老，它的破落，它的滄桑，一直縈繞在我的腦際。故它就成為
我這本現代志怪小說的場景。這樣的北投或許不被多數人認可，但
對我而言，它卻是無比真實的，與我生命密切糾葛在一起的，屬於
我的北投。〔註18〕

作為場景出現的北投，被郝譽翔賦予濃鬱的地方印跡：有別於人們集體
記憶中的素樸刻板印象，充滿了魔幻詭譎的多變色彩。更為重要的，敘述者通
過北投的一山一水、一草一木、一花一世界與個體生命成長的密切聯繫來呈現
它作為地方所在的真實和獨特。這裡所說的地方，不單單是指它的山川景物等
外在的自然風貌，也不單單是指房屋、草地、花園、城鎮、社區、居民等結構
組成，它指向一種特殊的空間概念：「人類創造的有意義空間」，「人以某種方
式而依附其中的空間。」〔註19〕於個體的生命體驗的基礎上，敘述者營造了北
投充滿生機又敏感莫測的自然氛圍，呈現出無比奇異和充盈的聽覺和視覺觀
感：夏蟬、麻雀、山風、烏雲、暴雨、樹葉、白霧、青草、山坳，一日之內瞬
息變換。如此感性而神秘的自然世界，不僅給她的童年生命帶來前所未有的震
懾，而且建構了恒常永在的生命記憶：

　　夏天的蟬瘋了似的高唱，麻雀啁啾，不知名的鳥發出淒厲的長

〔註18〕郝譽翔：《幽冥物語‧自序》，臺北：聯合文學出版社 2007 年版，第 6 頁。
〔註19〕Tim Cresswell 著，徐苔玲、王志弘譯：《地方：記憶、想像與認同》，臺北：群
　　　學出版 2006 年版，第 14 頁。

叫。山風呼呼哀嚎。突然間，烏雲密布，天空崩裂，傾盆灌下狂暴
的大雨，使得森林的樹葉全都跟著一起顫抖地滾動起來了，像是無
邊陰霾之下大海洶湧的波濤。當雨勢漸息之後，白色的雲霧便會無
聲無息地降落下來，將這一座洋溢著濕漉漉青草氣息的山坳，全都
含入他的嘴裏。而我靜靜地坐在家門口，一動也不動，被眼前大自
然的神秘和宏偉給震懾得再也無法言語。〔註20〕

　　在自然風物的描述之外，北投的人文景觀一如電影鏡頭般漸次展開：溫
泉、房屋、山坳、街道、寂靜的行人和古老的機車，這些日常生活的場景組合
起來，開啟了生生不息的北投日夜和庶民社會。北投的人文景觀在疊加、轉換
並豐富了上述自然場景的同時，使得北投成為一個看上去闃無人跡，同時又飄
散著人間煙火氣，帶有幾分傳奇色彩的特異性地方存在，為小說志怪故事的展
開進行了場景鋪墊，同時也營造了魔幻氛圍。

　　　　每一天，我們在白茫茫的霧中起床，掃地，餵雞，發出一陣輕
　　微而細碎的聲響，等到過了早上十點，太陽高照以後，這座山坳裏
　　就全然沒有人聲了，而中午時分更是陷入一片死寂，直到傍晚日落，
　　四周逐漸地被黯淡的霧色所淹沒，才又有人陸續活動了起來，準備
　　做晚飯。〔註21〕

　　為了敘事的需要，充分強化志怪敘事的神秘，郝譽翔有意識地對她筆下的
北投場景進行了詭異化處理：以荒草淹沒的道路、突兀閃現的建築、陰森空洞
的廢墟等描寫造成陌生化的效果，增添並加重詭譎恐怖的氣氛：

　　　　沿著北投的溫泉路往上走，路會變得越來越狹隘，勉強僅容得
　　下一個車身，到了最後，路幾乎要被兩旁的雜草所淹沒。

　　　　一幢有十多層樓高的巨大建築，突然從左邊的山坡上冒出來，
　　鋼骨支架都已經完備了，但卻不知為什麼，才蓋到一半，就被棄置，
　　而變成了一座陰森森的廢墟。整座大樓因此沒有外牆，遠遠地看過
　　去，彷彿是開出了許多雙黑色的眼睛，空洞地望向藍天。〔註22〕

　　一切自然和人文場景就緒之後，似曾相識的人物：父親、母親、丈夫、妻
子、鄰居，兒時、中學、大學、研究所和婚後的好友漸次浮現，甚或死而復生

〔註20〕郝譽翔：《幽冥物語》，臺北：聯合文學出版社 2007 年版，第 20～21 頁。
〔註21〕郝譽翔：《幽冥物語》，臺北：聯合文學出版社 2007 年版，第 20 頁。
〔註22〕郝譽翔：《幽冥物語》，臺北：聯合文學出版社 2007 年版，第 11 頁。

一一登場，這些曾經在郝譽翔的生活或者作品中出現過的人物雜沓走進曾經的生命場景，搬演他們未完的塵世恩怨。小說集《幽冥物語》一共包括 8 個短篇，擷取《聊齋誌異》志怪小說的精髓，借附現代風貌，以傳說眾雜的北投場景作為故事舞臺，搬演永恆的生命主題。《愛慕》裏的蛇精化身美麗的女子，為小村帶來前所未有的興旺，卻終究被眾人辜負，隱含著對過度開發所導致的北投的快速破敗的反思。《身體》以北投溫泉飯店為背景，寫了女侍母親、廚師父親、那卡西歌手阿姨之間的情慾糾葛，終其一生他們找不到所愛，也找不到心靈的歸宿，一再被鬼魂附身，身體只是一具可憐的軀殼，影射的乃是舊日北投的衰敗和沒落。《房間》講述的是一座日本時代的老房子裏發生的靈異之事，其中有同性之愛、有嫉妒和謀殺，錯綜迷離、無從猜測的過往故事，是擺脫不去的北投的前塵往事。《夜遊》通過亡魂的訴說，揭示邊緣社群的生存現狀。《秘密》寫的是六〇年代臺語電影的鼎盛時期：北投片場林立，有臺灣好萊塢的美稱，最著名的臺語電影演員青鳳卻神秘失蹤。藉由敘述者模糊的記憶，斷續回憶母親青鳳帶著看電影、吃麵、逛妓戶、遊地獄谷、找尋父親、關渡宮抽籤、穿越千佛洞，來到紅樹林等情節，其中不乏北投過往繁華生活的經典橋段和場景。經由青鳳瘋癲的話語和錯亂的行動，可以窺探其當年之人生盛景：

> 她從日本歌唱到臺語歌，又唱到國語歌，她說自己以前是電影明星，每天都穿漂亮的衣服，到處表演作秀，出門都有汽車來接送，爸爸出錢拍電影，邀請她當女主角，等戲收工之後，就帶她去飯店吃日本料理……〔註23〕

　　無疑，青鳳的命運象徵著北投往日繁華勝景高潮時的奢靡和病態，衰落時的倉促和淒涼。《漩渦》講的則是寫作論文的研究生為了逃避在宿舍上弔自殺的珊瑚的鬼魂，避居到北投的舊式木頭房子裏所發生的種種怪異之事，隱喻一段神秘的過往歲月。《瓶子》講的則是一個宿命的故事：三年的時間「我」成為一個舉世皆知的名作家，隨著妻子阿繡的離去，三年之後一切都成為南柯一夢，這是一個毀滅和犧牲的人生隱喻。

　　所有這些故事既保留著現世生存的溫度，又穿越了陰陽相隔的界限，通過欲望糾纏的人鬼未了之情的訴說，呈現一頁過往風華的歷史場景。對於郝譽翔來說，北投的降臨似乎有些姍姍來遲，但卻為時不晚。魂牽夢縈的故鄉北投一直在那裡，只等待靈光乍現的契機，直到作家的頭腦和心靈經過不斷地醞

〔註23〕郝譽翔：《幽冥物語》，臺北：聯合文學出版社 2007 年版，第 132 頁。

釀和發酵,這個幽冥的角落突然被奇異的故事照亮,頓然帶著舊日的光暈和新奇的色彩浮現在讀者的視界。於是,故事、情境、傳說、鬼魅糾纏並密語其中,同時滋生也消逝於其中。憑著對於故鄉之城的熟稔和憐惜,郝譽翔活化了那裡所有的風物及其歷史,在北投的古老、破落、滄桑和風月過往中改寫並注入了新的意涵,使得它不僅僅是一座素樸之城,而是充滿象徵和隱喻的意義的地方空間。

如上,在類似於《聊齋誌異》的鬼怪形象和奇詭情節中,郝譽翔憑藉神奇的想像營造了充滿詭異氣息的北投地理場景和文化空間,充分個人化的北投書寫不但改寫了既往蕪雜不堪的北投記憶,也為新世紀臺灣文壇的地方書寫、文化身份和原鄉意識等建構了多元象徵的新景觀。北投,既是現代志怪的發生場景,也是郝譽翔真實生命印痕的重現,在《幽冥物語》最後一篇,敘述者借助亡魂的出現串起了個人的生存記憶,揭開了被忽略被冷落的成長瞬間,間接宣告了所有的精靈鬼怪無非都是「我」的分角色扮演。《招魂》寫親身經歷的靈異事件,在北投的老式公寓裏,一個小女孩的亡魂不斷地跟「我」直面並出現在家裏的梳粧檯前,直到「我」遷離了北投。小說結尾的時候突然宕開一筆:不僅細緻描繪了地理空間之上的房屋、房屋裏相伴多年的梳粧檯、而且對那些沉埋在各種家具裏的默默無言的過去時光和記憶進行了最後的招魂:

> 一無所有的屋子。
>
> 北臺灣午後的太陽透過紗窗,曬在地面上,映出溫暖的黃金方塊,然後它又會逐漸地淡下去了,模糊,黑夜來臨,等到下一個黎明時分才會再度升起。光和影,總是如此平和地,在此處上升與降落著,但物和物,卻最終都要被它一起收伏,於此腐朽,化為了塵土,而後消失無蹤。唯獨我那暗淡的記憶,始終不曾減去,至今,它依然收容了那些徘徊在這裡和那裡的、哀哀不忍離去的亡魂。〔註24〕

這裡,無論老式的公寓,還是公寓內的各種對象,它們都是一個地方的物質構成部分。但是,所有有形的對象都將消失,只有記憶在閃現;而人的身體也終將腐爛,只有亡魂在徘徊。可見,在委婉曲致的詭異書寫背後,郝譽翔念茲在茲的仍然是殘缺的家庭和荒蕪的成長,仍然是不可迴避也無法繞過的個人成長記憶。

如果說《幽冥物語》中的北投作為神怪故事的發生場景還有虛構的成分,

〔註24〕郝譽翔:《幽冥物語》,臺北:聯合文學出版社2007年版,第220頁。

情節和人物的設置還有某些刻意，那麼，在郝譽翔的《溫泉洗去我們的憂傷——追憶逝水空間》中，北投書寫則成為創作主體的自覺表達，意味著作為地方的北投從虛構的故事場景來到了真實的成長空間。荒蔽的山野、冷陋的公寓，恐怖的傳說不再只是故事的場景，而成為生命的真實，那些活躍其間的蛇精鬼怪也替代為郝譽翔本人，換言之，郝譽翔就是那些精靈鬼怪，日夜游蕩在北投的山坳、樹林、月光下的小徑，尋找被巫女一般的神秘之地吸納而去的魂靈，尋找在不知所終的時光中忽隱忽現的自我鏡像，北投書寫於焉成為一段生命真實的回顧和記憶：

> 於是這一次，我選擇用一種和平而舒緩的語調，去寫一九七五年我們從高雄搬到臺北，輾轉遷徙在盆地邊緣的經過，去寫山與海所懷抱的北投，寫關渡平原的朦朧煙雨，寫在公寓中半夜幽然浮現的鬼影，以及一間大雜院似的違章建築，用鐵皮搭建出來的狹小廚房，以及從四面八方漂泊而至的房客們，異鄉人，也寫八○年代初期大業路開通，就在北投後火車站天蒼野莽的草地中間，新闢出來一大片四層樓住宅，母親開設的小撞球店，還有我們住的一座∩字形社區。我至今仍然清楚記得，十七歲的我經常獨自站在陽臺，對著底下空無一人的廣場發愣，而不知哪家豢養的八哥鳥，總愛一直呼喚我的名字，譽翔譽翔，彷彿是落葉片片飄在廣場的正中央，寂靜而冷。我趴在欄杆往下看去，那∩字形活像是埋葬青春的一座墳。〔註25〕

同樣是北投的場景，時間變得具體，地點變得清晰，關鍵是人物的置換，真實的郝譽翔駐足其中。特別需要強調的是，承載著個體記憶的北投比作為故事場景的北投被賦予更多的私人經驗的內涵：例如輾轉的遷徙，非法的違章建築，窘迫的狹小廚房，漂泊的異鄉人……這些都是地方的意義建構元素，也是地方研究者津津樂道的意義闡釋的焦點；除此之外，地方的符號載體也被進一步具象化：如四層住宅樓，小撞球店，∩字形社區，陽臺，廣場，欄杆……最終這些地方的實際支撐物都演變成為一座青春記憶的墳墓。藉由此深度的北投書寫，郝譽翔再一次沉入成長歲月，打撈家庭生活的記憶，挖掘壓抑的青春生命，直到向它揮手告別。小說開宗明義地將副標題定為「追憶逝水空間」，從地理空間的視角再現記憶，追懷生命並療治創傷。所以，不僅北投的書寫成

〔註25〕郝譽翔：《自序：追憶逝水空間》，《溫泉洗去我們的憂傷》，臺北：九歌出版
　　　2011 年版，第 14 頁。

為全書的核心，而且藉由北投記憶漫溯個人的生命之旅，並和逝去或遠去的親人以及曾經的自我唔見並再次告別：埋葬青春，真正成長。因此，《溫泉洗去我們的憂傷——追憶逝水空間》也被郝譽翔稱為「死亡與告別」之書。

眾所周知，記憶的本質決定了記憶書寫的姿態是回望，甚至是回溯——逆時間而行的探索，因此郝譽翔將之前的一部自傳體色彩的小說命名為《逆旅》，「不僅是自身的家族故事，也是她對時間的鄉愁，對現實竟然如此虛幻的惆悵。」〔註 26〕恰恰說明那是一場穿越生與死、新與舊、現在與過去的時間之旅。在《幽冥物語》當中，個人記憶的回望已經隱現於空間的層面——是空間中具象化了的對象：

> 但這麼多年下來，我又曾經擁有過什麼？學生時代更換的家具，何可勝數？凹陷的彈簧墊，歪斜的組合書櫃，夜市買來的小茶几，路邊買的立燈，每當它們被丟棄在街旁，等待垃圾車前來清理之時，那種欲去之而後快的心情，除了疲乏之外，更令我傷感。它們總教我看見了那些在時光中死去的，以及未曾死去的一切。空洞的屋子。家具漸漸地搬了進來。積了一些灰塵。缺了角。表面刮傷了。於是再搬出去。拋棄。獲得。拋棄。擁有。拋棄。重複的動作不斷地出現在有限的人生裏。〔註 27〕

這些家具因其承載的個人歷史變成了有意義的對象，從而構成了有歷史的空間。到了《溫泉洗去我們的憂傷》，逆旅中需要穿越的不僅是時間，還有空間，因為任何空間都是時間的空間，時間的變遷在空間中留下難以塗抹和消除的痕跡，這裡的空間就是北投——輾轉在時間滄桑中的空間的北投。

> 山中大霧朝我彌漫而來，彷彿把我帶回我的成長之地北投，同樣是憂鬱的山嵐，溫泉、雨和霧，往事如水汩汩地流淌，流成了文字之河，淡水河，新店溪，沿著臺北城的邊緣流過，引領我進行一趟大旅行，一趟生命中時間最久、旅途最長的旅行，將我從小到大所經歷的空間又重新走過一回。在旅途上，我又將與逝去的親人，以及那些我識與不識的、曾經短暫共同居住在同一個屋簷下的人們重逢。他們是在時空之中不停流浪的奧德賽。〔註 28〕

〔註 26〕徐宗潔：《島嶼身世——讀看郝譽翔》，《幼獅文藝》第 605 期，2004 年 5 月。

〔註 27〕郝譽翔：《幽冥物語》，臺北：聯合文學出版社 2007 年版，第 218～219 頁。

〔註 28〕郝譽翔：《自序：追憶逝水空間》，《溫泉洗去我們的憂傷》，臺北：九歌出版 2011 年版，第 18～19 頁。

在這個意義上，郝譽翔北投書寫中的記憶，一方面包含她本人的成長記憶，另一方面也包含北投地方的滄桑演變，事實上，兩者之間是互相滲透、彼此涵蓋的密不可分關係。於是，「我走進幽靈四處游蕩的城市迷宮中，試圖尋找出口，撥開瓦礫，建造街道，繪製地圖，並且努力用十指鑿開一道引導光芒的縫隙。」〔註29〕在類似於地圖志書寫的發幽探微和田野考察過程中，郝譽翔認定時間塑造空間的結果，只是給後來的人們呈現了一座廢墟：「那是一座幽靈盤踞的城市，隨著歷史而生而逝的事件層層堆積，傾埋成沙粒土丘，死者們的魂魄尚且不甘心的游蕩在文明的廢墟之中，而我以書寫穿越過現實的假面，去追索他們的腳步。」〔註30〕這裡的「廢墟」與上文的「墳墓」異曲同工，都意味著過去時光曾經的死亡並在地方的物質層面留下了痕跡，但這「廢墟」和「墳墓」並不意味著記憶的封存和消失，無數的幽靈游蕩在城市和歷史的廢墟當中，這裡面有「我」，更多的是「奧德賽」們。

在書寫地方的過程中，郝譽翔除了精心營造北投的場景，還不斷地豐富和強化這一場景的地方內涵和意義，她先後借助精靈鬼怪、個體回憶和地方地圖志的繪製，但這些遠遠不夠，最終將她的北投地方書寫支撐起來的是那些不停流浪的「奧德賽」們，是郝譽翔所謂的城市「幽靈」們。他們是誰？從哪裏來？如何來到這裡？最終又去了哪裏？他們給這個時間的北投空間中留下了什麼？對於這些問題的探尋和回答使得郝譽翔的北投書寫從上文的「見自我」、「見天地」躍升到了「見眾人」的境界，「眾人」即「庶民」。終於，郝譽翔在追憶童年、審視成長、尋找主體認同的書寫之外，為北投庶民大眾的生存提供了確鑿的見證：母親的貧窮、家族的離散、蜷居在周邊擁擠狹窄噪雜公寓房子裏無數房客們的窘迫，這些猶如蚍蜉的芸芸眾生的城市底層人群的生活描繪，使人照見比之歷史、記憶、自我書寫更加真實殘酷也更加令人心懷敬畏的屬於郝譽翔的庶民關切。

> 在那兒，是混沌未開的邊陲，聚集著流動不羈的外來者、異鄉客，打零工的，推銷商品的，作小生意的，酒家女和賣藥藝人，而他們在此稍稍落腳一下之後，又多半會再繼續啟程，朝向人生中未知的下一站走去，讓我不禁要想起小津安二郎電影《浮草》中的人物，來來去去，無常不定，宛如黑夜中迷離閃爍的點點螢火，縱橫交織成了

〔註29〕郝譽翔：《逆旅》，臺北：聯合文學出版社 2000 年版，第 17 頁。
〔註30〕郝譽翔：《逆旅》，臺北：聯合文學出版社 2000 年版，第 16 頁。

一篇蒼茫的浮世背景。而我不經意落入其中，張大了好奇的雙眼窺探著，彷彿是趴在拉洋片透出光線的小洞口，注視著這一個包圍著我的、如夢似幻的小宇宙，這一我城，我土，我所歸屬的階級：那些我在生命之初認識的、而我將要一輩子永遠與之同在的人們。〔註31〕

在一個混沌未開的邊陲的地方，流動著社會的邊緣群體：打零工的、推銷商品的、做小生意的、酒家女和賣藥藝人，他們來來去去，居無定所，構成了下層民眾生活的浮世繪；在他們短暫居留的公寓裏，一天的漫長生活更猶如一幅庸俗的浮世長卷：房客之間的閒言閒語，蟑螂飛舞的漏水廚房，夫妻雙方沒完沒了的爭吵。但是，置身其中的郝譽翔不僅作為觀察者而存在，她還是心甘情願的認同者和皈依者：這裡有她將一輩子與之同在的庶民、階級、土地和城市，這是她的物質和精神的家園，也是生命和靈魂的憩所，更是少年流浪的歸宿、心安的故鄉。

而四野只剩下我和騰騰上升流動的淒迷雨霧，但我卻感到這兒比起家，還更像是家，彷彿我從小到大，在這座山腳下一棟挨著一棟的公寓之中，輾轉遷徙，全都是一次又一次無根的流浪，就像是失去了巢穴的螞蟻，盲目地在街巷之間四處亂竄，而此刻，我才終於好不容易回到了屬於自己的地方，第一次感到，自己原來也是可以被理解和接受的心安。〔註32〕

當然，地方作為一個容納不同社會身份群體以及其間權力關係形式的位址，畢竟也存在著多重認同：這種多重認同可以是豐富地方的泉源，或是衝突的火種，也可能兩者皆是。〔註33〕郝譽翔庶民關切的書寫和庶民身份的認同，同樣經歷了一次逆旅之程。北投區與士林區毗鄰：「士林是全世界最繁華的所在，食衣住行娛樂的天堂，而我的臺北地圖不是從中心開始繪製的，卻是反其道而行，從邊緣的北投山區開始，逐漸向南發展到士林為止，但那裡其實還碰不到所謂臺北城的邊。」〔註34〕比起士林的權貴和繁華，北投無疑意味著庶民

〔註31〕郝譽翔：《溫泉洗去我們的憂傷——追憶逝水空間》，臺北：九歌出版2011年版，第157頁。

〔註32〕郝譽翔：《溫泉洗去我們的憂傷——追憶逝水空間》，臺北：九歌出版2011年版，第152頁。

〔註33〕Tim Cresswell著，徐苔玲、王志弘譯：《地方：記憶、想像與認同》，臺北：群學出版2006年版。

〔註34〕郝譽翔：《溫泉洗去我們的憂傷——追憶逝水空間》，臺北：九歌出版2011年版，第97頁。

和荒涼，從邊緣到中心的城市地圖繪製其實已經包含著對於庶民意識的凸顯。而這種從邊緣到中心的逆寫源於「我」對北投的第一印象：「一座彙集了異鄉客的邊緣城鎮，在不見天日的公寓之中，它總是浸泡在沉沉的黑暗裏，那黑彷彿是從某種怪獸深不見底的喉嚨裏一絲絲吐出來，從而織就了無數相互糾纏的網。但在那些網中卻沒有人，沒有臉孔，沒有溫度，沒有呼吸，沒有心跳，只有從不知何處遙遠傳來的回音，幽幽地，在冰冷的水泥牆與牆之間擊蕩。」〔註35〕沒有門也沒有牆，更沒有任何隱私可言，正是在對北投下層生活的親身觸摸和對公寓生活的深度認知的基礎上，郝譽翔拋棄了繁華的士林，選取寥落的北投作為文化身份認同的地方所在。

同時，郝譽翔的庶民關切和北投認同也受到了前代文人的影響。60 多年前，臺灣作家呂赫若就曾寫下了北投的雨和霧、蒸汽和溫暖，也寫下了「在一個困苦又高壓的年代之中，草山如何從大地深處湧出乳白色的泉水，宛如母親的乳汁，撫慰著那些受殖民者壓迫而不安焦躁的魂魄，也洗去了大地上戰火撒下的灰燼，以及層層積累在人們內心深處的憂傷。」〔註36〕正是讀著呂赫若的日記，「我」才知道自己陪伴北投走過的，是它生命中最為沈寂暗啞的時光，「而泉水無言，卻把歷史塵封的記憶和情感，全都一一地洗入了我腳底下的黑色土壤。」〔註37〕不能不說，無論是呂赫若時代的悲情體認，還是郝譽翔少年時代的沈寂感知，都出自他們內心深處的生存悲憫，呂赫若與他的時代同呼吸，而郝譽翔和她的土地共命運，他們的文字書寫無一例外地傳達出他們對北投甚至臺灣命運的認知。換句話說，不僅郝譽翔筆下的北投世界與庶民同在，「我」的成長和命運與庶民同在，甚至庶民身份在某種意義上傳遞著臺灣文學關於族群身份的認定和想像。

需要注意郝譽翔小說中離開與返回的細節，每一個出生鄉土的人的成長都有著類似的經歷，郝譽翔也不例外，「然而我真的離開了嗎？在離鄉將近二十年後，我卻忽然不那麼確定了起來。」〔註38〕正如范銘如所說：「出自對這

〔註35〕郝譽翔：《溫泉洗去我們的憂傷——追憶逝水空間》，臺北：九歌出版 2011 年版，第 61 頁。

〔註36〕郝譽翔：《溫泉洗去我們的憂傷——追憶逝水空間》，臺北：九歌出版 2011 年版，第 148 頁。

〔註37〕郝譽翔：《溫泉洗去我們的憂傷——追憶逝水空間》，臺北：九歌出版 2011 年版，第 149 頁。

〔註38〕郝譽翔：《溫泉洗去我們的憂傷——追憶逝水空間》，臺北：九歌出版 2011 年版，第 162 頁。

種人際網絡的反抗，或是對於家鄉落後的自覺，小說主角常會以離鄉當作自我成長過程的必要條件，最終卻也正是在家族情感或地方文化的召喚下，釐清自我與家族、地方過往的悲喜滄桑之後完成主體性的確立。」〔註39〕郝譽翔小說中的庶民關切和北投認同也經歷了人生「歸去來」的反覆體認，從《洗》到《溫泉洗去我們的憂傷》的創作歷程充分驗證了這一點。這裡還有一個性別和地方的議題，「在不同社會，不同權力向度的相對重要性，會隨著權力關係的差別性構成而改變。」〔註40〕郝譽翔筆下的女性性別於地方書寫中的權力關係建構將在另文探討。無論是女鬼，還是女巫，「藉著鬼魅般的意象或想像，觸及了男性世界所不能或不願企及的議題。久被壓抑的欲望、無從表達的衝動、禮法以外的禁忌，彷彿藉『鬼話』幽幽地傾吐開來。」〔註41〕庶民敘事亦應作如是觀。

總之，地方書寫在文學裏的作用不僅只有隱喻和象徵，還是「敘事的必要條件之一，小說人物或作家在文本內外上的空間位置更是詮釋作品歷史文化意蘊的主要參照。」〔註42〕隨著地方概念的發展和變遷，人文學者不斷思考並闡述人與地方情感聯繫的變化，不斷通過地方的建構來安置他們的記憶、想像和認同，並有效地排斥那些不屬於他們地方的元素。人們也越來越多地思索並進行地方書寫的實踐，以期在全球化浪潮席捲的情形下有效保持並建構地方特色，同時安放流徙中的疲憊身心。郝譽翔說過：「小說無非就是透過某種形式，給予這座廢墟一種秩序，以為他們立下安息的墓碑，以之安定流浪的魂魄。」〔註43〕固一眾作家皆以文字為石，塊壘相疊，砌成不倒的文學靈塔，盛放漂泊不羈的魂魄。

第二節　香港城市想像

作為一個國際化的都市，香港的前世今生吸引著兩岸暨港澳女性作家的

〔註39〕范銘如：《文學地理：臺灣小說的空間閱讀》，臺北：麥田出版 2008 年版，第241 頁。

〔註40〕Linda McDowell 著，徐苔玲、王志弘譯：《性別、認同與地方》，臺北：群學出版 2006 年版，第 333 頁。

〔註41〕王德威：《女作家的後現代鬼話》，《落地的麥子不死》，濟南：山東畫報出版社 2004 年版，第 209 頁。

〔註42〕范銘如：《文學地理：臺灣小說的空間閱讀》，臺北：麥田出版 2008 年版，第32 頁。

〔註43〕郝譽翔：《逆旅》，臺北：聯合文學出版社 2000 年版，第 17 頁。

目光，激發著她們的書寫欲望，香港的人、事、歷史、生活、故事一度成為爭相書寫和討論的焦點，正如香港作家也斯所謂：「到底該怎樣說，香港的故事？每個人都在說，說一個不同的故事。到頭來，我們唯一可以肯定的，是那些不同的故事，不一定告訴我們關於香港的事，而是告訴了我們那個說故事的人，告訴了我們他站在甚麼位置說話。」〔註44〕香港故事的講述者除了西西、施叔青、黃碧雲、陳慧等一眾香港女作家之外，還吸引了世界各地的華文作家嘗試以不同的面向探討香港故事，以慧黠的目光發掘想像的歷史、歷史書寫與過去的真實互動關係。香港由一個破落邊緣的小漁村、發展成一個國際大都市的神話般傳奇經歷，好似灰姑娘一夜之間變成舞會公主的輝煌，夜夜燈火通明，歡歌達旦。大陸作家王安憶曾經在《香港的情與愛》中這樣描寫她想像中的香港：

> 香港是一個大邂逅，是一個奇蹟性的大相遇。它是自己同自己熱戀的男人或者女人，每個夜晚都在舉行約會和定婚禮，盡情拋撒它的熱情和音樂。……它其實是最富傳奇的那種。香港的熱戀還是帶有私通性質的。約會也是幽會，在天涯海角，是一個大豔情。〔註45〕

大陸作家王安憶以一種大陸過客的目光審視香港的面貌及歷史，以不言自明的主體身份把香港作為「他者」處理，企圖透過被忽視的身份，與傳統敘事進行對話，指出香港作為邊緣的城市身份，一切都是暫時的、過渡的、從政權更替到因緣聚散無不如是，問題在於：「她選取了一個非常邊緣的角度（過客、新移民），卻弔詭地從邊緣以曖昧的中心心態統攝香港，在她的注視下，香港成為一個沉默的奇觀。」〔註46〕從而微妙地寫出了被壓抑的女性的掙扎，隱喻了香港在殖民地與祖國之間的位置，繼而從邊緣的身份提出相關的思考。

說到王安憶，就有必要提到張愛玲。作為同樣出身於上海的作家，她們和香港的因緣以及對於香港的特殊情感簡直如出一轍。當張愛玲於1940年代崛起於上海文壇時，其成名作《沉香屑·第一爐香》《沉香屑·第二爐香》《茉莉香片》即以書寫香港為開端，她描寫了特定時代和環境中香港人的香港故事。

〔註44〕也斯：《香港的故事：為什麼這麼難說？》，張美君、朱耀偉編：《香港文學@文化研究》，香港：牛津大學出版社2002年版，第11頁。

〔註45〕王安憶：《香港的情與愛》，《崗上的世紀》，昆明：雲南人民出版社2000年版，第277頁。

〔註46〕陳燕遐：《書寫香港——王安憶、施叔青、西西的香港故事》，《反叛與對話——論西西的小說》，香港：華南研究出版社2000年版，第99頁。

後來又有大量作品表現太平洋戰爭時期香港的種種,如其代表作《傾城之戀》。
寫於 1970 年代、直到新世紀以後才在海峽兩岸公開出版的張愛玲「自傳體小
說」三部曲《小團圓》《雷峰塔》《易經》中依然有大量的香港書寫。香港、上
海是她和她筆下的傳奇人物鍾愛的活動場域,這兩個城市以參差對照的方式,
同時出現在她的小說背景中。特別值得提出的是,張愛玲的長篇遊記散文《重
訪邊城》的後半部分,再一次以寫實的手法描繪了她所珍愛的香港,為她一生
之中第三次較長時間駐留香港留下了珍貴的資料。毫無疑問,對於香港來說,
張愛玲也只是個過客,但絕不是普通的過客。由於經過的次數比較多,而且每
一次逗留的時間也比較長,這些時間段甚至還是她生命中最為重要的段落,其
影響貫穿了她一生,並且這三次逗留都起到了決定其一生命運的作用。因此,
在經過人生的千回百轉之後,事實上張愛玲已經在某種程度上將香港這個他
鄉視之為故鄉,甚至比故鄉還要來得珍重和懷念。《重訪邊城》一開頭即表明
了她的態度和立場:「我回香港去一趟,順便彎到臺灣去看看。」〔註47〕作為
再次重臨的過客,張愛玲不由地陷入對往日香港舊人舊事和舊景光的懷戀:
「其實花叢中原有的二層樓薑黃老洋房,門前陽臺上褪了漆的木柱欄杆,掩映
在嫣紅的花海中,慘淒得有點刺目,但是配著碧海藍天的背景,也另有一種
淒梗的韻味,免得太像俗豔的風景明信片。」〔註48〕相形之下,新蓋的較大
的水泥建築粗陋得慘不忍睹,對於自己的這些不可救藥的懷舊意識,她也知
道不可理喻:「我自己知道不可理喻,不過是因為太喜歡這城市,兼有西湖山
水的緊湊與青島的整潔,而又是離本土最近的唐人街。有些古中國的一鱗半
爪給保存了下來,唯其近,沒有失真,不像海外的唐人街。」〔註49〕「太喜
歡這城市」,這在張愛玲的文字中是極為難得的非常直接的情感表白。張愛玲
關注的焦點多半在於香港建築的形態和市容概貌,於參差對照中不經意間就
把大陸標誌性地景,西湖、青島的建築,海外的唐人街,以及古中國的建築
傳統等熔於一爐,再次體現出空間、時間和文化書寫上的縱橫捭闔與優游出
入。總之,張愛玲在一個並非「故鄉」的地方完成了她關於「故鄉」的訴說,
這是《重訪邊城》中的香港書寫最具深意和價值的所在。

　　同樣作為一名過客,施叔青以《香港的故事》為總題的系列小說著眼於邊

〔註47〕張愛玲:《重訪邊城》,臺北:皇冠出版社 2008 年版,第 10 頁。
〔註48〕張愛玲:《重訪邊城》,臺北:皇冠出版社 2008 年版,第 42 頁。
〔註49〕張愛玲:《重訪邊城》,臺北:皇冠出版社 2008 年版,第 43 頁。

緣人的生存與失落，寫盡了奔波游離於大陸、臺灣、香港三地之間的「邊緣人」在「夾縫之間」生存和掙扎的種種情態和心態：「他們的顛仆命運、蹇促生涯，自是香港生活的又一景觀。」因此研究者謂「施叔青筆下的香江男女，個個浮沉於情慾金錢的輪迴間。上焉者遊戲征逐，『歡世界』歡到百無聊賴，下焉者尋尋覓覓，無從輾轉，每每成為冤孽的犧牲。施的香江絢麗多彩，但轉眼之間，卻變作陣陣鬼火磷光，繁華卻也淒清。施所構築的視景，充斥世紀末式的機巧、頹廢、與肉慾衝動。可取的是，在墮落沉溺的深處，她常能藉自嘲（或嘲人）而召喚一道德角度的自省，雖非意在批判，卻能成就悲憫戒懼的感歎。」〔註50〕這些生存、顛簸於東西文化之間、傳統與現代之間、性別與金錢之間、大陸與香港之間、臺灣與香港之間、過去與現在之間的人物猶如鬼魂再生，提供了觀照香港的另外一種視角。

　　施叔青筆下的「新移民」的生存頗為艱難，一方面物質生存的壓力使得他們必須為自己尋求經濟上的靠山；另一方面個人文化身份感的尋求更加迫切和焦灼，「外來者」（無論來自西方、還是臺灣以及大陸）的身份越發凸顯了其中西文化、傳統與現代之間的矛盾與張力。所以，施叔青筆下人物所處的夾縫空間更加幽深和窘迫。在香港女性小說家筆下，現代香港的生存時間、空間以及混雜的社會文化對於人物來說，都是一種夾縫式的局促存在，這些因素所構成和影響著的生存空間的有限和沉重使人物發生某種變異：或者淪為金錢的奴隸，或者成為證件的附屬，或者是一個個模式化的男人和女人，或者是新移民的尷尬、挫傷、矛盾和游移及至最後的死亡或墮落。

　　在此基礎之上，在香港回歸前後，施叔青又為香港呈現了她的鴻篇巨製「香港三部曲」，致力於香港殖民歷史的還原，力圖在殖民／後殖民、女性權力／政治論述的罅隙確立香港歷史身份，並選取了黃翅粉蝶、洋紫荊、妓女黃得雲等作為香港的象徵。從前期資料的搜集，到香港地理風物的考察，直到香港敘事中大量的歷史資料、傳說、掌故、文獻等的直接運用，都可以體會到施叔青努力還原歷史的意圖和決心，但香港百年殖民的歷史真的被還原了嗎？「當作家不斷以論述複製本土歷史，她筆下的極其量只是一個又一個既不完整又不真實的複製品，徒供作者與讀者消費而已。」而且「每一次歷史書寫都是一次再詮釋，而我們的歷史閱讀更是一次又一次的『誤讀』。並沒有一種

〔註50〕王德威：《從傳奇到志怪》，《閱讀當代小說》，臺北：遠流出版 1991 年版，第225 頁。

『真實無誤』的歷史書寫，只有各種不同的『歷史再詮釋』。」〔註51〕歷史的不可還原性成為歷史的致命悖論。

不同於以上作家的過客身份，香港作家西西的香港城市系列小說表現了相當深刻而強烈的現實和現世關懷。王德威高度評價西西的作品，認為無論就創作的質量或個人經歷而言，西西都堪稱當代華文世界最重要的作家之一。他指出，從 1960 年代中期以來，西西藉各種文類「琢磨語言形式，擬想家國文化，其寫作實驗風格強烈而文字卻清新可觀」〔註52〕。事實上，西西的不少作品，如 1960 年代的《東城故事》、1970 年代的《我城》、1980 年代的《像我這樣的一個女子》、《浮城誌異》，以及 1990 年代的《美麗大廈》、《哀悼乳房》和《飛氈》等，無不引領一個時代的議題和寫作風格。更重要的是，所有這些作品和西西關於香港命運的思考和辯證息息相關。

西西有一系列小說直接書寫香港，如《我城》《肥土鎮的故事》《鎮咒》《浮城誌異》和《飛氈》。《我城》中的人們為城市的明天祈禱：「天佑我城」；《肥土鎮的故事》則結束於老祖母的自言自語：沒有一個市鎮會永遠繁榮，也沒有一個市鎮會恒久衰落，人何嘗不是一樣，沒有長久的快樂，也沒有了無盡期的憂傷；《鎮咒》中一紙遠方的護鎮靈咒融入肥土鎮的山川河流、鐵路車站；《浮城誌異》以十三幅比利時超現實作家馬格利特的畫作，連貫成一篇意味深長的香港寓言故事；《飛氈》故事裏的城市在小說結束時只剩下空白的書頁……這裡，飛土、浮土、肥土、浮城、肥土鎮、飛氈等都有著幾近相同的意義指稱，這些與香港有關的作品表現出非常自覺和明顯的香港城市意識，並構成了一個相對完整的香港身份探討系列。

同時，這一系列作品也充分顯示了西西在這一問題上的系統想像和個人創造，從而使西西的作品成為研究香港身份書寫和城市意識的不可或缺的範本，也使西西成為香港文學史中最具有清醒的自我意識和歷史意識的優秀作家。1980 年代中期以後，西西的《浮城誌異》（1986 年 4 月）、《肥土鎮灰闌記》（1986 年 12 月）應運而生。其實，相關的話題在《瑪麗個案》（1986 年 10 月）中也有相當的討論，而且這三篇收入短篇小說集《手卷》的作品在創作時間上非常連貫，幾乎是一氣呵成。

〔註51〕陳燕遐：《反叛與對話：論西西的小說》，香港：華南研究出版社 2000 年版，第 120 頁。

〔註52〕林寶玲：《記香港作家西西榮獲世界華文文學獎》，《明報月刊》2006 年 1 月號。

　　　　許多許多年以前，晴朗的一日白晝，眾目睽睽，浮城忽然像氫
　　氣球那樣，懸在半空中了。頭頂上是飄忽多變的雲層，腳底下波濤
　　洶湧的海水，懸在半空中的浮城，既不上升，也不下沉，微風掠過，
　　它只略略晃擺晃擺，就一動也不動了。〔註53〕

　　這就是許多年前浮城的誕生，它沒有根。在浮城生活，不僅需要勇氣，還
要靠意志和信心。於是，短短數十年，經過人們開拓發展，辛勤奮鬥，浮城終
於變成一座生機勃勃、欣欣向榮的富庶城市。這裡不但有著現代化的五光十
色、光怪陸離，而且九年免費教育、失業救濟、傷殘津貼、退休制度等計劃一
一實現；不願意生活的人，在這裡享有緘默的絕對自由。那麼，靠奇蹟生存的
浮城，會有掌握在自己手中的恒久穩固的命運嗎？這既是對虛構的浮城命運
的探問，也是對現實中香港的未來命運和前途的憂慮：

　　　　睜開眼睛，浮城人向下俯視，如果浮城下沉，腳下是波濤洶湧的
　　海水，整個城市就被海水吞沒了，即使浮在海上，那麼，揚起骷髏旗
　　的海盜船將洶湧而來，造成屠城的日子；如果浮城上升，頭頂上那飄
　　忽不定、軟綿綿的雲層，能夠承載這麼堅實的一座城市嗎？〔註54〕

　　在對城市命運的思量當中，敘述者有意展示了浮城缺水的問題，在褒揚浮
城所具備的種種現代化設施的同時，也對其物質主義的傾向進行了批判：浮城
居民奮力辛勞的成果，是建設了豐衣飽食、富足繁華的現代化社會，但這充滿
巨大的物質誘惑的社會不免導致人們更加拼命地工作，從而陷入物累深邃的
黑洞。在看似不經意的意識流敘述過程中，隱含著敘述者對特定歷史時間的
想像：這是一個絕對的時刻，也是一個特定的時刻，時針和分陣分別指向了一
和九，秒針不得而知，那麼，這究竟是一個什麼樣的時刻呢？火車來臨，穿透
了壁爐，這不禁會令人聯想到：歷史的強行侵入或改變，一九九七的到來對香
港人來說，不就是這樣的一個時刻嗎？這個時刻的來臨是注定而無法改變的，
未來的生活也是香港人難以預測的。「童話故事告訴人們，子夜之前，灰姑娘
遇見了白馬王子。浮城的白馬王子，也在時間零的附近等待嗎？」既然浮城裏
的人無法在鏡子裏預見城市的命運，那麼，他們就希望自己能長出翅膀，「對
於這些人來說，居住在一座懸空的城市之中，到底是令人害怕的事情。感到惶
恐不安的人，日思夜想，終於決定收拾行囊，要學候鳥一般，遷徙到別的地方

〔註53〕西西：《手卷》，臺北：洪範書店1988年版，第1頁。
〔註54〕西西：《手卷》，臺北：洪範書店1988年版，第7～8頁。

去營建理想的新巢。」遷徙的話題既是敘述的必然，同時又關聯於切近的現實生活：等待過渡的香港，被比擬為懸空的城市，香港人被比擬為候鳥，而未來的家園則是理想的新巢——預示了香港即將掀動的移民潮，也真切地傳達出當際港人猶疑不安的心理狀態。絕對時間——浮城中的生存——遷徙，構成了城市居民的命運寓言，也傳遞了敘述者對香港現實的冷靜體察。

　　但候鳥飛到哪裏去呢？什麼地方才有實實在在、可以恒久安居的城市？而且浮城人不是候鳥，如果離去，也只能一去不返。「浮城人的心，雖然是渴望飛翔的鴿子，卻是遭受壓抑囚禁的飛鳥。」人們不能長出翅膀，而一覺醒來，地上卻長滿了鳥草，風吹過，彷彿拍翼的飛禽。浮城裏逐漸長大的智慧孩子，令許多母親驚懼——由於傳統父親權威的被顛覆，另外一些母親則感到欣喜：「她們的心中一直積存著疑慮與困惑，她們有許多懸而未決的難題。這時候，她們想起了智慧孩子，也許，一切將在他們的手中迎刃而解。」這表明尚有許多人對於城市的未來抱持信心和希望。就是這座奇異的城市，吸引了無數的人來探索和體會，也有關心而沒有來的人，他們在另外的地方觀望：「他們站在城外，透過打開的窗子向內觀望。他們垂下手臂，顯然不能提供任何實質的援助，但觀望正是參與的表現，觀望，還擔負監察的作用。」「在神情肅穆的觀察者臉上，人們可以探悉事態發展的過程，如果是悲劇，他們的臉上將顯示哀傷，若果是喜劇，當然會展露笑容。」於是，「浮城」這一文學意象成為世人矚目的所在，也成為他者參照的鏡像，更成為香港歷史境遇的逼真寓言。

　　《浮城誌異》的敘述者似乎在說著不太相關的一場畫展的事情，有意無意之間將許多世界名畫有機地串聯到了一起，但不需多加揣測和體會，就會發現敘述者的另有所指。有評論者說浮城不是香港，甚至不是任何一座城市，但又怎能不說它是任何城市的象徵呢？〔註 55〕而香港在 1980 年代的命運和爭議，自然就在「誌異」的筆法中獲得釋放和領悟。敘述者看似不經心，以童話般幻想式的語言、蒙太奇的敘事效果，甚至旁逸斜出的奇思怪想連綴成篇，但字裏行間的所指都和城市即將面臨的命運改變息息相關。毫無疑問，敘述者對城市命運的關注相當深沉，她一再地通過浮城的意象和命運啟示，昭告人們即將面臨的選擇，同時又極其巧妙地將進一步的敏感話題避開，以免這篇誌異

〔註 55〕張系國評介《浮城誌異》時就乾脆說：「浮城是香港嗎？我肯定告訴讀者它不是！浮城雖然似乎是香港，其實卻可能是地球上任何一個城市。」轉引自何福仁《〈我城〉的一種讀法》，西西：《我城》，香港：素葉出版社 1996 年版，第234 頁。

式的奇談流露出過多的現實詰難。但顯然，面對這無可躲避的時間到來，敘述者的情懷卻未必始終悲觀，她以平實的口吻表達了人們的內心想法，也以莊嚴的立場傳遞出某種信心，對於未來的城市，她甚至表現出一種任其自然發展的開闊與坦蕩。不過，研究者需要細緻探究的問題在於：浮城在時間面前的命運的必然改變，這一問題的凸顯最終意味著敘述者香港書寫主體自覺的延續，香港的身份關切也由《我城》中的城市意識的初萌、發展到漸次的展開和激烈的論述階段。

於是，《肥土鎮灰闌記》中的「肥土鎮」成為西西筆下的另一個固定能指，幾近程式化的虛構對象，其意義所指也已經昭然若揭：香港的發言權問題。小說篇末注明寫作時間為 1986 年 12 月，其時香港回歸大勢已定，而關於回歸的各種具體細節卻還在如火如荼的交涉和談判當中。此時此刻，西西取材於舊的戲劇故事，敷衍出這樣一篇故事新編，同時在敘述中不斷穿插宗教、歷史敘述中的相關聯的原型故事，於是，《肥土鎮的故事》（1982 年 10 月）漸漸從安寧快樂的語調走向複雜的情感表達，類似於一個少年從夢幻時代走入青春期的多愁善感：「沒有一個市鎮會永遠繁榮，也沒有一個市鎮會恒久衰落；人何嘗不是一樣，沒有長久的快樂，也沒有無盡期的憂傷」〔註56〕，充溢在阿果和麥快樂身上的快樂，就這樣為淡淡的憂傷所代替，城市的將來會怎樣？可以理解的是，這種擔憂表明了過渡和談判時期的人們對香港命運的某種關心，但字裏行間依然可以讀到對繁榮的期許和希冀。西西拋棄了梁秉鈞上文所說的無知的態度，擯棄了西化的理論，以純正的香港身份體驗並傳達出不卑不亢的本土情懷。從西西《我城》開始，晚近的香港女性小說家在她們的作品中也開始越來越頻繁和明顯地以香港的時空背景、社會事件的表現為主，從而大大增強了本土表現的內容，力圖設身處地地反思香港的時空和文化身份，有意識地為香港書寫增添新質和提升內涵。

在創作於 1995 年 11 月的長篇小說《飛氈》〔註57〕中，西西則有意識地拆解各種歷史成說——官方的、民間的、中原的、殖民的等等，當然，拆解的意義不僅在於拆解的過程，還在於拆解之中流露出的建構欲望。時隔十數年，西西的「肥土鎮故事」重新開張，除了延續《浮城誌異》中的香港本土意識探討，再次懸疑香港前途和命運外，《飛氈》似乎意味著西西香港身份關注和

〔註56〕何福仁編：《西西卷》，香港：生活・新知・讀書三聯書店 1992 年版，第 91 頁。
〔註57〕臺北：洪範書店 1996 年版。

書寫的暫時收結。那麼，這次她將向讀者講述怎樣不同的香港意識、城市情結和歷史想像呢？作者在《飛氈》的《序言》中寫道：

> 打開世界地圖，真要找肥土鎮的話，注定徒勞，不過我提議先找出巨龍國。一片海棠葉般大塊陸地，是巨龍國，而在巨龍國南方的邊陲，幾乎看也看不見，一粒比芝麻還小的針點子地方，是肥土鎮。如果把範圍集中放大，只看巨龍國的地圖，肥土鎮就像堂堂大國大門口的一幅蹭鞋氈。那些商旅、行客，從外方來，要上巨龍國去，就在這氈墊上踩踏，抖落鞋上的灰土和沙塵。可是，別看輕這小小的氈墊，長期以來，它保護了許多人的腳，保護了這片土地，它也有自己的光輝歲月，機緣巧合，它竟也會飛翔。蹭鞋氈會變成飛氈，豈知飛氈不會變回蹭鞋氈？〔註58〕

值得注意的是，西西在講述「飛氈版」之「肥土鎮故事」的時候，有一個重要的參照系：巨龍國。在地圖上尋找肥土鎮的時候，先要找到巨龍國——如此，把肥土鎮和巨龍國之間的歷史、地理、經濟甚至文化關係勾連前來，並將其並置，這是一種有意味的並置關係，由此也證明了肥土鎮與巨龍國之間非同一般的密切血緣關係。在這樣的話語設置之後，作者饒有趣味地介紹到了肥土鎮在歷史以及世界商貿關係中的重要作用——對巨龍國所起到的直接的作用。這分明也是對香港歷史上屈辱地位和歷史記憶的警醒之筆。飛氈的意象猶如圓明園，是恥辱和欺凌的見證，如今香港經濟終於騰飛，而歷史對於後人的提示在於：不能把歷史再變成新的萬劫不復的圓明園，不能保存舊的廢墟，製造新的廢墟，講故事的人的微言大義大概就在於此了。然而，「蹭鞋氈會變成飛氈，豈知飛氈不會變回蹭鞋氈？」又回到一個被西西重複了多次、已經沒有任何新意，卻彷彿又不得不再次重複的疑問上面：香港的未來，依舊繁榮否？依舊穩定否？

正如研究者所謂：「香港，一個身世十分朦朧的城市！身世朦朧，大概來自一股歷史悲情。」〔註59〕同《浮城誌異》一樣，故事裏的城市有著讀者非常熟悉的香港的影子：「飛土區是金融中心，南田區有跑馬場，銀線灘有細沙的海灘，半角區有巨大的商場，汜水區有觀音廟，而跳魚灣區，沒有名勝古蹟，也沒有現代化的新型建設⋯⋯」無論叫作飛土鎮，肥土鎮還是浮城，顯然，其

〔註58〕西西：《飛氈・序言》，臺北：洪範書店 1996 年版。
〔註59〕小思：《香港故事一》，《香港故事》，濟南：山東文藝出版社 1998 年版。

現實所指都是作者心目中的香港。《飛氈》的故事依然圍繞荷蘭水廠花順記家展開，花家祖孫三代，銀行家胡瑞祥一家，家具店老闆葉榮華一家，開涼茶鋪的陳老先生和太太……如果讀者沒有忘記的話，花家的故事已經在《肥土鎮的故事》中展開過一次。《飛氈》中的主要人物有花豔顏、花可久，還有她們的叔叔和祖父母，他們生息其中的這塊土地彷彿傳說中的息壤，自生出無窮盡的肥沃的土壤——隱喻著香港新填地的日漸擴大和繁華。

　　但是，沒有一個市鎮會永遠繁榮。《飛氈》可視作《肥土鎮的故事》的擴充和改寫，擴充的內容卻不是花家的家族史，或者線性的香港歷史，改寫也沒有離開香港盛衰繁榮的主題憂歡；真正添加的內容是「各種各樣的知識，有化學、昆蟲學、植物學、天文學、心理學、考古學、煉金術、飛行原理，以至樂器介紹、木材知識、文物拓引技巧等各種軟硬科學知識；當然更少不了地水南音、兒歌民謠等民間藝術，以及拜七夕、打小人等市民生活，也有街市、大排擋等城市景觀，十足一張百衲被，又像一部翔實的地方志，包羅萬有的百科全書。」〔註60〕如此百科全書式的著作幾乎已經成為西西小說的某種標誌（小說《哀悼乳房》同樣具有百科全書式的內容和品格）。在這片繁衍生息的肥沃土地上，敘述者的困惑依然不斷重複顯現：「這傳說是飛來的土地，水中浮出來的土地，龜背上的土地。將來，會回到水中淹沒，還是默默地繼續憂悠地浮游，安定而繁榮？」〔註61〕

　　從《我城》開始，西西開宗明義地表述了其濃鬱的香港本土意識和情懷，然後從《浮城誌異》開始，對香港的城市身份認同進行思考和辯證，這對於香港文學中本土意識的萌發與開啟都有相當的影響作用。但是，從《鎮咒》《蘋果》《瑪麗個案》以及《肥土鎮「灰闌記」》等篇章中，我們看到了敘述者內心的憂慮和矛盾，如果我們把它闡釋為文學家的某種帶有時代預言性的籲求，作家的執著則讓所有的讀者感動。事實上，香港問題從中英談判伊始的1980年代到平穩過渡的1990年代，香港的移民潮也經歷了由高潮到回落的過程，甚至部分移民在回歸之前返回香港——電影《春光乍洩》與小說《失城》都客觀地表現了這一點。但遺憾得是，西西小說卻沒有能夠為香港的身份認同的變化增添應有的新質，而是斤斤於「飛起來」還是「沉下去」的危言聳聽或者

〔註60〕陳燕遐：《反叛與對話：論西西的小說》，香港：華南研究出版社2000年，第127頁。
〔註61〕西西：《飛氈》，臺北：洪範書店1996年版，第508頁。

類似於杞人憂天的絮叨。固然,我們承認和欣賞西西在香港本土書寫方面的貢獻,但十數年間其一系列有關香港城市書寫的篇章幾乎都在反覆重複著一句話,這不能不令人感到作者的某些侷限。

撇開這些不說,《飛氈》作為一部在篇幅上遠遠長過西西以往的有關香港書寫的作品,其於香港身份書寫的貢獻或者說其於香港歷史、生存、文化等又做出怎樣廣博而新質的詮釋呢?西西以看似超然的筆觸,寫下了她對這城市的認同立場,機智地規避了對大歷史的重述和簡單地反殖民論述,她描述香港這城是如何從零時間和零空間開始,農民和漁民如何最早在這土地上繁衍生息,同時對鴉片戰爭也有另闢蹊徑的敘述視角。也就是說,西西在幻想與現實之間、在寓言和童話之間講述了另外一種香港的歷史:基於歷史和現實的境遇,香港與大陸的聯繫密切相關,也許一度它的作用微不足道,但在必要的歷史關口,它又可以發揮舉足輕重的作用。這宣言正是西西這些知識分子的心聲,也是香港回歸之際本土的真實聲音。九七到來就在目前,小說結尾仍然留下了隱隱的不安和牽掛,也許 50 年的許諾再次成為質疑的重點。臺灣研究者施淑也曾對西西的小說予以高度評價:「她提供給我們的是發現香港、認知香港的一個新方式,是關於一座 20 世紀城市的寓言,而這首先表現在特殊的地域感情和人文認同之上。」〔註62〕因此,《飛氈》足以代表西西香港城市書寫的終結,在九七終於到來之前,將她的憂慮、懷疑甚至是她的思辨完整地總結和表達,然後就此作結。

年輕的香港作家陳慧的《拾香記》則是香港歷史書寫中極為特殊的一篇,它既不同於李碧華筆下的風物歷史、時間象徵,也不同於施叔青的鴻篇巨製、殖民反寫,甚至不同於西西的庶民情懷、沖淡風致……小說以亡故者的悲情與沉痛的口吻,回顧了香港動盪與繁華並存、最終一去不返的歷史,以充滿象徵意味的家族歷史書寫,來傳遞動盪時期的人群隱痛,塵封過往的歷史記憶。《拾香記》以連城一家的故事,印證香港半個世紀的歷史,「作者無意寫歷史的驚濤駭浪,只滿足於竊語家族的私隱,實則以一種民間的敘述策略,補『正史』之闕。」〔註63〕而實際上,陳慧的歷史書寫的野心並不僅僅在於補充歷史,而是在於以人物的逝去來埋葬一段曾經奮鬥和輝煌過的歷史。

〔註62〕施淑:《兩岸文學論集》,臺北:新地文學出版社 1997 年版,第 351 頁。
〔註63〕蔡益懷:《想像香港的方法》,北京:中國社會科學出版社 2006 年版,第 315頁。

第三節　澳門書寫隱喻

作為島嶼，澳門的文學沒有臺灣、香港的文學發達；同樣，文學書寫中的澳門也遠遠不如文學書寫中的臺灣和香港頻繁和密集。自從 1557 年開埠，澳門經歷了四百多年的葡萄牙殖民，由於葡萄牙的殖民不同於英國、日本曾經在香港和臺灣的統治方式，屬於一種較為寬鬆的管理，這使得澳門本土文化得以延續和發展，也使得傳統的中華文化在澳門得以綿延生長，再加上外來的葡萄牙文化，使得澳門成為一個名副其實的多元文化共生的具有「小地方，大文化」特徵的島嶼城市，再加上近代以來澳門博彩業的發達，吸引著世界各地人群到此觀光逗留，使得澳門文化更趨多元和現代。但是，由於澳門的居民較少，沒有工業，所以保持著悠閒的慢生活基調，這也形成了澳門與臺灣和香港完全不同的島嶼風情和城市節奏。

1980 年代以來，澳門女性文學也受到風靡世界的女性主義文學思潮的影響，《澳門日報》凝聚了女作家創作群體，並推出了《七星篇》《美麗街》兩個著名專欄，成為集中展示澳門女性文學的平臺。澳門女性文學近 30 年的發展歷程主要由三代女作家創作構成：「其中作家年齡上也體現了其三代相承的特點，如林蕙（凌棱）是第一代女作家，第二代女作家周桐（沈尚青）、林中英都曾受到她的影響，廖子馨（夢子）則是年輕的第三代女作家。接續更年輕一代，如梁淑淇、馮傾城、袁紹珊等則是 21 世紀女性文學作家的一道風景。」〔註 64〕除了在作品中表現女性的獨立自主意識之外，這些女作家的作品大多以澳門作為故事的背景，表現出澳門的文化特徵和生活品味。

澳門回歸前夕，林中英的散文《小澳門大澳門》是專門書寫澳門的篇章，散文將 24 平方公里 40 萬人口的澳門之小，與國際身份人類歷史之中的澳門之大進行參差對照，證實了澳門「小地方，大文化」的品格。林中英的散文《十年》則在澳門回歸十週年之際，寫出了澳門空間與時間的斷裂，凸顯回歸十年不同人群的身份認同問題。特別值得一提的是，廖子馨的小說《奧戈的幻覺世界》著眼於土生葡萄牙人的身份尋找問題，小說主人公奧戈的父親是葡萄牙軍人的祖父與家中中國籍婢女的私生子，奧戈的母親則是馬來西亞人，實際上他是葡萄牙、馬來西亞和中國的混血兒。奧戈從生下來就被純種葡萄牙孩子罵作「中國雜種」，而他則出於身份的困惑不斷地尋找自我的認同和歸屬，在此過

〔註 64〕荒林：《「澳門性」與澳門的女性主義寫作》，《中華女子學院學報》2015 年第 4 期。

程中經歷了嚴重的自我分裂並不斷地產生錯亂的幻覺。借助奧戈這一人物，廖子馨觸及並深入挖掘了澳門人的身份認同這一頗為複雜而沉重的話題。

相對於澳門作家的澳門書寫，澳門還吸引了更多的作家的注意並將之作為書寫的對象。長期生活在香港並將香港作為主要書寫對象的黃碧雲，經歷了數年的沉默，2011 年再推出長篇小說《末日酒店》，不僅將故事發生的地點設置在澳門，而且整個小說的情緒氛圍營造和象徵隱喻意義都與澳門的經歷與命運極為貼近。黃碧雲在完成了其香港書寫系列之後，再次通過對澳門的書寫來表達其特別的末日情懷，此間複雜的心路歷程，正如她在後記《小書小寫》中所說：

> 沒甚麼，不過是從人生的一端到另一端。中間經歷長長的沉默。
>
> 現在我知道了，其實我已經知道，沉默就是沉默。
>
> 它最豐盛，也最艱難。無法述說。
>
> 我失去我的過往，國度，親人，朋友，工作，字。我得到一個
> 陌生語言，陽光土地，骨灰，知悉與斷絕，心病，畫。我忘記我的
> 字：「你最好把它忘記」。〔註65〕

這意味著此間發生過很多人和事的巨變，黃碧雲不能不寫，寫出來仍是一本時間之書，一本記憶之書，一本關於斷絕和死亡的訣別之書。在澳門回歸12 年之後，黃碧雲以魔幻現實主義的筆法，借文字重現舊日帝國景光，帶領讀者返回到上世紀 40 年代這家澳門酒店初創時的嘉年華：

> 當初還很光亮，酒店開張的時候，葡國人還在澳門，男子穿一
> 套早晨禮服來參加酒會，女子都露著肩背，執一把珠貝扇，戴粉紅
> 翠綠羽毛的大草帽，不見臉孔，只見耳環和嘴唇。很熱，酒店的經
> 理嘉比奧鼻子好尖，掛了一滴一滴的汗。〔註66〕

回憶由此開始，陸續展現在歷史變遷中澳門殘留在人們記憶中的帝國夕陽景光。所以，這還是一本失去和死亡之書，書寫仍然是忘卻與記憶之間的博弈和掙扎：「我萎謝的時候，時間停止。泥土濕潤的時候，請你記著我的眼淚。」〔註67〕可以說，黃念欣關於黃碧雲小說結構和框架的分析，切實把握到其小說創作的精髓：「末日、酒店、暫借、旅寄、遺忘——一篇始於空間（『他

〔註65〕黃碧雲：《末日酒店》，臺北：大田出版 2011 年版，第 116 頁。

〔註66〕黃碧雲：《末日酒店》，臺北：大田出版 2011 年版，第 14 頁。

〔註67〕黃碧雲：《末日酒店》封面，臺北：大田出版 2011 年版。

們都已經忘記我了，和那間 107 號房間。』）而終於時間（『這個小銀鐘，一直放在依瑪無玷修女的校長室桌面，忠心行走。』）的小說，所承載的繁華與虛空（vanity），我們多麼熟悉。」〔註68〕空間、時間、繁華、虛空，這些不僅是黃碧雲小說的關鍵詞，而且構成了黃碧雲小說中二元對立、不可調和的兩極世界圖景。黃碧雲在香港版的《序》中寫道：「小說總結生活，並且比我們的生活驕傲，跳脫，自由，長久：我們生活之中，無法得到的，小說賜予，因此我必須寫。」〔註69〕故事的場景在澳門展開，一間葡萄牙人開的酒店裏發生的各種離奇詭異的故事，疾病、死亡、撤退、人事更迭是穿插其中的主要情節，人物的生死固然悲切甚至恐怖，但黃碧雲有意使用的一種讀起來極其平淡的語言，讓一切變故的發生看起來自然又必然。上百位的外國人的人名令閱讀充滿阻隔和恍惚，在代際的更替之餘彷彿有個幽靈徘徊在酒店內部，見證著一切衰落和隱退，令她耿耿於懷的依然是「失落」這個話題：

> 一個時代的終結的意思是，沒有人再記得曾經發生的事情。
>
> 因為也不重要。〔註70〕

有些事情發生了又結束了，人們沒有記憶，有些時間和空間曾經存在和駐留，但一切流逝之後又有什麼能夠證明曾經有過和存在過？「神父，他問，你見到的，一定在嗎？你看不見的，是否就沒有了？如果我見到的，有時在，有時不在，這物到底在也不在？」〔註71〕正如黃念欣在評論中所指出的：「千百種離鄉背井的末日帝國心情，英國人在香港，英國人在印度，法國人在越南，法國人在福州，以至於葡國人在澳門，對早年在西報任職政治新聞記者的黃碧雲以及她的讀者而言，還有什麼不能理解的呢？」〔註72〕是故，黃碧雲筆下的澳門景光與香港何其相似，一個城市的被接管與一個酒店的被接管又何其相似，而酒店和修道院、病院似乎也沒有什麼區別：

> 酒店是甚麼？和修道院一樣嗎？小也諾連莫問。
>
> 酒店是旅人過夜的地方，或者，神父說，你說得對，和修院一

〔註68〕黃念欣：《末日之後、若寄浮生——筆記黃碧雲〈末日酒店〉》，《信報》2011 年 7 月 9 日。

〔註69〕黃碧雲：《末日酒店・序》，臺北：大田出版 2011 年版。

〔註70〕黃碧雲：《末日酒店》，臺北：大田出版 2011 年版，第 39 頁。

〔註71〕黃碧雲：《末日酒店》，臺北：大田出版 2011 年版，第 108 頁。

〔註72〕黃念欣：《末日之後、若寄浮生——筆記黃碧雲〈末日酒店〉》，《信報》2011 年 7 月 9 日。

樣，我們在此知道肉身的暫時。〔註73〕

耿耿十年之久，奔波放逐於世界各地，黃碧雲依然不能釋懷，借著一個血腥的死亡故事，再次回到澳門的海岸，鋪陳了近半個世紀當中澳門一家酒店的歷史，又一頁殖民地的歷史。正如一眾讀者所解讀到的，澳門又豈不是香港？心中的舊痂還在，黃碧雲一念耿耿的舊日情懷，雖經十餘年歲月的沉澱依然念茲在茲。而且記憶就這樣不經意地來到筆下，使她不得不書寫，「我萎謝的時候，時間停止，泥土濕潤的時候，請你記著我的眼淚」〔註74〕，惘惘情懷一如既往，書寫是為了遺忘，更是為了記憶。而詭異敘事的小說氛圍更加濃鬱，神秘的死亡事件、奇怪的人物命運，「我」的祖父在四十二歲的時候就無法捉緊一隻杯子，而「我」的祖母則十二年沒有說話，祖父說是珍珠卡住了她的喉嚨，祖母從澳門返回里斯本後開始說方言，「我父親說，你出生的那個晚上，你祖母去到里斯本後，開始說方言，沒有人能夠明白的語言，其後六年，她換了生活的六種方式，同樣沒有人明白的不同方式，」〔註75〕那是一種沒有人能明白的語言，沒有人能理解的生活。母親則沉迷於未知世界，日日在塔羅牌中尋找命運的啟示。沈寂昏黃的氛圍，怪力亂神的人物，充滿隱喻的死亡遺跡，黃碧雲再一次用《末日酒店》詮釋了澳門被殖民時代的徹底結束。

就在人們期待著澳門本土作家貢獻出更多書寫澳門的力作時，嚴歌苓的長篇小說《媽閣是座城》橫空出世。不言而喻，「媽閣」既是澳門的代指，還是一座賭場的名字：「他早聽說一個並不遙遠的地方叫媽閣，擺著千百張賭桌；充滿三更窮，五更富，清早開門進當鋪的豪傑。可惜媽閣給另一族番邦占去好多年，反而不讓他梅大榕這個本邦人隨便進去。就在媽閣海關外面，梅大榕找到一個賭檔。那一夜錢去得一瀉千里。」〔註76〕嚴歌苓在這裡為她最擅長的人性書寫找到了最絕妙的場所和人物搭配：各式各樣的賭場，形形色色的賭徒，而整部小說則透過賭場發牌手梅曉鷗的所見所聞、所愛所恨，透過情感欲望、生死離別的書寫，對人性之善惡、強弱、畸變進行了淋漓盡致地展示。儘管澳門只是小說情節和人性內涵展開的背景，但人物的愛恨情仇都和這環境有著密切的內在聯繫，何況嚴歌苓有意通過這些人物的書寫，來展示澳門所特具的一種城市品性和文化風格。

〔註73〕黃碧雲：《末日酒店》，臺北：大田出版 2011 年版，第 106 頁。
〔註74〕黃碧雲：《末日酒店》，臺北：大田出版 2011 年版，第 16 頁。
〔註75〕黃碧雲：《末日酒店》，臺北：大田出版 2011 年版，第 46 頁。
〔註76〕嚴歌苓：《媽閣是座城》，北京：人民文學出版社 2014 年版，第 6 頁。

一切都圍繞著賭博行為而進行，一切都配合著賭博活動而存在。在這個全世界為了賭博而趨之若鶩的地方，在這個為了金錢的欲望而博弈不息的地方，各種人性的精彩畫面不斷上演。五月初又到了澳門鬧人災的季節，珠海到澳門的海關從清晨到子夜擠著人：「什麼都嚇不退人們，三小時、四小時地排隊，污濁的空氣，澳門海關官員的怠慢和挑剔，你急他不急，反正到時他有換班的。旅行團戴著可笑的帽子，腹部掛著可笑的包，所有的胳膊守護著包裹的內容，每一個擠過來的人都讓他們的心緊了又鬆，包中的賭資又一次幸免於劫。」〔註77〕而澳門這邊所有的人渣也都因著賭博客的到來而泛起，有幫人排隊的黃牛、有推銷秀票的黃牛、有幫人扛包的腳夫，真真假假、好壞難辨；各種推薦按摩院、旅館、散發餐館折扣券的捐客就更加不計其數……就連媽閣的風都是黏人的，不潔的，就像萬人摸過的鈔票那種黏糊糊的感覺。最驚心動魄的還是對賭場的描寫：

> 老貓空白著一張臉對著曉鷗。媽閣的小賭場星羅棋佈，曲徑通幽，段凱文鑽進去，十個老貓都別想捉回他來。段凱文貧苦出身，現在也可以跟貧苦賭徒坐在一桌，照樣酣暢淋漓地玩個晝夜顛倒。媽閣的賭界是一片海，遠比媽閣周邊真正的海要深，更易於藏污納垢，潛進去容易，打撈上來萬難。只要段凱文放下了架子，調整了心態，肯和下九流賭徒平起平坐，可有的玩呢！那些小賭檔也會有小疊碼仔，他可以借到小筆賭注，一個賭場賴一筆賬，段總可以在賭海中頤養天年。〔註78〕

有人一夜暴富，有人一夜赤貧，有人一夜之間經歷了數次天堂與地獄之間的跳躍捶打，在這時是最可以看出人性最真實也是最醜陋的一面，無論怎樣的體面人在被金錢的欲望所挾持時，其所表現出來的貪婪及至絕望都令人震撼。而當欲望的潮流漸漸平息下來，人物已經能夠抗拒賭場的魔力，他們也才終於回歸到真正的澳門生活中：曉鷗發現自己開始有早晨了，作為澳門賭場的疊碼仔，之前的她從來沒有看到過早晨，她終於發現：「原來她是這麼喜歡早晨的人，媽閣的早晨屬於漁夫、蔬菜販子、小公務員、上學的學生，現在她知道這些人佔了多大的便宜。她也知道擁有夜晚的富人們虧有多大，日出比日落好得多，看著越來越大的太陽比看著越來越小的太陽好得多。太陽從一牙兒到

〔註77〕嚴歌苓：《媽閣是座城》，北京：人民文學出版社2014年版，第113頁。
〔註78〕嚴歌苓：《媽閣是座城》，北京：人民文學出版社2014年版，第396頁。

半圓，再到渾圓就像一件好事情越來越大，越來越近，她站在自己的陽臺上，看日出看得咖啡都涼了，但她還是錯過了太陽最後圓滿的剎那。據說不是每個人都能看到那一剎那的，要心誠，氣息沉潛，不然眼皮會抖，你並不覺得它們抖動，但那微妙的抖動恰好讓你錯過太陽被完全娩出的一瞬。她想她什麼時候能沉潛到那個程度，看到太陽從海裏上天。」這是從欲望裏走出來的曉鷗，是經過靈魂洗滌的梅曉鷗。

　　無論這裡的海關還是賭場，無論這裡的夏風還是大海，無論這裡的日出還是日落，都是展現人性的最佳場合，每個屬於澳門的場景都提供了深度展現人性的平臺。媽閣的海也是威力無邊，包容一切，什麼都可以往裏扔，輸光的賭徒把自己扔到海裏，賴了別人太多帳的人被別人扔進海裏，岩石沙土垃圾被當做填海物扔進海裏，好脾氣大胃口的海給什麼吃什麼。無論平靜還是狂暴，澳門的海默默注視著這裡發生的一切，默默地收容並清掃著這裡的一切。澳門的海，不僅是澳門的見證者和保護神，同時象徵著澳門多元文化的巨大的包容性，隱喻著澳門歷史變遷中發達與腐朽的並存，榮耀與恥辱的同在，現代性與傳統的兼容。當然，小說為挖掘人性面向所構築的現代都會生活及其場景、生活方式及其節奏、人性的放縱與收斂、心理的畸變及其結局，也傳遞著敘述者對於澳門社會現代性的某種批判和反思。

第四節　世界旅行地志

　　隨著1990年代以來全球化的推進，世界正在被濃縮為一個村莊，儘管人們在原地也可以觀看並擁有世界，但比起讀書和上網，行走世界更具意味。尤其是對於以寫作為業的人來說，行走與思考是文字創造的必要前提和應有內涵。一如臺灣女作家陳燁所說：「旅遊豐富我的生命；對我而言，這是一個追尋夢境的過程。」「寫作和旅遊，是我完成人生的兩種手段。」〔註79〕與此同時，臺灣華航與長榮兩大航空公司相繼設立旅行文學獎，引爆了以旅行為主題的書寫熱潮。恰如學者胡錦媛所言：「自九零年代以來經濟力的提升，全球化的願景，對異國的想像與緊張的生活壓力，使旅行爆炸性的成為臺灣全民生活的『必要』，一種持續進行的集體儀式，旅行所激發出來的敘述欲望與全民書

〔註79〕魯子：《用生命寫小說的人──陳燁側記》，陳燁：《牡丹鳥》，高雄：派色文化
　　　　出版社1989年版，第1～2頁。

寫能量在旅行寫作中找到了最鍾情的消耗空間。」〔註80〕旅行書寫一紙風行，很快風靡兩岸暨港澳，旅行書寫也不斷深化，許多作家寫出了系列具有代表性的旅行文學作品，以致形成兩岸暨港澳華文文學不容小覷的創作方向。

眾所周知，經歷了世界範圍內男女平等的思想啟蒙和女權主義運動的洗禮，直至 20 世紀大量女性旅人才得以跨出家門走向世界，用文字記錄旅行過程中的經驗感知，填補女性文學中旅行書寫的空白。但是，長期的旅行缺席，讓女性旅人有一種「遲到的焦慮」〔註81〕。很多旅行地都曾經被男性旅人觀光或書寫過，如何擺脫男性建立旅行書寫的話語模式，走出一條帶有女性意識的旅途是女性作家書寫的必要。故兩岸暨港澳女性作家在作品中轉換視角，以女性獨特的感性言說，呈現出區別於男性作家的旅行書寫。男作家文本多注重宏觀旅行書寫，例如余光中的「文化之旅」，羅智成的「極限之旅」，劉克襄的「生態之旅」等；而女性作家則更側重旅行過程中的自我感受，如鍾文音旅途中的情愛糾纏，郝譽翔的重回父鄉的親情重溫，賴鈺婷的故地追憶等。大陸旅行書寫的女作家代表則有陳丹燕、賀澤勁等。她們從旅行者與地域空間的由淺入深的對話出發，發掘女性言說個體隱含在地理空間、情感空間、生命空間這三個維度中的旅行感知與個體體驗，並通過性別身份的差異彰顯了超越空間界限的現代性別意識，打破了旅行文學創作的男性中心傾向，建立了具有陰性特質、感性言說的女性旅行書寫體系。

兩岸暨港澳女性文學打破了古代女性無法邁出家門的禁忌，在行走世界的旅行中用自己的眼光與思維觀察和審視世界。女性旅行文本既吸取了每個代際的旅行書寫的優點與長處，又結合時代與現實的特點，逐步建立起一套屬於自己的旅行書寫體系：在旅行的地理空間上由外域逐漸轉回本地；在旅行體驗上更加注重深度挖掘內心感受；在旅行動機上由最初的獵奇心態轉為主體情感的驅動。以上旅行書寫話語反映在具體的女性旅行文本中，表現為旅行的空間層次更加豐富，從最初的地理空間、到情感空間、再到生命空間，逐層深入，展現了女作家的自我主體的成長與心靈的充實。雖然女性主義思潮的普及給予女性更加平等自由的文化氛圍，但是一個女性旅人在旅途中還是無法擺脫男性充滿曖昧的凝視。女性旅人選擇在被觀看的父權體制下，勇敢地跨越性別權力的限制，用自己的眼睛觀看自然風景與庶民生活。跨越疆界相較於定居

〔註80〕胡錦媛：《臺灣當代旅行文學》，臺北：萬卷樓圖書 2006 年版，第 171 頁。
〔註81〕胡錦媛主編：《臺灣當代旅行文選》，臺北：二魚文化 2013 年版，第 6 頁。

一地更能體驗到強烈的文化認同的碰撞、衝擊和擺蕩。在傳統與現代，東方與西方，消費與網絡的多重觀感之下，兩岸暨港澳女性文學的旅行書寫放下了當初狹隘的身份歸屬的迷茫，以更加開放、更加多元、更加理性的態度書寫並審視她們在不同地理空間和文化身份下的認同差異。

一、旅行書寫的發展歷程

20 世紀 50、60 年代，在政治環境與經濟背景的雙重重壓中，無論是在大陸，還是在臺灣、香港和澳門，旅行只是少數特殊階層的女作家才能擁有的權力，如臺灣政治大學新聞系畢業的女記者徐鍾珮、跟隨夫婿旅居遊歷的女作家鍾梅音等。因旅行外出的種種限制，此時期的旅行書寫還處於萌芽階段，文體大都以散文為主，偏向於對異國風物的紀實描繪，沒有明顯的個人特色，更不用說性別意識和身份認同等問題。此時旅行書寫的目的也僅僅是向處於閉塞環境裏的人們展現異國風貌，家國情懷也常縈繞在心中。鍾梅音在旅行散文代表作《海天遊蹤》中，在遊歷了歐洲名勝古蹟之後，發出如下感概：

> 且看歐洲，他們文化的發展是自南而北的，當南歐與中歐文化鼎盛時，北歐還是海盜世界。再看我們自己，當唐太宗威震八方萬國來朝時，挪威人正挾其快速艦隊在海上以劫掠為生，直到十世紀時仍是法蘭西海岸的嚴重威脅，現今英國王室的一世祖——諾曼底公爵威廉，正是當年綏靖政策之下被法國收買的海盜的孫子。而現在挪威京奧斯陸市容的整潔，這比「海盜後裔」的生活習慣之高尚，處處都堪為世界一流都市的模範，真叫我們這具有「五千年文化」的黃帝子孫愧疚。〔註82〕

不難看出，鍾梅音雖然首次遊歷歐洲，但對歐洲旅行的感知與體驗是從國家民族命運的視角出發，以歐洲今日的高速發展，對比當下母國的落後，不禁為擁有五千年燦爛文化的炎黃子孫感到汗顏。作為渡海來臺的大陸女作家，鍾梅音有濃重的家國觀念，雖然兩岸因政治原因而阻隔，但她的文化之根一直植於傳統中華文化之中，懷鄉之感、家國情懷也長存於她心中。現在置身歐洲大陸，她心中念茲在茲的仍然是民族命運，當挪威整潔的市容展現在面前時，她全然沒有個人的感受，頭腦中即刻想到卻是民族命運的起落。同樣，在徐鍾珮的《英倫歸來》《追憶西班牙》等作品中也是結合國家民族的命運來審視旅

〔註82〕鍾梅音：《海天遊蹤》，臺北：大中國圖書 1974 年版，第 3 頁。

途中的異國人文和地景風貌。大陸女作家冰心的散文《櫻花贊》《一隻木屐》也帶給讀者關於中日人民之間友誼的長久的感歎。

如果說 1960 年代之前臺灣女性文學的旅行書寫因旅行目的地、旅行人群等方面的侷限，使得旅行體驗不夠深入，旅行動機缺乏自主性，旅行書寫的模式比較單一，只能視作閉鎖年代裏介紹異國風貌、域外風情的紀實散文，還沒有形成鮮明的自我意識與個人風格。其突出特點在於仍然延續著五四新文化運動的美文風格，注重語言的錘鍊與形式的雕琢，常懷家國之情，與同時期男性作家的作品並無太大差別，尚不能稱之為嚴格意義上的女性文學旅行書寫，只不過是一些以旅行為主題的紀實或抒情散文而已。但女作家選擇以異域旅行作為創作主題，都為文壇帶來一股清新之氣，豐富了當時的散文創作內容，並為之後女性文學旅行書寫的繁榮奠定了基礎。

20 世紀 70～80 年代，大陸開啟了新時期文學的階段，而臺灣隨著 1987 年戒嚴令的解除，海峽兩岸均處於相對穩定的社會氛圍下，文學也逐漸充滿活力。「臺灣女性文學史上，20 世紀八十年代以來，最值得紀念，這個時期女作家集體崛起」。〔註83〕女作家群體以獨立自主的意識，鮮明活潑的風格，在臺灣文壇嶄露頭角。就旅行書寫而言，1974 年在臺灣《聯合報》副刊第一次發表作品的三毛，以《中國飯店》開始了旅行書寫由紀實性向個人化轉變的探索與嘗試。1976 年，三毛出版了其旅行散文集《撒哈拉的故事》，其中收錄的《結婚記》《懸壺濟世》《中國飯店》等 13 篇文章，生動記錄了其旅居沙漠充滿異國情調的生活故事。隨後，又陸續推出《哭泣的駱駝》《雨季不再來》《稻草人手記》《溫柔的夜》《萬水千山走遍》等多部旅行作品，一時之間洛陽紙貴，並暢銷多年，其旅行的地理空間涉及非洲、歐洲、中南美洲等多個區域。

三毛的旅行文學作品之所以如此引人入勝並風靡華人世界，是因為她的書寫打破了小說與散文的文體界限，融異域風光和奇聞異事於一體，跳脫了五、六十年代旅行書寫中的家國之思，以瑣碎日常的生活為創作題材，尤其是配合著她與荷西異國婚戀的情感體驗和傳奇故事，使其旅行書寫具有強烈的不可複製的個人風格。三毛的旅行書寫開啟了旅行書寫從自我出發，追尋自我內心的過程，由此開始，旅行書寫也由單純的異域風貌的再現轉變為對個人化的旅行體驗的展現。同時期，除了個人化的旅行體驗，旅行書寫的另一個新探

〔註83〕閻純德：《臺灣女性文學的歷史與現狀》，《中國文化研究》2009 年第 4 期。

索就是從微觀視角入手，書寫旅途中的小事情，捕捉旅途中的小細節，這也從側面證明，女性的性別意識對旅行文本的滲透是通過旅行過程中的新發現開始的，並由此對傳統意義上的旅行書寫開始進行解構。

事實上，女性的旅行書寫與男性的旅行書寫的區別不僅僅在於細節的新發現，關鍵在於他們將「自我」置放在何處？即在旅行的過程中，他們是如何安放他們的自我以便傾聽來自被觀察者的聲音。一般來說，「男性在旅行時往往努力維持自我，因而常會把自認為放諸四海而皆準的價值觀加諸所到之外，其實是一種殘存的潛伏的征服者意識。女性旅行者比較虛心且好奇，喜歡詢問也願意傾聽，女性的希望瞭解與被瞭解在哪裏都一樣」〔註84〕，正是這樣的一種女性陰性氣質讓她在旅行途中更加敏感，不僅注意到男性旅行所忽略的小細節，而且能夠發現和傾聽來自邊緣群體的聲音。這一時期女性文學的旅行書寫不再是記敘與描寫異國獵奇的紀實散文，而是表達個人在旅行途中的感知和體驗，是個人化的旅行經驗和女性意識的流露，是真正意義上的女性文學的旅行書寫。

林文月在散文集《夏天的會話》中寫自己因為訪學之故，來到日本京都進修一年，正值櫻花盛放的時節，得以欣賞京都久負盛名的藝妓表演。作者在欣賞讚美之餘，不由想到：「京都的藝妓和舞妓不惜一擲千金，以換取心愛的服裝，而為籌這一筆龐大的置裝費，她們所抵押掉的，往往是整個的青春。」〔註85〕在旅居異國欣賞演出時，能以同情理解之心來體恤他者，通過藝妓青春的身姿、華麗的服飾，感知她們華麗人生背後的辛酸，這是一位女性旅人在觀看同為女性的藝妓表演時才能產生的細緻觀察。熱鬧的舞蹈並沒有使作者忽略掉藝妓的孤寂與無奈，這是女性作家旅行書寫的獨特之處，女作家細膩的筆觸、敏銳的感受力，使她們比之男性作家更能關注到旅行中的弱勢群體，並由此生發悲憫之情。

20世紀90年代，兩岸暨港澳女性文學進入繁榮發展的階段。女性寫作的題材大到政治歷史，小到婚戀家庭，既刻畫心理也描繪情慾，既有男女情愛，也有同性愛欲，如朱天心、蘇偉貞的「眷村書寫」，李昂、平路的「政治書寫」，邱妙津、陳雪的「同志書寫」等。在全民旅行的熱潮與旅行文學獎的合力推動之下，更多女作家投入到旅行書寫當中。在創作形式上，女作家採用日記體、

〔註84〕李黎：《翡冷翠的情人》，上海：上海文藝出版社2003年版，第146頁。
〔註85〕林文月：《夏天的會話》，北京：百花文藝出版社1997年版，第145頁。

書信體、紀行體等各種各樣的形式，跨越了小說與散文的界限，不斷在文體上突破創新，如吳淡如的《淡季遠行》、張惠菁的《日本行走帖》等；在創作主題上，有記錄深入險境的冒險之旅，有特定場景的專題之旅，如黃惠玲的《地圖上的藍眼睛》、鍾芳玲的《書店風景》《書天堂》《書傳奇》等；在旅行方式上，有公路騎行，有搭順風車之旅，如杜蘊慈、黃惠玲的《地圖上的藍眼睛》、師瓊瑜的《寂靜之聲》等。這一時期女性文學的旅行書寫，不僅同前兩個時期女作家旅行書寫的風格不同，更與同時期男作家的旅行書寫風格迥異。在女作家的旅行文本中，流露出一種對旅行體驗的感性言說，以小見大，透過細碎的旅行感知，探索旅行與內心的連接，追尋旅行給個體生命與自我靈魂所帶來的觸動與改變。

從 20 世紀 50～60 年代的萌芽階段，到 20 世紀 90 年代的興盛階段，經過幾十年的不斷嘗試與探索，女性文學旅行書寫的內涵更加豐富，主題更加多元，而且文學價值不斷提高。但是，由於 20 世紀 90 年代臺灣文學旅行書寫的熱潮是由兩大航空公司的文學獎引爆，所以消費主義傾向和商業化驅動也導致了旅行書寫存在某些誤區：例如，通俗成分過高，文學價值偏低等。而且，大量的旅行文學作品中不乏一些質量不高、以觀光宣傳或攝影展示為主的旅行手冊，再加上大眾媒體的宣傳、博客網站等各種新媒體手段的推送都為旅行作品的創作與發表提供了過於寬鬆的環境，很多旅行文學作品沒有經歷時間的考驗與讀者的篩選，就匆忙出版，影響了其文學價值和讀者接受。甚至，有些為了追逐商業價值而推出的旅行文本並非真正的旅行文學，至多只能稱之為旅行產品，根本不具備研究的價值和意義。

進入新世紀以後，兩岸暨港澳女性文學的旅行書寫又呈現出新的特質。隨著世界經濟的高速發展，全球一體化進程的加快，旅行儼然已經成為普通民眾的休閒娛樂方式之一，加之網絡科技日新月異，足不出戶就可盡觀異國風景，借助旅行探索異域的作用被大大消解。在這個信息化轟炸的時代，出國旅行不再是新鮮事，旅行書寫再無法通過展示異國風情而吸引讀者。女性文學的旅行書寫就越來越具備更加私密的個人體驗，甚至通過旅行書寫來進行個人自傳或家族史的創作。如陳玉慧遊走於自傳與日記體之間的旅行書《依然德意志》《慕尼黑白》；多次榮獲長榮、華航旅行文學獎的旅行專業戶鍾文音，先後出版了《最美的旅行》《臺灣美術山川行旅圖》《三城三戀》《奢華的時光：上海的華麗與蒼涼》等 20 多部旅行文學作品；通過文學獎迅速崛起的臺灣文學新

秀賴鈺婷,由撰寫《幼獅文藝》「臺灣鎮鎮走」專欄一舉成名,先後出版了《小地方》《彼岸花》《遠走的想像》等極具個人色彩的旅行文學作品。

總括以上女性文學旅行書寫半個多世紀的發展歷程,臺灣文學史研究者陳芳明認為「黃寶蓮(1956～)可能是開啟旅行書寫的最早一位」〔註86〕。她的《流氓治國》(1989)一度震撼臺灣文壇,書中描繪了改革開放初期的中國,她以女性觀點看到一個改革之初、缺乏秩序的社會,敏銳的眼光,犀利的評判帶給讀者觸目驚心的衝擊。在此之前,她還寫過《渡河無船》(1981)、《我們是民歌手》(1982)、《愛情賬單》(1991)以及《簡單的地址》(1995)。長期的異國旅居經驗,使得她更多地探索並表達個體內在的細膩情緒。新世紀之初出版的《未竟之藍》(2001)寫的是女性單身隻影橫跨亞洲大陸、經過西伯利亞,到達歐陸的長途跋涉歷程。所以,有研究者認為:「這部散文集不是文字寫出來,而是以漂泊的生命所換取。」〔註87〕《仰天四十五度角:一個女子的生活史》(2002)又展開另一場精神的旅行,開始直面並清理過往的生活與記憶:「活著是為了尋找密碼,解開一道完美的方程式。」如果說密碼就是家庭基因,那只有在回不去的童年、回不去的原鄉才能尋回。種種動人心弦的描述,顯示其文字藝術的更臻化境。除此之外,她的散文還包括《無國境世代》(2004)、《芝麻米粒說》(2005)、《五十六種看世界的方法》(2007)等。

特別需要提到還有鍾文音(1966～),其小說與散文在兩岸暨港澳頗受推崇:一方面,「主要原因在於擅長從事時間與空間的旅行。女性身體的漂流,很難找到自我定位,她的文字出現後,為臺灣文壇展現女性的視野。她的凝視,一方面朝向過去的歷史,一方面放眼遙遠的異國。眼光所及之處,都注入她的觀點與詮釋。」另一方面,「由於不斷旅行,不斷閱讀,鍾文音彷彿是一座取之不竭、用之不盡的礦山。而且通過時間與空間的不斷移動,造成她的風格也不停變化。」〔註88〕鍾文音的第一本散文集《昨日重現》(2001),以女性觀點重新建構家族系譜,可以看見男性史家看不見的盲點。如果有所謂的母系書寫,應該是周芬伶開其端,而鍾文音更深刻延續這個路數。她的旅行散文是一種女體的出走,隻身單影去承受異國的風情,反身叩問作為女島的命運。《遠逝的芳香》(2001)、《奢華的時光》(2002)、《情人的城市》(2003)是其

〔註86〕陳芳明:《臺灣新文學史》(下),臺北:聯經出版2011年版,第773頁。
〔註87〕陳芳明:《臺灣新文學史》(下),臺北:聯經出版2011年版,第773頁。
〔註88〕陳芳明:《臺灣新文學史》(下),臺北:聯經出版2011年版,第776頁。

旅行書寫造訪異國城市的三部曲，其中第三部完全集中筆墨描寫巴黎，並與曾經住在城市裏的三位女性藝術家對話：這是東方與西方的文學對話，卻又是女性與女性之間的私密交談。在女性的幽暗世界，充斥著瘋狂愛欲。在隔空隔世的會晤中，儼然建立一種強烈的女性意識。旅行書寫發展到鍾文音，幾臻女性主體建構的極致。

二、旅行書寫的心理動機

　　旅行之於女性有著特殊的意義，因為空間對女性的禁錮也是一種權利的限制，當女性跨出男性規定的私人化家庭空間，而走向外部世界的公共空間時，女性獨立自主的意識就得到彰顯。隨著兩岸暨港澳女性主體意識的強化，女性文學的旅行書寫又在旅行空間、旅行體驗、旅行動機三個方面有了全新的特點。「旅行」這個詞源於拉丁文的「trapezium」，指的是一種空間的移動行為。對於旅行動機的認識，不同學者有不同的觀點。馬華旅台學者鍾怡雯稱：「旅行必然是身體的移動，是一種不可替代的跨界經驗，因此旅行不能只是心靈的產物，而須有現實的經驗和實踐為基礎」〔註89〕。楊保林則認為：「旅行是人類認識世界，認識自我的重要實踐活動」〔註90〕。台灣學者胡錦媛認為：「旅行在本質上就具有獲得的誘因，否則無法引發人們的動機，小至逃離所在地單調貧乏的生活，到異國尋求新知識新事物，大至帝國主義或殖民主義對他國的侵食掠奪，旅行充滿獲得的可能性。」〔註91〕雖然有關旅行動機的說法眾說紛紜，但是有一點可以肯定的就是，先有旅行，方有旅行書寫，所以旅行動機是催使一段旅程開始的先決條件。20世紀90年代，因觀光旅行剛剛成為風潮，所以大部分的旅行動機都是探看外在世紀，欣賞異國風景。可是，進入新世紀以後，網絡技術高度發達，世界融為一體，形成一個地球村，所以追尋並滿足心理和情感的需求成為女性文學旅行書寫的重要動機。

　　首先是友情的追憶。李黎在《曲終》中不遠萬里乘飛機來到大加納利島，就是為了追憶其好友三毛，這時距三毛離世已經是六年多的時間，但是李黎卻覺得：「加納利的房子，那房子的一切陳設，院中的樹，以及藍色的海，又

〔註89〕鍾怡雯：《跨界之必要，書寫之必要——從「旅行」到「旅行書寫」》，《世界華文文學研究》2007年第4期。
〔註90〕楊保林：《旅行文學三題》，《中南大學學報》2010年第12期。
〔註91〕胡錦媛：《遠離非洲，遠離女性：〈黑暗之心〉中的旅行敘事》，《中外文學》1998年第7期。

清晰地轉了回來。Echo 走了，也不像是真的事，只覺得住處離得遠些，不易見罷了，有些人在心中真是不死的。」〔註 92〕李黎在大加納利島只停留了一天，而跋山涉水的兩次轉機到這個小島的動機不是為了美麗的海濱風光，而是追憶早逝的友人，真摯的友情是開啟這段旅行的動機，如果沒有友情的追憶，也就沒有了這段旅行及書寫。三毛的離去讓李黎覺得是一種無可彌補的遺憾，只能感歎縱是那屋，曲終人不見，只能借著碧海藍天追憶友情。

其次是親情的追憶。賴鈺婷在《小地方》的自序中說：「那時，母親已經是肝癌末期的患者了。我知道命運又將複製一次絕情的死別，究竟該如何抵抗無情與消逝？我開始出去走、去看，那些和我家鄉一樣，微不足道的小地方。我的心好像被釋放了，有了空白的開始。」〔註 93〕可以看出，賴鈺婷是帶著母親的遺念與對臺灣土地的愛去旅行的，她在寫作中也必然流露出對親情的追思與重溫。在《我們的龍眼山》中，賴鈺婷寫她在大暑時節驅車返回了臺中霧峰，望著峰谷果熟蒂落的龍眼，回憶起兒時與家人一起採摘農作的生活經歷。如今父母相繼離世，彌漫著龍眼香氣的舊宅只剩父母先祖的神位，一家人圍坐在客廳，一邊看電視一邊修剪龍眼果實的場景只能定格於記憶裏。所以，炎炎夏日裏催使賴鈺婷離開臺北到臺中霧峰旅行的誘因就是想重溫逝去的親情。同理，在《大佛腳下》中，作者旅行的動機也不是欣賞八卦山風景區的大如來佛像，而是探訪在景區擺地攤的舅公。在《上山找茶》中，雲霧繚繞的山間小徑喚起作者對慈父的思念。在《七將軍廟》中，大樹下的七將軍廟依舊香火鼎盛，一直帶作者敬香祈福的母親卻已亡逝，在朦朧的香火中，作者彷彿感受到母親的存在。賴鈺婷不斷走訪書寫一個個和她家鄉相似的村鎮，其動機就是重溫那種親情的感覺。

最後是愛情的追尋。鍾文音在許多旅行文學作品中都多次流露對情人深深的依戀與愛的苦楚，正是這些情愛糾纏的痛苦，驅使她放逐自我，在不斷旅行中尋求愛情的出口。比如在《中途情書》裏，鍾文音以書信體的形式，一邊旅行一邊與情人通信，宣洩著內心的情感，她把各個情人分別取代成為 L、O、V、E，合起來正好是英文「love」，這體現了鍾文音雖然身在旅途，可是內心一直無法走出愛情的迷宮，那一份份寄自旅途的情書，就是她踏上旅程的動機，也牽絆著她每一段路程。

〔註92〕李黎：《翡冷翠的情人》，上海：上海文藝出版社 2003 年版，第 289 頁。
〔註93〕賴鈺婷：《小地方》，臺北：有鹿文化 2012 年版，第 23 頁。

　　毋庸諱言，在大量旅游手冊與旅行信息充斥的時代，風光名勝以攝影、繪畫、電影等各種各樣的形式呈現於眼前，文字描繪旅行風景的作用被瓦解，故新世紀以來的女作家旅行文本在立足於展現旅行風光的基礎上，深入內心，結合自身的成長經歷、文化背景，來進行書寫。如李黎在《愛之淚珠》中對印度泰姬陵的感受，泰姬陵是世界八大奇蹟之一，歷來都是印度旅行的必去景點，而且泰姬陵的形狀、建築結構也被做成明信片或畫冊在世界各地兜售，李黎在沒有在《愛之淚珠》文本中像旅行導覽一樣累述泰姬陵的建築風格，而是以自己作為一個女性對純真愛情禮讚的角度去書寫，所以，她對泰姬陵的建築感受是一滴愛之淚珠，這樣完全個人化的旅行體驗是旅行手冊無法表達的，而且縱然泰姬陵的建築被眾多旅行者書寫過，但是李黎這種獨特的個人感受卻無法複製。

　　遵從自我內心的需求，通過旅行達成對世界更多的發現，同時發現遇見另一個新的自我，也成為旅行書寫的個性化動機之一種，如鍾文音的《高更大溪地》。2003 年的大溪地已經成為旅遊度假勝地，這個小海島的主要經濟來源就是旅遊業，此地的物價因旅遊的推動也超過了宗主國法國，在這種情況下，單純地記錄大溪地的風貌景色的書寫一定流於平淡，故鍾文音結合著自己學習油畫的經歷，追尋著高更的足跡，她眼中的大溪地不再是機場免稅店的特色紀念品，也不是為了迎合遊人隨處可見的歌舞表演，而是高更畫作中濃烈的色彩撞擊，在未到大溪地之前，鍾文音並不理解為什麼高更的畫作用色如此大膽絢麗，在親自來到這個小島之後，蔚藍的天空，金色的沙灘，皮膚黝黑的原住民，就是一幅幅活動的高更畫作，鍾文音結合著高更畫作與內心的感受記錄其大溪地的旅行，在對自我的重新發現中對旅行目的地也有了獨特的文化認知，並形成了獨具特色的旅行文字。

　　內心化的旅行體驗由旅行和個人自我感受結合而形成，雖然 20 世紀 90 年代的旅行作品也具有作家強烈的個人創作風格，但是旅行活動尤其是跨國旅行對於普通民眾還停留在組團觀光的層面，並且網絡技術的不夠普及，記述介紹異國風貌的比重多於深入書寫內心感受。然而在商業高度發達的 21 世紀，各個風景區都被開發，就像詹宏志在《書寫與影像的旅行日記——我看 BBC 的〈大旅行〉》中所說的「屬於冒險犯難的探險家時代大致上是結束了，但是屬於深思內省的旅行文學家的時代還生機盎然，方興未艾」〔註94〕。新世

─────────────────────

〔註94〕詹宏志：《書寫與影像的旅行日記——我看 BBC 的〈大旅行〉》，《中國時報》1998 年 7 月 28 日。

紀的旅行書寫更加偏重文學性，走進旅行者的內心，結合著私密的個人經歷、個人化的情感訴求以及獨特的旅行體驗描繪行走的風景和過程，從而構築了獨特的生命形態、獨特的地方文化和流動的身份認同。

三、旅行書寫中的空間建構

旅行書寫中的空間不僅是地理景觀的簡單描述，而是通過客觀存在的地理空間，反映作家的主觀情感與認知，英國學者邁克·克朗在《文化地理學》中認為：「地理景觀的形成過程表現了社會意識形態，而社會意識形態通過地理景觀得以保存和加工鞏固。」〔註95〕地理景觀與意識形態之間存在著一種互為表裏的關係，一方面地理景觀呈現意識，另一方面意識在地理景觀中得以存蓄。旅行跨越疆域的特點，必然會使旅行作品中有大量地理空間的書寫，而兩岸暨港澳女作家在旅行文本中所呈現的旅行目的地，從其選擇開始，到途徑，再到反觀，在在表達了獨特的時空意識和身份思考。兩岸暨港澳女性文學中旅行書寫的空間轉換，大致經歷了從大陸觀感、歐美印象、回歸島嶼的空間歷程，當然，在這一空間歷程當中，其精神維度也發生了相應的變化。

首先，海峽兩岸暨港澳女性文學中的旅行書寫最集中和主要的聚焦點在於一水之隔的大陸。大陸與臺灣有著同源同質的中華傳統文化傳承和五四新文化傳承，卻因政治歷史的原因而暫時分隔，當兩岸之間經歷了戒嚴、解嚴、開放探親、大三通小三通、直航等一系列互動後，官方和民間的諸種交流日益頻繁，甚至許多臺港澳女作家都選擇以大陸為旅行的目的地，並且在旅行過程中生發出與之前想像中完全不同的大陸觀感。其中緣由大略有以下幾個方面。

其一是慰籍故鄉情結。雖然兩岸政治黨派有所分歧，但都接受中華文化的浸染，所以大陸渡海來臺的臺灣女作家對於大陸的地理空間有著深厚的故鄉情感。例如，李黎的旅行散文合集《翡冷翠的情人》卷三之「舊情」部分，共收錄15篇有關大陸旅行遊覽的散文，記錄其從美國加州洛杉磯直飛北京，再從北京乘飛機到重慶，然後由重慶乘輪船沿長江而下，經涪陵、忠州、萬縣、宜昌、武漢、九江、直抵南京，並在南京轉車到上海的長途旅行的經歷。李黎1948年生於南京，後隨父母渡海遷臺，雖然自幼在臺灣長大，但她一直將安徽作為自己的籍貫。對於李黎來說，大陸是其魂牽夢繞的地理和精神故

〔註95〕邁克·克朗：《文化地理學》，南京：南京大學出版社2003年版，第35頁。

鄉,所以,也才有了這次跨越大半個中華腹地、海陸空三種交通工具交替輪乘的大陸之行。當她坐輪渡駛向重慶時,她頭腦中想像出的空間是「階梯」、「沙坪壩」、「防空壕」,而實際出現在眼前的則是商場裏忙著挑選冬衣的年輕人,想像與現實的巨大落差讓李黎感歎:「故鄉原也是個象徵,主要還是人們對於『根』的那份眷戀和執著;有了它,驚鴻一瞥或者纏綿廝守,也許並沒有太大的差別。」〔註96〕在旅行開始之前,李黎期待中的大陸地理空間景象應該是與她想像中相吻合的、帶著故鄉氣息的地理課本上的描述;然而,大陸的地景不可能停滯為女作家腦海中期待的畫面,時代變遷、經濟發展,改變的不只是地貌景觀,還有整個文化環境。半個多世紀前離開時帶走的大陸記憶,再也無法在新世紀的空間裏找到一絲味道。帶著尋根情結來到大陸的女作家,對於大陸的地理空間的想像大於對實景的期待,她們此來的目的是為慰藉故土情懷,而空間和地景的改變卻讓她們的鄉情只能存在於記憶之中。

其二是尋找父鄉記憶。這類女作家的父輩多為外省遷臺,而她們自己又生於臺灣本島,外省二代的身份讓她們對大陸的印象,既無法像遷臺女作家那樣包含故鄉情結,也無法像本島女作家那樣理性。在踏上大陸的土地之前,她們的旅行想像中已經有了父母從小講述的大陸面貌。這種講述不同於地理課本上的客觀知識,是夾雜著父母因無法歸鄉而對大陸的過分美化成分。郝譽翔的《逆旅》中描寫作為山東流亡學生的父親,歷盡千難萬險才活著來到臺灣,因而時常對故鄉充滿懷念與追憶。當帶著父親的回憶印記來到大陸,置身於山東省的一個小村南坦坡時,郝譽翔首先感受到的不是視覺空間的衝擊,而是聽覺的震撼:每個人都同父親一樣操著同一腔調的山東話,讓父親那在臺灣極具特色的山東口語在這裡無法辨識。當來到南坦坡的親戚家,置身於狹小而破敗的空間,面對著只有血緣而從未謀面的親人,郝譽翔感受到的是極大的陌生感。父親口中無比親切留戀的大陸,對於外省二代的郝譽翔來說,卻是一個陌生而疏離的空間。父輩的故鄉記憶與故鄉情感無法真正轉移給自己的子女,帶著父輩記憶觀看大陸的女作家體會到的卻是陌生和疏離。

其三是理性的審視。能以較為理性的眼光觀看大陸的女作家,多為臺灣本省人,她們既沒有濃厚的故鄉情結,也沒有父輩記憶的主觀投射,她們把個人情感的衝擊降到最低,以客觀的視角來觀看大陸。例如,出生於臺灣雲林的土生土長的臺灣本地作家鍾文音,在《奢華的時光:上海的華麗與蒼涼》

〔註96〕李黎:《翡冷翠的情人》,上海:上海文藝出版社 2003 年版,第 163 頁。

中以旅人的眼睛觀察著上海的燈光、街道、建築。當她看到石庫門裏的星巴克咖啡館時，卻感受到一種時間和空間的錯位，一個全球化的咖啡連鎖品牌居然出現在了上海的石庫門，讓她意識到新世紀的上海是新舊兩極世界所構成，她不禁感歎：

> 我帶著古人風精神看中國，只有用古典文人的情懷才能讓我免於中國面對這波強大的洪流而免於被淹沒。我在電話裏不甚歎噓，我說中國的古人風在上海早就一去不復返，這是一座面向西洋的港都大城，即便物質環境可以模仿 30 年代，可精神相去甚遠。〔註97〕

鍾文音的感慨意味著：中國大陸在追求經濟高速發展的過程中，已經丟失與淡漠了曾經的文化，這種理性客觀的認識與評判，只有站在局外人的視角、不帶任何情感的牽絆才能獲得，當然，這也反映出真實的大陸的空間和面貌的改變。女性文學的旅行書寫之所以對中國大陸這一客觀的地理空間產生如此不同的觀感，源於女作家們在旅行中的主觀投射的不同。帶著故鄉情結來看大陸的希望符合心中的想像；帶著父輩記憶來看大陸則是求證聽到的描述；帶著旅人的眼睛來審視的則是客觀的認識。換而言之，沒有一個地理空間是客觀的，主體的情感與認識都會轉化並體現在作家的書寫中，所以旅行書寫的地理空間是作家主觀感受的呈現。

其次，海峽兩岸暨港澳女性文學中旅行書寫集中於歐美印象。女作家們除了對中國大陸有濃厚的旅行興趣，對異於東方的西方文明也抱有好奇，歐美也成為熱門旅行目的地，不僅是臺港澳女作家，大陸女作家亦然。然而，在這個信息高速發達的時代，著名景點的歷史價值與文化意義早就被挖掘書寫殆盡，法國埃菲爾鐵塔的浪漫、英國大本鐘的守時、美國自由女神的自由，這些景觀已經形成固有的思維定式。為了在旅途中「尋找一個不一樣的世界，遇見一個不一樣的生活，理解一個不一樣的目光」〔註98〕，她們需要經常變換視角，從尋常的空間發覺出不一樣的歐美印象和觀感。蔡素芬小說《逃離之後》借由男主人公的視角描寫了從德克薩斯州、經路易斯安那州再到紐奧良的一段旅程，從十號高速公路往東開，一路到底可以到達佛羅里達州，再往南可以到最熱的邁阿密：

〔註97〕鍾文音：《奢華的時光：上海的華麗與蒼涼》，北京：中國旅遊出版社 2005 年版，第 140 頁。

〔註98〕胡晴舫：《旅人》，上海：上海書店出版社 2009 年版，第 130 頁。

每一段旅程都放浪，每一段路程都隨心所欲。在南邊潮濕的溫熱裏，他漫遊，密西西比河畔的夜色浪漫多情，音樂象穿過海水漫飄在城市的任何角落，夜店聲光委靡，河岸情侶雙雙對對，幽暗的買賣角落裏有溫柔的細語；沼澤區域漫大無邊，坐在風車上追逐水草，任風吹拂；行車經過跨河大橋，在漲潮時分，水位高到與橋樑等齊，以為再開下去，就會沉到河中成為一股泡沫；在陽光出來的方向，水汽氤氳，煙霧隨著陽光的照射散失；漫長的沙灘，蚊蟻擾攘，海鳥盤旋，日復一日行走，那河上吹來的風把臉上刮出沙痕，留下陽光的曬斑。〔註99〕

這一段旅程著力描繪了美國南部的溫煦和陽光，更重要的還在於這個過程對於主人公來說，不僅是一個逃離的過程，還是一個心靈和精神治癒的過程。對於更多的女性文學中的旅行書寫來說，需要的是尋找一個能夠安放自我並寄託文化認同的空間。遍布歐美世界的咖啡館和書店就成為她們尋找的和矚目的文化地標和精神空間。

其一是歐美的咖啡館空間。在所有的旅歐散文中，無論是濃墨重彩，還是一筆帶過，咖啡館都是不可錯過的文化空間和景觀。對歐洲人來說，俯拾即是的咖啡館，不僅是日常餐飲生活的一部分，更是一種空間和文化符號。例如，吳淡如在《因為咖啡館，我與城市的眼睛相遇》中展示這樣一個空間：臨街的落地窗、後現代風格的壁掛、柔和幽暗的燈光，在這樣優雅閒適的空間裏，作者感受到一種巴黎式的自由情調。所以，吳淡如直接把咖啡館比喻為城市的眼睛，經由咖啡館，初來乍到的旅人對陌生的城市有了初步的認識。不同於吳淡如對可視空間的展示，朱天心在《銀河鐵道》中則是通過嗅覺來描繪維也納咖啡館的空間意義和文化氛圍。維也納的咖啡館是一個充滿沙赫爾巧克力蛋糕的甜膩空間，讓作者產生了「吃遍普魯斯特所提到過的所有甜食」〔註100〕的衝動，「嗅覺的香氣在空間建構中形成一種空間的氣味場」〔註101〕，借由這種氣味場體現了咖啡館慵懶甜膩的空間感。咖啡館在設計功能上近似於客廳，它與其他公共消費空間的最大區別在於，它以最自由開放的姿態迎接著每一個人。人們進入餐廳是為了滿足食欲；進入商場是為了滿足消費欲；進入影院

〔註99〕蔡素芬：《逃離之後》，北京：中國友誼出版公司 2015 年版，第 254 頁。
〔註100〕胡錦媛主編：《臺灣當代旅行文選》，臺北：二魚文化 2013 年版，第 176 頁。
〔註101〕張世君：《〈紅樓夢〉香氣敘事的空間建構》，《紅樓夢學刊》1999 年第 4 輯。

是為了滿足娛樂的目的。而進入咖啡館，可以有多種原因，或交流或休憩，也可以沒有原因，僅僅是到咖啡館發呆以打發無聊的時光，並且進入咖啡館的花費極低，只要一杯咖啡的價錢。

因此，咖啡館是這樣一個旅行空間：「咖啡館，一種是周圍有聲響卻又提供一份足可讓你專心的熱鬧，是一種客廳，令你有說話的欲望，令你有珍惜許多零碎片段、發作零碎片段的潛能的地方。」〔註 102〕歐洲有一句俗語：一個歐洲人，不在咖啡館，就是在去咖啡館的路上。咖啡館，以其閒適的空間氛圍，吸引著人們匯聚於此，談天說地享受自在時光。正如薩特與波伏娃常常光顧的巴黎花神咖啡館，抑或茨威格與海明威時時小坐的奧地利中央咖啡館，都不僅僅只是咖啡館，更是當地文化精神的體現。由此可知，女作家們在自己的旅歐散文中選擇書寫咖啡館，不是單純地展示一個地域場景，更是因咖啡館所具有的閒適與開放的空間感，正好與歐洲崇尚自由的地域文化精神相契合。歐洲自雅典城邦制時期，就推崇自由與民主的精神，這種自由精神在政治、經濟、文化上都多有體現，而女作家們在歐遊旅程中選擇一個小小的咖啡館空間為著眼點，來感受歐洲當地的自由精神，既體現了女作家書寫的細膩特色，又能更貼近歐洲生活的本質。

其二是書店地景。相較於博物館、紀念館等含有文化因素的公共空間，書店既有文化內涵，又少了文化宣傳意義上的布置與設計，所以通過書店這一公開空間可以更真實地體會地方的特色。在眾多涉及書店的旅行書寫中，以鍾芳玲的「書話三部曲」之《書店風景》《書天堂》《書傳奇》最為精彩全面。歐美書店的最大特色在於通過多重功能空間的重疊，形成個性化的主題書店。在《廚師、老饕和她的書店——倫敦「廚師書屋」》一文中，作者介紹了英國家庭主婦海蒂・雷斯勒經營的廚師書屋，這家專營食譜與飲食的主題書屋，從外部空間來看，位於倫敦市區的波多貝婁市場；從內部空間來看，與廚房巧妙融合，為讀者提供現場實驗烹飪的機會。書店與廚房兩個平行的功能空間被匯聚於一點。此外，在《理想與使命的聚合點——倫敦「銀月女性書店」》一文中，作者展示了一個女性的王國，書店取名於「公元前 6 世紀古希臘女詩人薩福的一首浪漫詩。薩福是歷史上記載最早描寫有關女性間情愛的詩人」。〔註 103〕書店的老闆與店員皆為女性，書店出售的書籍也都與女性有關，這個書店的

〔註 102〕舒國治：《理想的下午》，桂林：廣西師範大學出版社 2010 年版，第 199 頁。
〔註 103〕鍾芳玲：《書店風景》，北京：中央編譯出版社 2009 年版，第 78 頁。

宗旨就是為女性姊妹提供一個安全、寧靜又自由的空間。

在《以書立國——威爾士「黑—昂—歪」古書鎮》一文中，作者則介紹了英國一位奇人查理‧布斯，他包下威爾士的一個小鎮，在鎮上開滿書店，成為世界上第一個書鎮。置身於這樣的空間，看著街上每一個商店的商品都是古書，猶如卡夫卡在《審判》中建構的迷宮一樣，具有一種奇幻的空間感。通過形形色色的書店描寫，讀者感受到的不僅是主題書店的空間魅力，更是每個書店的經營者那種純粹而自由的生活態度。無論是大膽熱情的家庭主婦海蒂‧雷斯勒，還是自建圖書王國的查理‧布斯，每一個書店的經營者都從自己的本心出發，大膽而隨心所欲的去經營設計自己的書店，通過對傳統書店空間的整合、改變、超越而形成極具空間特色的主題書店。作為社會中的個體，每一個書店的經營者不可能獨立於社會大環境而存在，如果沒有相對自由寬鬆的文化氛圍，這些標新立異的書店就無法被接納。因此，這些歐美主題書店亦是歐美地方自由文化精神的載體。

縱觀以上旅行書寫空間的地理維度，無論是文化相近的大陸，還是文化相異的歐美，女作家對地理空間的描繪和感知都是結合自己的主觀感受與個人經驗來書寫。地理空間本身是客觀存在的，當女作家們的主觀情感投射到地理空間上，才產生了故鄉情結、尋求父鄉記憶、理性審視與文化印象等多種旅行感知。相應地，虛擬空間指的是非地理範疇上的空間，這是女作家在旅行過程中一種彌漫而持續的情感所建構的空間，主要是指個體心靈與情感上的虛化空間。女性作家具有情感細膩的特質，加之旅行的影響，更容易產生情感起伏變化。根據情感空間建構的不同方式，可以分為外顯情感空間和內隱情感空間。外顯情感空間是指旅行途中的外在事物或場景引起女作家的情感體驗的變化；內隱情感空間是指女作家自身內在的情感體驗投射在旅行途中的事物或場景。而透過這種虛化空間，可以更好地瞭解女作家在旅行的過程中內心深處的感受，較之真實地理空間的直觀可觸，這種虛擬的情感空間相對隱晦。

還可以發現，兩岸暨港澳女性文學的旅行書寫，雖然旅行書寫的目的地各不相同，或遠至異國他鄉，或近至本島小鎮，但是都涉及地理空間、情感空間、生命空間這三個維度，並且由表及裏、由淺入深，書寫著自己獨特的旅行體驗。地理空間是旅行中切實可感的目的地，通過對不同目的地的選擇與記錄，表現了不同代際與成長背景的女作家對文化同源的大陸與文化相異的歐美的感知與審視；情感空間是旅行中女作家內心的旅行體驗的展現，或由外部

景觀引起，或投射到外部景觀，都是內在感受的外顯；生命空間是旅行中尋訪他人的生命經歷，既表達對他人生命的讚揚也重新發現反思自我。

按照旅行過程的「出發—途中—回歸」的內在邏輯，女性文學的旅行書寫建構了旅行空間的三個維度，從真實的地理空間、到虛擬的情感空間、再到異質的生命空間。其中，生命空間是最深的一個層次，它不同於可視的地域景觀，也不同於旅人的內在情感建構，而是借由想像，還原與重現他人的生命歷程。這個過程不是完全意義上的主觀臆想，雖然女作家置身於他人的故居或者墓園或者生前主要活動場地，有直觀的實物刺激，而產生一種參與他人生命的臨場感，但是不管如何建構他人的生命空間，女作家的人生態度都會隱含其中，而借由他者的人生歷程來傳達自己的生命觀，才是女作家們在旅途中不斷追尋他人生命空間的初衷。

四、旅行書寫中的身份認同

置身於旅行這種跨越疆界的活動時，歸屬感的迷茫與疏離始終縈繞於旅人的心中，這在女性旅行書寫的文本中隨處可見。鍾文音在巴黎旅行時，正巧遇到購物中心進行打折促銷，當她以休閒的姿態閒逛時，銷售小姐注意到她的亞洲面孔，熱情的用日語打招呼，見其沒有反應後迅速換成韓語，最後改為只能說「你好，你好」的中文。在來歐洲購物的遊客中，亞洲遊客尤以中日韓數量最多且購買力最強，為了適應這種消費趨勢，歐洲大的購物中心的導購大多都會一些簡單的日文或中文。有了這次購物中心的經歷後，鍾文音也開始思考：黃色皮膚、黑色眼睛的自己，已經被銷售員明確歸屬為日本、韓國、中國人了，可是來自臺灣的自己，卻無法對自己進行一個明確的歸類。旅人的這種身份歸屬感的迷茫，就像陳玉慧在《父親是中國父親》一文中，與母親頂嘴時的對話：

> 一個中國父親？
>
> 他不是住臺灣嗎？為什麼是中國父親？
>
> 他是大半輩子住在臺灣，別人不都還叫他老芋仔，臺灣是番薯，
>
> 大陸是芋仔。〔註104〕

通過母女之間對大陸來臺的父親身份的爭論這一家庭小事，可以看出臺灣人對於身份歸屬的迷茫與糾結：如果與中國大陸沒有聯繫，為什麼文字、傳統都是一脈相承？如果歸屬中國，地緣與政治的分歧又該如何化解？歷史

〔註104〕陳玉慧：《無關巴黎的雪》，北京：人民文學出版社 2015 年版，第 42 頁。

政治因素的作用，構成了臺灣地區的文化主體的特殊性。文化的撕扯，讓臺灣人一直有一種歸屬和身份的矛盾與迷茫。而「所謂『中國性』的意義並非一成不變或是與生俱來的。『中國』和『中國人』的含義對不同區域、不同階段、不同年齡層的人來說是不同的。」〔註105〕踏上旅途的女作家，因地理區域的改變，遠離母文化介入異文化，中國性與身份歸屬的問題就不能用日常生活經驗來認知。「身份地理是一種空間，提供不同的身份論述交會、交戰。它可以是一種確實存在的地理位置，如臺灣，自古以來即提供亞洲（中日）、歐洲（西班牙、葡萄牙）與美洲文化的交流折衝；也可以是一想像空間，如文本，提供不同意識形態對話對立；身體，當然也是另一種空間，是各種身份論述角力的兵家必爭疆域。」〔註106〕在旅途中，如何擺放自己的文化位置，如何對自己的文化處境進行反思，這是女性文學的旅行書寫中十分值得研究與探討的問題。

　　李萌昀在《旅行故事：空間經驗與文學表達》中提出「旅行的三要素」概念，旅行者即是其中之一，「每個人都有一個人日常的空間，即所謂的『本地』。在日常空間裏，人有著固定的身份和地位。而從離開日常空間，進入非日常空間的瞬間起，固有的身份退居次要位置，『旅行者』成為人的第一身份」。〔註107〕這意味著無論旅行者來自哪裏，有著怎麼樣的國族、文化、性別身份的糾葛，一旦踏上旅途，她的第一身份就是「旅行者」。一旦踏上旅程，那在複雜的文化淵源令人迷茫和困惑的身份問題就會暫時得以擱置，脫離在日常生活中的身份定位，而以一種旅行者的身份自由移動，這種沒有明確文化指認而可以自由移動的身份也是旅行書寫者自由觀看他者的通行證。例如，黃寶蓮在《我私自的風景》一文中，寫自己在經過奧斯陸海關時，提交臺灣印發的護照本，海關人員帶著迷惑的語氣說了一聲中國，在大洋的這半端，黃寶蓮無心去為奧斯陸海關細緻解釋臺灣與大陸複雜的政治糾葛，隨手展示了一下旅遊導覽圖，海關人員四秒鐘即放行通過。在這裡，「旅行者」成為一種文化身份，讓海關人員便於接受和理解，這種文化身份隱喻著觀看與進入他者文化。這是一種沒有威脅和默許的進入，比起政治或者其他文化的介入，更讓

〔註105〕張京媛主編：《後殖民理論與文化認同》，臺北：麥田出版1995年版，第17頁。
〔註106〕梅家玲編：《性別論述與臺灣小說》，臺北：麥田出版2000年版，第74頁。
〔註107〕李萌昀：《旅行故事：空間經驗與文學表達》，北京：人民文學出版社2015年版，第3頁。

他人容易理解和接受。除此之外,「旅行者」的身份顯示出一種對當地生活模式和文化習俗的積極主動的體驗和接受態度,從而弱化和瓦解了他者的牴觸情緒,能更好的融入與感受他者文化。

問題的另外一個方面在於,女性文學通過旅行書寫展示著全球化對傳統文化的衝擊,也體現著她們對守護傳統文化的呼籲。久居而不移動者,往往覺得外面的世界很大,城市間的地理距離十分遙遠,而那些到處移動的旅人,才能真切的感受到全新的世界,遠比想像中的世界小的太多太多。無論是主動還是被動,多元與聯繫已然是這個時代主流。緊緊的扎根於自己的文化土壤中,而不去別的文化中汲取營養,這不是女性旅行書寫想傳達的內容。如何在多元與傳統、他者與自我,外來與本土之間找到一個平衡點,這是個複雜卻並不無解的問題。全球化的衝擊與文化傳統的衰落是互為因果的一組概念,先有了全球化的衝擊,才有了各地傳統文化的逐漸衰落,加之消費主義觀念影響,人們為了追求經濟利益而不斷放棄傳統。在賴鈺婷的《遠走的想像》中,她流徙於臺灣偏鄉,古鎮街頭,想去感受臺灣的民俗、文化、歷史。然而這些以前寂靜的小鎮,也丟棄了自己的傳統,新修了遊客服務中心,連鎖餐飲,那些傳統的小吃攤難覓蹤影,賴鈺婷感慨:「侯硐已經是個旅行團也到訪的堂皇景點了。我忍不住在心裏暗自對比過去與現在的種種。」〔註108〕當傳統只能在記憶中找尋時,賴鈺婷只能帶著自己淡淡的惆悵結束旅行。

20 世紀 90 年代的旅行文本極盡所能地描繪新奇的旅行地,而進入新世紀以來,旅行高產作家鍾文音,她的旅行空間從《寫給你的日記》裏的美國、《三城三戀》中的捷克、《巴黎情人──尋訪杜拉斯、卡米耶、西蒙·波娃》中的巴黎、《高更大溪地》中的南美,到《最美旅程》中的北非伊斯蘭,可謂跨越五大洲,環繞地球之旅,然而鍾文音的旅行空間也由外及內,從國外回歸本島,陸續出版《臺灣美術山川行旅圖》《少女老樣子》等作品。作為一個旅行經驗豐富的書寫者,鍾文音看遍了大千世界的風景之後,再次以旅者的眼光看待臺灣,正如她在《少女老樣子》中寫到的:「很多年很多年,我看著自己和這座城市一同慢慢老去,我終於感覺餵養的這城市在我體內流動的羊水,常讓我失溫,失望。但是即使如此,我也不能離開它」。〔註109〕才突然發現自己與本島臺灣之間血脈相連的關係和文化身份歸屬。

〔註108〕賴鈺婷:《遠走的想像》,臺北:有鹿文化 2013 年版,第 226 頁。
〔註109〕鍾文音:《少女老樣子》,臺北:大田出版 2008 年版,第 332 頁。

　　對於鍾文音來說，母城臺北是閱盡千般風景的回歸點，正是由於臺北的存在，鍾文音才不會在旅行中迷失自我，但是在年輕的時候，她不會發現本島的意義，只有在看盡外域風景之後，才能回歸本島，回歸出發點。通過旅行空間的轉變，可以發現新世紀臺灣旅行文學的創作更加成熟，因為：「一個成熟的思考者，會借助他文化的目光回頭審視自己的母文化並發現它的博大精深」。〔註110〕在旅行書寫剛剛風行的階段，女作家們都放眼外域，無心觀察和審視自己生長的本島，只視它為尋常的地景，進入新世紀以來，伴隨著旅行經驗的積累，女作家逐漸意識到本島旅行的意義，在熟悉的地方、尋常的地景中尋找旅行的真諦，不僅打破對旅行空間距離的刻板印象，也是對寧靜淳樸的本地傳統精神的追尋，更是由外轉內的旅行空間縱深發展。胡晴舫是新世紀臺灣文壇崛起的重要女作家，「她的特色是，在不同的異國城市旅行，但往往從陌生土地的視角，看見臺灣社會的盲點。」〔註111〕

　　借助旅行的時空移動，穿梭於異文化之間，男性在旅行中，帶有強烈的英雄主義情結，把旅行視作一種探險或開拓的過程，從哥倫布發現新大陸到帝國主義對殖民地的建設，都可以發現這些以男性為主導的活動，對異文化都是征服的思想，無論採用暴力手段還是文化滲透，其根本目的都是把異文化納入到自己的文化體系中進行同化。而女性則不然，女性不是用一種征服的態度居高臨下的審視異文化，而是以一種平等的姿態，走進其中，感受異同，連接自身。所以，女性的文化認同具有包容性、接納性，正是這種女性特徵才能在這個無國界的時代更好的看待旅行途中全球化的利與弊，臺灣女作家把目光定焦於旅行目的地的過去與現在，多元與傳統，通過旅行移動對這個時代敏感的把握，而對未來的文化進行雙重反思。

　　臺灣學者邱貴芬認為：「在如火如荼展開的當代身份認同論戰裏，『空間』是一個重要的思考點。這個思考趨勢的發展至少與幾個當代現象有密切關聯。在學術理論領域裏，福柯對西方哲學思考『重時間、輕空間』的傳統所提出的批判，晚近在西方學術界得到不少回應，有關空間政治的論述逐漸引起注意。另外，在電腦網絡和跨國企業主導的文化、經濟全球化的時代，我們身處的地理位置究竟在我們的身份認同建構過程中，扮演什麼樣的角色？這個問題也

〔註110〕譚惠文：《臺灣當代女性旅行散文研究》，東吳大學博士學位論文，2008年，
　　　　　第279頁。
〔註111〕陳芳明：《臺灣新文學史》（下），臺北：聯經出版2011年版，第779頁。

指出了空間在身份認同政治裏的重要性。」以女性主義的思考為例，尋求跨國聯盟，串聯不同國家、地區婦女，共同為翻轉女性弱勢地位而努力，一向是女性主義運動的目標，但是，關注不同地理位置分布所帶來的婦女解放所設定的運動目標、策略之間的差異，卻也是當今女性主義思潮的重要議題。尤其第一世界婦女和第三世界婦女的身份建構過程存在諸多差異，雖然同在第三世界，但不同國家、地區的婦女，所面對的認同問題也存在極大的差別。所以，「所謂的『地域政治』，在當代女性主義有關身份認同討論裏所佔的重要位置，不容忽視。」〔註 112〕對於一個女性旅行者來說，在經歷不同區域的時候，她可以暫時拋開她的以上諸種身份，以一個「旅行者」的身份自居，但是，這種拋卻畢竟是暫時的，在旅行的過程中以及旅行結束之後的很長時間內，如何處理或長或短時期內因處於某地理位置所造成的身份認同的差異和矛盾依然是一個任重道遠的問題。

〔註 112〕梅家玲編：《性別論述與臺灣小說》，臺北：麥田出版 2000 年版，第 121 頁。

第四章　海峽兩岸暨港澳女性文學中的文化書寫

　　這裡所說的「文化」主要是指「中華傳統文化」。眾所周知，由於臺港澳較之大陸更多地受到各種東西方文化的撞擊和影響，從而吸收、融合了各種文化的成分，在長期的歷史演變過程中，逐漸形成了一種頗具特色的地方文化，不斷地增容和更新著中華傳統文化的內涵。儘管臺港澳地區的文化經歷了衝突、融合和變遷的過程，中華傳統文化依然是其文化的母體和主體淵源。因此，臺港澳文化是中華傳統文化的一種自然延伸和發展，與大陸同屬一個不可分割的文化系統。具體來看，在社會習俗方面臺灣和閩粵兩省在飲食、衣著、遊藝、建築等方面非常相似，二者在婚嫁習俗、喪葬禮俗、節日民俗等人生民俗方面有著雙生的痕跡。同理，香港通行的「粵語」文化、電影歌曲藝術、民間信仰等也和廣東非常接近；澳門文化的國際化色彩更明顯，但也和東南沿海如廣東珠海等城市鄉村的文化比較接近。相較於臺灣，香港、澳門較早的都市化進程，較高的現代化程度，其民俗文化的遺存的保留未嘗稍減。

第一節　民俗書寫

　　1980 年代以來，兩岸暨港澳女性小說中的民俗書寫一直未曾斷絕。從早年曾心儀、謝霜天、季季的作品，到後來的李昂、廖輝英、蕭麗紅、蔡素芬、施叔青的小說，直到新世紀陳玉慧、方梓、陳淑瑤、王瓊玲的創作，這些作品無一例外地呈現出濃鬱的地域色彩和獨特的民俗美學。大陸作家則有霍達、

張曼菱、鐵凝、遲子建、池莉、范小青、葛水平以及年輕的笛安等,其民俗書寫中既有婚俗、生育等人生儀禮習俗,也有春節、元宵節等節令禮俗;既有崑曲、豫劇、歌仔戲、布袋戲以及地方小調等藝術民俗,也有媽祖、天公、清水祖師等信仰民俗。作為日常生活秩序的合法性資源,民俗和庶民的日常生活息息相關。兩岸暨港澳女性小說中的民俗書寫為觀照底層社會尤其是女性生存提供了真實而豐富的鏡像。女性小說透過大量的民俗事象展示了大陸和島嶼的日常生活,呈現了大陸、臺灣、香港和澳門的本土文化,實現了對當代女性生存現狀的深層透視。民俗書寫不但折射出近年兩岸暨港澳在政治、經濟和文化上的喧囂與異動,使多重矛盾中女性主體意識的獲得與失落得到文本印證,還表現出不同區域對於中華文化不同層面的認同和反思。

一、民俗書寫與中華文化

討論民俗書寫與中華文化的關係,有必要認識民俗文化之於日常生活的意義。一般來說,民俗文化是依附於人民的生活、習慣、情感與信仰而產生的文化,作為人類生活代代相傳的物質文化和精神文化的合體,民俗既是大眾「日常生活合法性的一種資源」,還扮演著民眾「生命存在方式的區別性特徵」以及「社群內部認同的標誌」〔註1〕的重要角色。這意味著民俗和每個個體的日常生活息息相關,不僅關乎庶民的物質生存,而且承擔著大眾的文化訴求和精神建構。在社會的更迭和變遷中,民俗越來越由一種具有特殊意義的日常生活環節變成一種包含種種心理和文化情結的儀式性的存在。民眾通過對既有的人生儀式、節令禮俗、文化藝術、民間信仰的遵從與傳承,或緬懷先祖、祭奠歷史,或安放身心、尋求認同,從而共同參與了群體、國族的精神和文化的重層構建。

此外,民俗文化總是以種種民俗事象為載體來顯示和發揮其對於日常生活的作用。民俗事像是指生發創造於民間、并流佈傳承於民間的具有世代相習的傳承性物象(包括思想和行為),它以有規律性的活動約束人們的行為和思想,而這種約束力既不依靠法律條文、歷史文書,也不依靠科學的論證,而是依靠集體習慣勢力、依靠人們的傳襲力量和心理信仰來維持周而復始的運行。由於民俗文化的集體性,即民俗所培育的社會一致性,民俗文化不僅增強了民

〔註1〕霍久倉:《民俗對於文學究竟意味著什麼》,《華東師範大學學報》2013 年第 5 期,第 60 頁。

族認同感，還強化了民族精神，塑造了民族品格。在民眾對民俗的集體遵從、反覆演示和不斷實行中民俗文化傳統被不斷延續，因此，心理信仰、傳襲力量和習慣勢力成為維持民俗傳承的三要素，共同構成民俗約束力的基礎，使得民俗在特定社群和國族的庶民生活中綿延不斷、歷久不衰。

作為臺港澳當代文化的必要組成部分，臺港澳民俗文化的複雜性和歷史性是其區別於大陸民俗的獨特價值所在。從大的範圍來看，民俗可以分為物質生活習俗、精神生活習俗和社會生活習俗。日本學者則把民間習俗分為有形文化（行為傳承）、口頭傳承（靠耳聽的語言藝術）和信仰傳承（心意現象，包括民間各種祈咒、禁忌、占卜、妖靈等）。文學作品中的民俗書寫，是對眾多民俗活動帶有一定個體性的想像性回憶和記錄，就其表現形態而言，主要呈現為婚喪習俗文化、生育習俗文化、教養習俗文化、飲食習俗文化、節慶習俗文化、禮儀習俗文化、信仰習俗文化和文學藝術習俗文化等種類。華文文學中的民俗書寫具有民族生存、精神心理、家國情懷和身份建構等多層面的精神價值和文化意義，因此，它不僅是歷史的和當下的民俗，還是正在建構中的未來的民俗。

這裡所說的「中華文化」指的是「中華傳統文化」。臺港澳文化是中華傳統文化的必要組成部分和一種自然延伸和發展，與大陸同屬一個不可分割的文化系統。例如，由於臺灣移民大多數來自閩粵兩省，因而閩南語也成為民眾最普遍的語言，即「臺語」，近現代臺灣通用的語言則是由大陸傳入的「國語」，即普通話。眾所周知，由於歷史的原因，臺港澳文化呈現出較為明顯的多元化特徵：既有原住民的「土著文化」；又有「閩文化」、「嶺南文化」等移民文化的顯著特質；同時還有「中原文化」、「吳越文化」、「荊楚文化」等大陸其他地區文化的特徵；此外，近現代以來還受到相當程度的日本文化和西方文化的影響。但是，無論「閩文化」、「嶺南文化」、還是「中原文化」，都是以「華夏文化」為主體的中華文化在不同地域的體現；「土著文化」大多屬於遠古時代由大陸南方傳入的古老中華文化的一個支脈；而「外來文化」中的日本文化歷史上也曾受到中華文化的很大影響。

換個角度，從民俗學視角來看，在任一國家或地區民俗的起源和形成、延續和發展、保存和記憶中，女性從來都是主要的參與者，女性參與生老病死、婚姻祭祀、節日習俗等各種民俗事象，女性通過各種民俗事象順應人事、履行職責、表達情感、彰顯自身，這既是傳統女性生存和女性意識服膺傳統男性主

導文化的日常性行為和表現，同時也是女性自我主體意識的變相凸顯，甚至在某種意義上，多向度、高密度地參與民俗活動是傳統女性向男性主導文化抗衡的智慧體現。對於女性作家而言，她們既是生育民俗的親歷者，還是生育民俗的觀察者和書寫者，女性小說中所創建的女性生活與民俗書寫在很大程度上表徵了她們對待民俗的態度和觀念。因此，在臺灣女性小說的民俗話語建構中，眾多女性或扮演著婚姻禮俗的遵從者和反叛者，或扮演著信仰民俗的擁護者和傳播者，她們無一例外地成為生育習俗的承擔者或觀察者。僅以生育民俗書寫為例，女性文本中充斥著類似的內容：女性從懷孕到生產都被視為特殊的家庭和社會成員，需要遵循各種各樣的古怪禁忌和嚴苛禮儀。因受中華傳統文化中傳宗接代觀念的深重影響，人們將生育子嗣、繁衍後代當成家族內部至關重要的大事，臺灣民間至今流傳著「多子多福」和「不孝有三，無後為大」的說法。因此，引入民俗學這一視角不僅因為女性是民俗的主要參與者和傳承者，還因為民俗書寫是女性作家描寫和關注庶民生存尤其是底層女性生存的一種獨特視角，女性和民俗之間的這種基於歷史形成的客觀存在的水乳交融關係，既是文學領域和民俗學領域跨界交匯的所在，也是本論題展開的理論基點所在。

二、民俗書寫的類型

1980 年代初，臺灣文壇一批 50 後女作家異軍突起，代表作家有袁瓊瓊、朱天文、朱天心、蘇偉貞、蕭麗紅等人，研究者稱之為「閨秀文學現象」，其社會文化影響不可忽略：「七零年代末期臺灣文壇的女作家聲勢突然壯大起來，在當時的文學生產消費市場中，取得了主流的位置，參與了臺灣的社會脈動」〔註2〕，不過，蕭麗紅在其中的作用頗為獨特，她既不像其他幾位女作家一樣去表現走向城市化之初的臺灣社會的變遷，也不熱衷於知識女性婚姻家庭悖論的書寫，反而對傳統鄉土社會中的古老民族文化進行了一次次的迴光返照式的讚美和謳歌，以至於喜歡她的人，「將她視為《紅樓夢》的繼承人，臺灣鄉土文化的集大成者，不論是小說的語言或內容，均能夠具體而微的展現中國傳統文化的精萃與優美。」〔註3〕正因為蕭麗紅小說聚焦於臺灣鄉土社會

〔註 2〕傅正玲：《認同的原鄉——試探蕭麗紅小說中的文化身份》，《鵝湖月刊》第 30 卷第 6 期，第 47 頁。

〔註 3〕郝譽翔：《紅學傳人？儒學信徒？——閱讀蕭麗紅》，《幼獅文藝》2000 年 4 月號，第 47 頁。

中對中國傳統文化的緬懷與構造，也因為蕭麗紅的這一想像性書寫恰恰是通過具體而微的民俗的表現而達成，所以，以其文本為例來討論臺灣女性小說的民俗書寫與中華文化認同就具有了邏輯性上的合理性。蕭麗紅之後，兩岸作家或受到蕭麗紅小說的影響，或出自中華文化民俗書寫的自覺，在作品中展示了各種不同類型的民俗形態及其思考。那麼，她們的小說主要呈現了哪些民俗？她們是如何來書寫這些民俗？她們所展示的這些民俗又傳達了怎樣的中華文化認知呢？

　　首先，兩岸女性小說中的民俗書寫首推歲時節令民俗。蕭麗紅小說《千江有水千江月》一開始就鋪陳出一個濡染了儒家精神的傳統農業社會中、典型的妻賢子孝、上下和睦的大家族生活模式，作者有意以農曆節氣的先後為序，構建出一幅民風淳樸、人性醇厚的鄉土社會情景。故事的發生地即為蕭麗紅家鄉布袋鎮，端午、七夕、冬至、除夕等就是她曾經經歷的民俗民風，故鄉的長輩、兄弟、鄰里就是收藏與呈現民俗的主角。農曆五月五日過端午，民間俗稱「五月節」、「肉粽節」。先民相信端午期間易生瘟疫，故在門口以紅紙包菖蒲、艾草、榕枝懸在門上，謂之「蒲劍艾旗」，以為驅邪避毒。此外尚有飲雄黃酒、配戴香包以及舉行龍船比賽（俗稱扒龍船）等習俗。端午時節小孩身上都必佩戴一支彩繡的香包，香包亦稱「香囊」，臺語叫「馨香」，以綢布剪成花果、鳥禽、魚介、葫蘆、花卉等各種形狀，然後繡上各種花紋，再順其外緣縫合，此時要留一小口，以便盛裝香料，再完全縫閉，是婦女們的精心製作。古時人們將香包視為保護小孩的神符，繡成各種圖案乃是為了要讓孩子樂於佩掛。小說主人公貞觀回憶童年過端午：

　　　　她是從六歲懂事起，每年到五月節吃粽子的前一天，即四處先去打聽：哪處的左鄰右舍，親戚同族，誰家有新娶過門的媳婦，探知道了，便飛著兩隻小腿，跑去跟人家討馨香，新娘子會捧著漆盒出來，笑嘻嘻的把一隻隻縫成猴子、老虎、茄子、金瓜、閹雞等形狀的馨香，按人等分。〔註4〕

　　這段民俗敘事詳細還原了布袋地區端午節的民俗事象，為認識臺灣地區的民風民俗提供了範本。此外，小說借貞觀之口向大信提及早期布袋鎮民過中秋節的情景：鎮上每年中秋，這些漁船會載滿人，五、六十隻齊開到對岸白沙那邊賞月，貞觀從三、五歲起即跟著阿妗、舅舅們來，年年如此。小說還描述

〔註4〕蕭麗紅：《千江有水千江月》，臺北：聯經出版1986年版，第49～50頁。

了當地民眾過七夕節的情景：七月初七中午一過，家家戶戶開始燜油飯、搓圓仔，準備拜七星娘娘——「七夕」也稱「七娘媽節」，七娘媽就是七星娘娘，或稱為織女星。入冬後最重要的民間節日當推冬至，冬至同時也是民間重要的歲時慶典，一般稱為「冬節」。是日天氣寒冷，民間遂有冬令進補的習俗。過了冬至之後，白天漸漸增長，黑夜漸漸縮短，因而含有一元復始的意義，所以民間在冬至慣以吃湯圓以示添歲，稱「冬節圓」。冬節圓可甜可鹹，或包肉、放糖，甚至將其中部分染成紅色。貞觀就出生於冬至前一天，母親開她玩笑，說她選在那天落土，是因為家家戶戶都搓湯圓，她是選好日子來吃的。貞觀小時候和妹妹銀蟾在爭論年齡大小時，家中長輩逗貞觀說：你還多吃一次冬至圓呢！單單那圓仔，就得多一歲。《白水湖春夢》則提到製作冬至圓的另一個重要意義是祭祖，家神及祖先位前各供三碗圓仔及三牲，又在門、窗、桌、櫃等家具上黏貼圓仔祝福它們，以慰勞其辛勞為人們服務，謂之「餉耗」。每戶人家都在那天以雙色圓仔祭天地、祖先，再找兩粒圓仔王，黏在門的兩頭，祈求新年平安圓滿。蕭麗紅在訪問記中說過：

> 布袋鎮民用淳樸，居民大多數還保有早期開臺先人的生活形態和習俗。在故鄉，每一個節目都是鮮明的，過年以石磨磨水米做年糕，廚房，灶下連著幾天蒸粿做粽的氣息不散。你不用數算日子，不用看日曆，任事走到路上巷口，鼻子裏的氣息就是節令，真是時光轉移就在自己身上可以感覺到：

> 端午節，家家插菖蒲，取午時水。小時候我們還記掛著這年裏方圓內幾里共有幾個新娘子過門，因為要跑去與她討端午節的香袋來戴。

> 七夕要拜油飯，搓湯圓，油飯旁放著七朵芙蓉，小時候大人叫我們去跟種草本芙蓉的人家要花時，最是興沖沖。湯圓則與冬至的湯圓不同，是要在上面按一個小凹，從小聽到大，答案從來沒變，都說是要給織女裝眼淚的。〔註5〕

蕭麗紅小說將臺灣南部的人文信仰和生活景觀進行了甜蜜而悵惘的回憶與書寫，因歲時節令而展開的民俗活動像是一場庶民生活的清明上河圖，在徐徐開啟的日常生活裏，人物命運的悲歡離合也就此上演。民俗書寫不僅是故事背景，是故事中人物生活的現實場景，還是推動故事發展的情節鏈條，甚至在

〔註5〕秋堇：《織錦的鶴——訪蕭麗紅》，《明道文藝》第 29 期，第 121 頁。

某種程度上就是故事本身。蕭麗紅為這些舊日歲時節令的點點滴滴，留下了詳盡而又真切的記錄，讓不同時代、不同地域的讀者，藉由她的小說，再次重溫那久遠的古老中國的文化氣息。

儘管中國地域廣闊，南北文化差異很大，但無論是東南沿海的臺灣，還是地處中國最北方的黑龍江漠河，一年當中的幾大民俗節日的時間都是完全一致的，例如春節、元宵節、端午節、中秋節等，過節的習俗方式也大致相同。

生活在中國最北方的作家遲子建，也通過她的作品描寫了當地的民俗節日，《白雪的墓園》中有這樣的描寫：「再有兩天就是年三十，我們要依照風俗去山上請爸爸回家過年。一大早，母親就起來忙著煎魚、炒雞絲和攤雞蛋，她做這些都是上墳用的，而我們姐弟三人則在裏屋為父親打印紙錢，為了讓父親在那邊最富有，所以我們總是用面值一百元的錢幣來打紙錢，心細的姐姐說票子都是大的，父親買東西怕找不開，所以我們才又打了一些角角分分的零錢。」〔註6〕這裡的民俗不僅涉及到在世的人如何度過春節，而且涉及到家人如何讓已經去世的人同樣過節。儘管南北差之萬里，中國人過端午的習俗卻也大致相當：「五彩線是端午節時媽媽給我姐弟三人栓在手脖子上的。這五種顏色是：紅色、粉色、黃色、藍色、白色。白色和黃色很接近，當初我把他們看混了，以為只有四種色。據說繫了五彩線的孩子，上山不會招蟲和蛇的叮咬，而且不會被夜晚時遊走的小鬼給附了體。一般來說，五彩線要等到端午節後的第一場雨來臨時，用剪刀把它剪斷，放到雨中，據說這樣它就能成龍。」〔註7〕不僅中國的東北、蘇南，就連東南沿海的臺灣，過端午節的習俗也都同出一轍，因為它們都源自於共同的對民族傳統文化的繼承和共同民族心理的認可。

其次，小說對於婚喪生育民俗文化有更濃墨重彩的描繪和展示。作為一個宗法盛行的國家，千年不變的婚姻民俗承載著中國家族的命運，婚俗是中華民俗非常重要的習俗之一，禮記說：婚禮者將二姓之好，上以至宗廟，而下以繼後世也，故君子重之。可見婚禮是家族和宗族的生命，婚姻是連接宗族紐帶的重要元素。臺灣地區對婚姻大事尤其重視，有著特別嚴格和講究的程序以及因出身不同而迥異的婚姻排場。《桂花巷》描寫富家女出嫁的風俗與排場：

> 四季衣服，上下鋪蓋，大紅的八角眠床，嵌螺鈿的梳頭桌，紫
> 檀桌椅，以及雕著各式花鳥的面盆架。

〔註6〕遲子建：《格里格海的細雨黃昏》，南京：江蘇文藝出版社2003年版，第58頁。
〔註7〕遲子建：《格里格海的細雨黃昏》，南京：江蘇文藝出版社2003年版，第159頁。

還有，赤金的鐲子，一支又一支，從腕上直戴到上胳臂來。另外，綾羅、綢緞，件件用大銀盤高高盛著，別樣不說，光看壓箱底的銀元大金寶，也夠眼花半日的。

除了新娘子的人外，其他的每樣對象，幾乎都貼上紅紙，一頂八人抬的大紅花轎，吹吹打打，前後距離拉得一、廿丈遠……整個隊伍，泛成一大片紅光；再與她無關的人，路上遇著，也會慢下腳步，多看它兩眼。

往下是，三朝回門的那天，尤其風光，坐頂花錦大轎來去，十隻手指頭，各從兩邊的轎窗伸出叫人看。整個巷尾、街頭，都有人讚歎：

「那只珍珠圓滾滾——」

「那翠玉的才好看呢！比顆青蓮還大——」

「嘖！真的十個手指都帶滿了，等回去了，那手一定抬不起來，太重了——」〔註8〕

這些民俗盡顯這人家嫁女的風光，也寫盡了人心的豔羨、追求與內心欲望，庶民百姓無不渴望著金錢堆就的好姻緣，庶民女兒也想像著有一天風光占盡壓人一頭。高剔紅就出生和成長在這樣的民俗文化氛圍裏，這也決定了她後來放棄漁夫秦江海，為追求富貴而嫁入北門嶼的大戶辛家。但對於大多數庶民人家的女兒來說，還不是村頭到村尾，重複著千百年來相似的命運輪迴。而且，就算在這宿命的輪迴之中，女性的命運還是低人一等。《白水湖春夢》中的素卻問她的母親：「『阿爹是按怎得再娶？一條街仔，頭走到尾，沒看到半個再嫁，為啥男人死去，女人自然會守，牽手過身，男人趕緊就娶？』」她的母親則說：「人生這苦，當初不該論婚嫁，伊們姊妹，三個出家，二個帶髮修行；彼時若覺醒，就無今日之事。」〔註9〕這意味著在傳統因襲的婚嫁習俗中，女人的地位和命運是被規定的，是約定俗成和不可逾越的，一輩子像條魚一樣不斷地翻騰的高剔紅也未能例外。

儘管地域不同，由於女人在婚姻和家庭中的同樣的附屬地位，婚禮中的習俗總是表現出對於女人的各種約定俗成的限制。孫惠芬的《上塘書》是一部上塘人生活的百科全書，不僅寫了上塘的地理、政治、交通、通訊、教育、貿易、

〔註8〕蕭麗紅：《桂花巷》，臺北：聯經出版1986年版，第60頁。
〔註9〕蕭麗紅：《白水湖春夢》，臺北：聯經出版1996年版，第81頁。

婚姻、歷史，還著重描寫了上塘的文化，包括一年四季的風俗，過春節踩高蹺吃餃子，還有正月十五、二月二、三月三、端午節、中秋節、重陽節等等，幾乎每一個節日都對應著不同的特殊飲食和儀禮活動，除此之外，上塘人的喜事還有三種：生日、上樑和結婚。結婚特指娶媳婦，而結婚坐床，則是這喜事中最有意思的環節：這一刻，婆家的人，婆家所在的村裏的人，一個一個全湧到新娘的屋子裏，看新娘坐床。此時的新娘，要端端地坐在床上，其實是坐在炕上，只不過身底鋪著厚厚的褥子，褥子底下坐著一把斧子，就叫坐床。

> 坐床只是一個坐的工夫，看誰坐得時間長，坐的時間越長越有福。然而褥子是有講究的，坐了婆家的褥子和坐娘家的褥子是不一樣的，而坐誰的褥子，完全由新娘自己選擇。坐婆家的褥子，就意味著你不想服男人管，要把男人壓在身底下，坐娘家的褥子，就意味著你不捨得欺負男人。〔註10〕

這簡簡單單的坐床，卻蘊含著無窮的意思。看上去坐了婆家的褥子，可是滿臉不高興，就證明還是心疼男人的；看上去坐了自己的褥子，表情也是軟弱無比的樣子，可是偶而一個眼神卻露出了不服軟的個性。所以，同一個坐床，真是能坐出千萬種姿態，千萬種情景。進入婚姻之後的女人，無論富家還是貧家，等待著她的命運就是生育，生育是僅次於婚嫁的、決定女性命運的最為沉重的要務。生育民俗分為生和育兩部分，女性從懷孕到生產都被視為特殊的家庭和社會成員，需要遵循各種各樣的禁忌和禮儀。生了兒子皆大歡喜，生了女兒則祈求「先開花後結果」。生兒子和生女兒的母親們的命運大不同，孩子們的待遇也截然不同。「滿月」即孩子出生整整一個月，也稱「彌月」，是家族重視的大事。

《千江有水千江月》寫到很多小孩過滿月和過生日的習俗，但這些孩子無一例外都是男孩兒。貞觀的表弟滿月那天，佩戴的手鏈、手釧和帽花金光閃閃，胸前還有金葫蘆，全身都洋溢著新生的光彩；貞觀的表侄子滿月，同樣為他準備了足赤金光的裝飾，還將備好的燜油飯分給街坊四鄰，鄰居收下禮品後要用白米回禮，即禮尚往來之意。臺灣很重視家庭觀念和鄰里觀念，家族添丁的滿月酒是一定要擺的，宴請親朋好友、左鄰右舍，送親友紅雞蛋、紅龜粿和滿月圓等，象徵母乳飽滿、嬰兒健康成長；親友同樣也要回贈禮品，包括童裝、獅帽、鳳帽、香蕉、紅蠟燭等。在滿月當天最重要的是要給嬰孩剃頭，

〔註10〕孫惠芬：《上塘書》，北京：人民文學出版社 2004 年版，第 203 頁。

意為從頭開始，平安長大，幸福一生。生育民俗關乎家族的延續與命運，生育民俗在女性小說中大多以喜慶和諧的方式展現，但卻只限於男丁。

從歷史的縱向來觀察，相似的民俗書寫可以體現出不同的價值觀念和立場，同樣是描寫臺灣南部的民俗，由於女性經濟地位的變化，《鹽田兒女》顯示出與《桂花巷》《泥河》大異其趣的女性鄉土經驗，「《桂花巷》和《泥河》凸顯了傳統父權結構對女性的壓迫，但是，《鹽田兒女》卻顯現出經濟因素如何對女主角的鄉土經驗產生決定性的影響。招贅原是父權運作系統裏的異質，而且往往是為了傳宗接代，延續家族香火姓氏。《鹽田兒女》篡改這些寫法，展現赤裸裸的下層階級最基本的生存需求，如何介入一個女人的故事。這部小說在中產階級『鄉土』故事之外，另闢視野，提醒我們父權壓迫並不是決定『女性』鄉土經驗的唯一要素。」〔註11〕這即是說，在傳承傳統文化之外，決定人物婚姻命運的還有對經濟因素的考量。

除此之外，兩岸暨港澳女性小說中關於出嫁儀式、婚禮洞房、拜神上香、出殯哭喪的風俗與排場的描寫比比皆是，如民間收驚的場面和過程的描寫在許多作品中都栩栩如生；各種儀禮的形式和流傳都對應著現實的金錢觀念、等第觀念、權謀之術與宿命觀念。遼寧作家孫惠芬小說《上塘書》中這樣描繪人去世時的習俗：

> 所以，不管男女老少，死的當天，天黑之前，人們一定要在黃泉路上釘下一個又一個木椿，在木椿上繫上紙人，紙人的肩上，一定要有金紙剪下的徽章，意為護路警察。有條件的，還要在木椿上拉上電線，裝上電燈，剛剛入夜，就一路燈火輝煌。
>
> 於是，即使有的人黃昏咽氣兒，來不及趕製衣裳，不惜借錢，也要到鎮壽衣鋪買現成的衣裳。都怕趕不上時間，讓死人穿一身舊衣裳到陰間報到，讓死人穿舊衣裳報到，實在是太不體面了。上塘人是講體面的。〔註12〕

客觀冷靜的敘述中帶有深沉的反思意味，令人聯想起蕭紅小說《呼蘭河傳》中各種各樣的沉默的生和死。同樣「死亡」也是遲子建小說的關鍵詞，不少地方出現葬禮習俗的描寫，如《額爾古納河右岸》關於鄂溫克民族「風葬」

〔註11〕邱貴芬：《女性的〈鄉土想像〉——臺灣當代鄉土女性小說初探》，梅家玲編：
　　　　《性別論述與臺灣小說》，臺北：麥田出版 2000 年版，第 130 頁。
〔註12〕孫惠芬：《上塘書》，北京：人民文學出版社 2004 年版，第 83 頁。

的描寫：「那個時候死去的人，都是風葬的。選擇四棵挺直相對的大樹，將木欄杆橫在樹枝上，做成一個四方的平面，然後將人的屍體頭朝北腳朝南地放在上面，再覆蓋上樹枝。」〔註13〕再如：「我們在清晨時把父親用一塊白布裹了，抬到他最後的那張鋪上。尼都薩滿用樺樹皮鉸了兩個物件，一個圖形是太陽的，一個是月亮的，把它們放在父親的頭部。我想他一定是希望父親在另一個世界裏還擁有光明。」〔註14〕由此可見，在世之人對彼岸世界的想像邏輯也完全依從此岸世界，在此岸世界，人們需要金錢和光明，那麼，在彼岸世界，這兩樣東西同樣不可或缺，這一方面說明此岸世界生存的苦難，一方面表達了對彼岸世界的想像和祈求。

再次，小說對於教養習俗尤其是有關女性的教養習俗的書寫。與女性小說中生育民俗以表現男孩的出生為主不同，關於教養的習俗書寫卻是以女孩子為主——這一方面表明女性小說在展示女性獨特的生存狀況時的用力之深，另一方面也顯示出女性成長過程中所受到的束縛之多。《桂花巷》中有關女性教養的民俗事象主要表現為包括纏足、斷掌、貞節在內的一整套有關中國女性身體論述的傳統教養習俗。高剔紅幼年父母雙亡，含辛茹苦撫養大的弟弟也不幸喪身大海。她為出人頭地嫁個好人家，謹遵母親生前囑託，忍痛拼命纏足：「哪個不知道要纏？就算定它永遠就這般模樣了？也好，要嘛，就來比誰的腳小！到時沒人家小的，就讓人踩兩腳！……一定纏得小小一彎，叫任何人彎著腰，眯了眼，低下頭去，都還嫌看它不夠。」〔註15〕憑著一雙無與倫比的小腳，她稱心如意嫁入北門峽第一富戶辛家。但不到兩年，丈夫就因病去世。所有這一切並不是因為她的教養不好，而是她還生就了一副「斷掌」——以剋父母剋丈夫所指稱著的中國民俗中一整套禁忌文化，因此她只能「獨活」。而這一套禁忌文化裏又充斥著命相學的種種論述，所強化的還是傳統文化中男尊女卑的觀念，故而「女性斷掌論述是一套關於女性氣質、角色扮演之論述——陰柔、順從、委曲求全」，從而「斷掌論述正是傳統中國性別文化論述的最佳體現。」〔註16〕事實上，這樣的命相觀念還經由高剔紅轉嫁到其兒媳沈碧樓

〔註13〕遲子建：《額爾古納河右岸》，北京：北京十月文藝出版社 2008 年版，第 49～50 頁。

〔註14〕遲子建：《額爾古納河右岸》，北京：北京十月文藝出版社 2008 年版，第 55 頁。

〔註15〕蕭麗紅：《桂花巷》，臺北：聯經出版 1986 年版，第 4 頁。

〔註16〕楊翠：《文化中國‧地理臺灣——蕭麗紅一九七〇年代小說中的鄉土語境》，《臺灣文學學報》2005 年第 7 期。

身上,並最終導致了沈碧樓被休棄和逐出辛家的悲苦命運。深深嵌入女性生活之中的禁忌民俗是一套不容忽視的規約,它以代代相傳的方式影響著女人,並在父權文明中一直扮演著推手的作用。在此民俗制度的操控下,與女性相關的風俗禁忌之多令人詫異。舉凡出生、婚嫁、生育、喪葬等等,皆有女性禁忌的規範。類似的女性教養禁忌在《冷金箋》中也有表現:「我堅持,除了洞房花燭夜外,其餘的時空下,和男孩做愛是可恥的。這也是我母親告訴我的,這是她的母親告訴她的,而這又是我們中國多少母親永恆傳下用來叮囑她女兒的話。」〔註17〕終其一生,高剔紅篤信骨格、命格之說,認為「命生在骨,刀削也不落」、「人是太渺小了,一切只有託付給命運。」《千江有水千江月》中寫貞觀跟祖母睡,祖母嘴裏的故事永遠也說不完:周成過臺灣,詹典嫂告御狀,虎姑婆的故事……大多還是節婦烈女的故事;民間「揀穀粒」的習俗,其實也是婦女閨中的一種遊戲,風俗繪的刻畫背後依然是婦德女教經典的傳述,最終所傳達的仍然是「才不足憑,貌不足取;知善故賢,好女唯有德」的父權中心文化符碼。

同樣,遲子建的小說《額爾古納河右岸》中也涉及到很多和女性有關的民俗書寫,鄂溫克族的女孩子從小就要跟母親學習掌握本族中女人需要學會的東西,否則就會被嘲笑。不僅要學會很多食物製作、服裝製作的技藝,還要恪守日常生活中的各種禁忌。例如,不能帶著女孩子出去打獵,否則會帶來黴運;不能讓新娘子睡熊褥子,那樣會不生養;女人不能幫別人助產,否則會使自己的丈夫早死等等。固然,少數民族的婚育和教養習俗跟漢族有差異,很多時候是祖先遺留下來的生存經驗和生存智慧,有一定的存在價值和意義。但是,無論是漢族還是少數民族,在民俗中流傳下來的很多觀念,都和對女性群體的整體的性別歧視有相當密切的關係。

第四,兩岸女性小說還多處涉及到文學藝術民俗的書寫。庶民生活儘管艱辛平淡,但也離不開民間藝術的滋養和薰染,尤其在臺灣地區,流傳著各色各樣的傳統戲曲品類以及民間傳說故事,如周成過臺灣、詹典嫂告御狀,此類代代流傳在臺灣庶民社會裏的故事自然是小說中難以漏掉的細節,蕭麗紅《千江有水千江月》寫兒時的「貞觀又要懼怕又要聽;從前怕虎姑婆,現在怕詹典和月女的鬼魂。」〔註18〕本地的歌仔戲、布袋戲就不用說了,僅傳統戲曲

〔註17〕蕭麗紅:《冷金箋》,臺北:皇冠出版社 1975 年版,第 208 頁。
〔註18〕蕭麗紅:《千江有水千江月》,臺北:聯經出版 1981 年版,第 27 頁。

音樂就足以讓人領略中華文化的悠遠深沉韻味。身在異域的男主角由德國寫信給臺灣的女友：「在歐洲，一切說來，都覺得與故鄉離得好遠，只有蘇格蘭風笛在感覺裏，回到自己的家園，那音色，非常中國！非常中國！自自然然就叫人想起我們廟會時吹奏的神曲。」〔註19〕這裡描寫的是廟會裏的神曲，還有關於中國戲曲的描寫：「商琳一身白衫，唱著迥異平時的板調，回家託夢……管、琴、笙、蕭全轉換了弦拍；是陰風慘慘的天與地……太姿自己也感到那從腳底涼上來的冷，……她真不懂，這樣牽人腸腑的聲腔該如何撫弄，……中國人，中國人啊！」〔註20〕蕭麗紅在接受訪問時稱戲曲是她的老師：「我是看戲長大的，它們帶給我人生上、藝術上無可比擬的影響。」戲曲對蕭麗紅的影響可見一斑，甚至「像我妗婆姨婆她們，一輩子沒離開過故鄉，戲曲就是她們的老師、伴侶，帶給她們無數的啟示。使他們執著的相信：忠臣孝子、善有善報，惡有惡報……的道理。」〔註21〕所以，戲曲民俗不僅是生活的裝點，不僅僅是民眾的娛樂，戲曲中的觀念還深入到女性的生存精神內裏，潛進其心理深層，構成其傳統文化認知的集體無意識。

　　《斷掌順娘》裏的五個故事，陸續發表的每一篇，都會自成一個獨立的故事，而所有的故事串連起來，又可以是一個完整的長篇，民間文化的描寫和展示亦是如此：從十五日中元節到三十日關鬼門為止，龍山寺要演半個月的戲，每天晚上由歌仔戲和布袋戲輪番上陣。歌仔戲《薛平貴東征》的故事演完後，女性觀眾看得涕泗橫流，一邊罵薛平貴沒有良心；男性觀眾心中悵悵然，卻羨慕薛平貴有一個女人為他守貧守節。大家不免爭論起來，金枝的反駁幾可代表天下女人的心聲：那全天下娶三妻六妾的男人，都是為了國家大事？你們男人，喜新忘舊，娶細姨像換鞋子一樣方便，那裡像寶釧，白白的守十八年的活寡。一語道破舊時代男女之間本質的不平等和地位的巨大差異。

　　無論是《桂花巷》，還是《斷掌順娘》，都與歌仔戲有著關鍵的故事情節的關聯，行文也受到以歌仔戲為主的臺灣傳統戲曲的影響，小說的精彩敘事、關鍵的過渡和人物性格展示悉數採用對話來完成，大嫂大伯夫妻倆的對話、阿巧和阿切的對話、阿恨和錦水的對話、給印和剔紅的對話、妗子和姨母關於剔紅嫁妝的對話，新婚夫婦閨房之樂也完全是通過高剔紅和辛瑞雨的對話表現出

〔註19〕蕭麗紅：《冷金箋》，臺北：皇冠出版社1975年版，第40頁。
〔註20〕蕭麗紅：《冷金箋》，臺北：皇冠出版社1975年版，第63頁。
〔註21〕秋菫：《織錦的鶴——訪蕭麗紅》，《明道文藝》第29期，第122頁。

來的，這在某些程度上受到傳統戲曲中對白的影響，而傳統戲曲中的女性幾乎都是悲苦命運的完美演繹者，為傳統戲曲中的悲情女性流下的熱淚則是芸芸大眾自我慰藉的通常戲碼。其實，在臺灣的民間文化中，歌仔戲是非常重要的部分，小說中的人物尤其是這些女性們，幾乎都有著聽歌仔戲的習慣，甚至可以說，歌仔戲、布袋戲、民間流行小調等民間藝術構成了臺灣庶民的日常生活及其民俗文化的重要內容，但是，傳統文化的衰亡加速了歌仔戲等民間藝術的沒落，凌煙的小說《失聲畫眉》記錄了歌仔戲這民間傳統藝術形式在民間逐漸衰退的過程，她在《失聲畫眉・自序》中說：「每當我看到指責野臺戲班墮落的文章，總感到恚然不平，在臺灣的民俗文化裏，它佔有相當的一席之地，也因為它深入民間，和整個社會形態緊密的結合在一起，為求生存，自然無法避免這個社會間接的迫害，試問，誰喜歡穿著露骨的衣衫在戲臺上搔首弄姿，接受觀眾猥瑣的眼光洗禮？單方面的指責戲班是不公平的，社會上的變態現象，是眾人病態心理的投影，人人都該自我反省，為什麼我們的社會變成如今這幅扭曲的面貌？」〔註22〕為什麼作者凌煙和許多臺灣觀眾一樣，對歌仔戲懷有這麼濃烈的感情呢？因為這種藝術形式伴隨了他們出生和成長的全過程，甚至構成他們生命和情感的不可或缺的部分。

　　　　只要有戲可看，就是她最快樂的時光，當臺上的主角穿著金光閃閃的服飾出現，集所有的光彩於一身，唱著七字仔、都馬調傾訴愛慕，念著四句聯調情，彷彿一對粉妝玉琢的金童玉女，雖是假鳳虛凰，卻能讓他們幼稚純潔的心靈，充滿幸福美好的感覺。〔註23〕

　　無論是對於小說的敘述者，還是汲取著民間戲劇藝術成長的臺灣庶民，歌仔戲是他們永遠不能忘卻的回憶，是他們童年裏快樂、幸福、美好情感的源泉。就是在歌仔戲即將凋落的時光，演員們依然按照傳統的程序扮裝、登臺、開演，依然能夠給觀眾帶來精神上的愉悅：

　　　　扮仙的鼓樂正在進行，大菰仔扮福仙已經出場，肉感姨扮祿仙正站在虎邊等待，鳳凰扮壽仙也穿戴好戲服，拿著白鬍鬚坐在籠上，其他的小生小旦全都慢條斯理的在準備，只有慕雲最緊張，已經開始在穿戲服了。

　　　　四個喜神是家鳳、小春、阿琴、慕雲所扮，四個麻姑是愛卿、

〔註22〕凌煙：《失聲畫眉・自序》，臺北：自立晚報 1990 年，第 4〜5 頁。
〔註23〕凌煙：《失聲畫眉》，臺北：自立晚報 1990 年版，第 19〜20 頁。

阿芬、麗美、跟阿玲，再加上兩個采神阿珠和豆油哥，光明少女歌
劇團的全體演員陣容，就藉著這個三仙會展現出來。〔註24〕

　　儘管歌仔戲等藝術形式已經走入沒落，但是依然具有不可忽略的效果，這一幕可以說是昔日光彩的重現，也成為歌仔戲衰落之前的迴光返照：「入夜後，電子花車就陸續進來了，康樂晚會的舞臺也已經布置得差不多，算一算一共是三團歌仔戲，一團布袋戲，一個康樂晚會，兩臺電子花車，在偏遠角落的電影不算，各種照明設備齊開，把個廟埕的夜空照耀得比白天還璀璨輝煌。」〔註25〕除了歌仔戲、布袋戲、金光戲等戲劇形式之外，兩岸暨港澳女性文學民俗書寫中還涉及各種民歌、民間小調。例如，蔡素芬的《鹽田兒女》中就多處出現各種民歌，《白鷺鷥》是最著名和流傳最廣的一首：

> 白鷺鷥在田邊
> 秋風冬霜　白白的身影飛來去
> 白鷺鷥在田邊
> 等阮的腳步來伴伊
> 伴伊過了風過了雨　過了炎熱和寒露
> 伊說阮呀　搖搖的腳步
> 親像一隻　風中吟唱找食的慈鳥
>
> 白鷺鷥在田邊
> 秋風冬霜　白白的身影飛去來
> 白鷺鷥在田邊
> 等無阮搖搖的腳步
> 等過了風等過了雨　過了炎熱和寒露
> 伊說阮呀　忘了鹽田地
> 不知去到　天邊那個逍遙好所在〔註26〕

　　這首臺灣民歌用臺語唱出來，心思婉轉，百折千回，極其生動地再現了鹽田生活的場景和男女主人公之間的愛情的悲哀和無奈。再如，男主人公大方與女主人公明月分別時，摘下一片樹葉，吹出了另一支著名的民歌《月夜愁》：

> 月色照在三線路　風吹微微

〔註24〕凌煙：《失聲畫眉》，臺北：自立晚報1990年版，第32頁。
〔註25〕凌煙：《失聲畫眉》，臺北：自立晚報1990年版，第64頁。
〔註26〕蔡素芬：《鹽田兒女》，臺北：聯經出版1994年版，第34頁。

等待的人那未來

心內真可疑想不出彼個人

啊　怨歎月暝

更深無伴獨相思　秋蟬哀啼

月光所照的樹影

加添阮傷悲心頭酸目屎滴

啊　憂愁月暝

敢是注定無緣份　所愛的伊

因何給阮放未離

雙邊來散開斷腸詩唱未止

啊　無聊月暝〔註27〕

　　這既是對美好感情的眷戀，又有對茫然未來的惋歎；不僅廣泛流傳於民間，而且是用「臺語」唱出，更增添一種情調。其他諸多民歌的在臺灣女性小說中的穿插就更加尋常，如《一隻鳥仔》《日日春》等；又如諸羅山城的民謠、小調；《一隻鳥仔》曾出現在不同的臺灣女性小說中；再如一度非常流行的民歌《桃花過渡》《安平追想曲》《望春風》等；還有流行於花蓮地方的民歌《西北雨》《十字歌》《燈籠光》《思想起》等，不僅有助於營造小說敘事的氛圍，而且強化了人物的感情，推進了故事的情節進展。

　　第五，兩岸女性小說還涉及到宗教信仰民俗的書寫。就臺灣地區而言，有著多樣的民間宗教信仰，供奉媽祖、天公、清水祖師的廟宇不僅隨處可見，而且香火隆盛，從《冷金箋》到《白水湖春夢》，尤其是《桂花巷》和《千江有水千江月》中，蕭麗紅小說多處描寫了人們參與宗教民俗活動的盛況，而且這還是一個各種民間信仰共存的社會：「二月十六是開漳聖王千秋。這一年，魚捕得多，漁家全賺了錢，本來的大小神像：關聖帝君、關平太子、蕭府大帝、南天駱恩師、天上聖母、臨水夫人陳靖姑……全要出列相迎。想想，這樣的場面，要用多少面王爺龍旗？」〔註28〕此外，僅就作品中女性人物的信仰來說，也表現出逐漸轉化的過程：《千江有水千江月》中是「婦德」的彌漫；《桂花巷》中是「命格」的注定；而《白水湖春夢》中的女性終於明瞭女性的真實可悲處境，但最終的出路卻只是宗教的「空無」思想，正如春枝所了悟的：「髮從今

〔註27〕蔡素芬：《鹽田兒女》，臺北：聯經出版 1994 年版，第 37 頁。
〔註28〕蕭麗紅：《桂花巷》，臺北：聯經出版 1986 年版，第 65 頁。

日白，花是去年紅；何必待零落，然後始知空」。

　　臺灣宗教信仰的主流是道教、佛教以及日據之後的佛、道合流。蕭麗紅小說雖以儒家文化為大宗，但佛道之法也滲透其中，道教讓她清靜淡泊，佛教使她參悟因緣，佛法讓她找到寄託，並由此參透人生宇宙的真相。信仰民俗除了教人以出家修行的方式獲得精神寄託，還有許願還願和燒香拜佛兩種常見形式。《千江有水千江月》中牽掛大信的貞觀也經常到龍山寺燒香，貞觀的大妗也在丈夫平安歸來後到廟裏還願，由此可見，佛教和道教是彼時女性精神的主要信仰和寄託，讓窘迫者慰藉，由此構成臺灣文化重要組成部分，從而信仰民俗書寫也成為印證臺灣文化的重要載體。當然，蕭麗紅小說的信仰民俗書寫還意味著探討人生意義、尋求宗教解脫的過程，也表達出對女性態度的轉變。蕭麗紅的《白水湖春夢》全書貫穿著佛教的啟示和領悟，無論人的生死，還是人的生存過程甚至人的名字，都蘊含著佛教的教義。其中講到寒山和拾得的故事，並有一偈：可歎眾生苦，孫兒娶祖母；六親鍋內滾，牛羊座上坐。一幅猴兒騎牛圖，也闡釋出無量的啟示錄：「我們人，心如猿猴，縱橫上下，七驅八策，無一刻定著。但身似土牛，……土牛那看這般傾翻？」〔註29〕傳遞的是古老中華文化中順境則樂，逆境則嗔，人被事相折磨死的這種佛教觀念。

　　臺灣的民間信仰，糅合了道教、佛教及儒教，信仰的神繁多，且各有司職，信徒也會根據自己的生活需要選擇神祇奉拜。崇拜多神並不衝突，但是神祇地位跟人一樣，有高也有低，有陰也有陽。這其中最崇高的神便是天公。拜天公則有時間、地點、陳設、儀式上的種種講究。除此之外，還有喪禮須知、拜地官須知、拜七娘媽須知、安太歲須知、媽祖繞境或進香須知、婚禮須知、出生禮須知等等，而這些介紹又不是孤立存在的文字，它和故事進程中人物的活動密切相關，是按照書中人物的人生活動的展開和情節的發展而安排習慣的民俗活動的。其中媽祖繞境或進香須知則詳細介紹了臺灣的媽祖崇拜：在臺灣，媽祖的進香是一年一度最重要的朝聖活動，而「進香」比其他宗教更重視「香火」的淵源與傳承，點香的意義便是與神靈相通，借著香煙嫋嫋而上，象徵人與神祇的溝通。作為臺灣信仰中最重要的主神，每年僅以太重大甲媽祖南巡為例，便有百萬的信徒參加八天八夜的進香活動。無獨有偶，幾乎所有的臺灣敘事文學作品中都有關於媽祖崇拜的描寫，例如，施叔青的「臺灣三部曲」之一的《行過洛津》開篇即是泉州過海去臺灣在海中遇到媽祖顯靈的故事：

〔註29〕蕭麗紅：《白水湖春夢》，臺北：聯經出版1996年版，第251頁。

兩岸橫渡的乘客無不深信海中女神媽祖一見帆船有難，便會立
即腰懸桅燈，凌波踏浪前來解危，使船隻化險為夷。許情搭乘的這
艘帆船受到黑鳥鬼蝶的侵襲，昏天地暗中，不止一個乘客看到天空
閃過一絲白光，鼻子聞到一股奇香，氤氳繚繞中，一個白衣飄然的
影子翻飛水上，款款昇天而去，目睹這奇景的乘客一口咬定是媽祖
顯身，才使騷擾的異物失去蹤影，整船人有驚無險。〔註30〕

陳玉慧的小說《海神家族》寫的雖是家族的故事，臺灣的故事，但作為書
中線索的卻是海神媽祖的故事。小說在甫一開頭則從家裏失傳的兩尊神像開
始寫起：

我出生在一個叫臺灣的島。

流浪了 20 年，一直陪伴在我身邊的是兩尊神像：一個叫順風
耳，一個叫千里眼。它們是海神媽祖的「保鏢」，關係著一個家族的
秘密。母親和心如阿姨都知道它們的故事，卻並不知道是我帶走了
它們。那時，我還不知道我懷揣著一個日後追尋不止的真相。〔註31〕

以上兩個文本涉及的都是臺灣等東南沿海地區的媽祖崇拜，這一類的描
寫極為頻繁多見，顯示了宗教力量在庶民生活中的作用，它不僅是一種精神上
的信仰，而且構成了民眾日常生活的必要組成部分。相對於盛熾於東南沿海的
海神崇拜，在中國的東北地區，尤其是遲子建筆下的黑龍江，除了漢族之外，
還有鄂倫春、鄂溫克等少數民族聚居，這些民族有著自然崇拜、圖騰崇拜和祖
先崇拜的傳統。小說《額爾古納河右岸》則對薩滿文化有著深入細緻的描述，
薩滿最常見的一項活動就是招魂治病，即俗稱的跳大神，小說多處描寫到跳大
神的場景：「那年秋天，列娜病了。她躺在希愣柱的麂皮褥子上，發著高燒，
不吃不喝，昏睡著，說著胡話。父親在希愣柱的東南角搭了一個四柱棚，宰殺
了一隻白色的馴鹿，請尼都薩滿來給列娜跳神。……他很胖，披掛上沉重的神
衣神帽……他擊打著神鼓旋轉起來是那麼輕盈。他一邊舞蹈一邊歌唱著，尋找
著列娜的『烏麥』，也即是我們小孩子的靈魂。他從黃昏開始跳，一直跳到星
星出來，後來他突然倒在地上。他倒地的一瞬，列娜坐了起來。」〔註32〕這裡
的薩滿是通神的，它以自己非凡的通靈能力為部族祈福祛災，挽救生靈，甚至

〔註30〕施叔青：《行過洛津》，臺北：時報出版社 2003 年版，第 5 頁。
〔註31〕陳玉慧：《海神家族》，南京：江蘇人民出版社 2010 年版，第 1 頁。
〔註32〕遲子建：《額爾古納河右岸》，北京：北京十月文藝出版社 2005 年版，第 7 頁。

不惜失去自我的性命——與媽祖的作用異曲同工，都是庶民生存的保護神，並因為這個最終成為各自地域民眾的精神信仰。

除此之外，小說《桂花巷》和《斷掌順娘》還穿插了大量的以民俗為表徵的傳統文化描寫，而正是這些民俗場景展示了主人公所賴以生存的傳統文化土壤，也構成其命運和抗爭的歷史文化淵源，兩篇小說的人物原型皆得之於此。蕭麗紅說過：「事實上，漢文化漫漫五千年的歲、月、光、陰裏，不知生生活過多少這類中國女子；她們或遠或近，是我們血緣上的親人，在度夜如年，度年如夜的時空裏，各自有各自的血淚、心酸，」〔註33〕因此，她認為剔紅是最可愛的中國舊式女子，甚至就是她自己。1996 年《斷掌順娘》改編成閩南語連續劇，誠如作者彭小妍所言：故事的緣起，是孩子的阿嬤，一個擅長說故事的女人。「歷史和民俗，是《斷掌順娘》小說中關鍵的成分。孩子的阿嬤第一次帶我到鄉下老家小住時，正逢天公做生日，廟裏香火鼎盛，人聲沸騰。親眼目睹殺豬公比賽的慶典，我的感受，只能以驚豔來形容。」〔註34〕此外，「臺灣鄉下的慶典，是嘉年華式的地方鄰里同慶，活生生的傳統。」〔註35〕同樣，《桂花巷》在展現一齣舊式女性無法訴說的內心情慾的同時，也「顯現了傳統『鄉土』想像隱含意涵的迷思。所謂的『素樸傳統』其實一點也不『素樸』，反而已是波濤洶湧、欲望及鉗制勢力衝突交鋒的場域。」〔註36〕無論是高剔紅還是陳順娘，無論她們的生活觀念還是她們的行為方式，都是她們所生活於其中的文化所滋養和催生，她們的生活命運和傳統文化的涵脈息息相關，而最終，她們自己也構成了這個綿延牽扯、良莠並存的傳統文化的組成部分。小說寫民間拜月娘的風俗：

> 進了門，只見婦女們圍桌博月餅。一旁小几上各色月餅排開，大至如面盆，小至如銀元，按大小分別貼上紅紙，上書「狀元餅」、「榜眼餅」、「探花餅」、「會元餅」、「進士餅」、「舉人餅」等名稱。刻名越高數量越少，貢生、童生、白丁等餅則無數。正輪到瓊瓊，六顆骰子鏗鐺一聲擲入碗中，滴溜數秒而止，竟得五面出紅。〔註37〕

〔註33〕蕭麗紅：《剔紅是我——〈桂花巷〉後記》，《桂花巷》，臺北：聯經出版 1986 年版。

〔註34〕彭小妍：《斷掌順娘‧新版自序》，《斷掌順娘》，臺北：九歌出版 2007 年版。

〔註35〕彭小妍：《斷掌順娘‧新版自序》，《斷掌順娘》，臺北：九歌出版 2007 年版。

〔註36〕邱貴芬：《中介臺灣‧女人》，臺北：元尊文化 1997 年版，第 82 頁。

〔註37〕彭小妍：《斷掌順娘》，臺北：麥田出版 1994 年版，第 177 頁。

這些庶民生活裏的遊戲描述，一方面展示了一以貫之的中國傳統文化名位、男權至上的本質，另一方面也氤氳了有史以來女性不得不生活和浸潤其間的文化生態。其他和女性有關的民俗類遊戲的描寫更是信手拈來：

> 「揀穀粒」乃婦女閨中的戲耍！以各色布料五片，縫成粽子形狀，裏麵包以重物，或沙或米，或雜糧豆類，大小約為銅錢狀，其玩法不一，有先往上拋其中一粒，餘四粒置於桌上，手反勢立即接住上空墜下者，再以之往上拋，手揀桌上其中一粒，與拋上者合握於掌，揀出一粒置於旁，如此反覆又拋，將四粒揀盡為止。再者，即揀二粒，會合拋上者，共三粒，重複兩次揀完。第三遍只用三粒，多出兩粒置一旁不用，先逐一揀著，放於左手心，然後左右手減緩穀粒，並且快速再轉移之，此時，左手的一粒，已再握於右手，二右手原有的二粒得向上拋之，且須巧妙落於右手腕之兩旁，然後掌心的又上拋，再抓起分開的二粒合握之。最後一遍是往上拋者，須落於掌上背，然後拇指、食指合夾桌上所有四粒其中之一，將之甩飛過手掌背，二掌上原有者，不可因而落下，落下即輸。〔註38〕

蔡素芬《鹽田兒女》寫到給祥浩收驚的情景，再現了另一種臺灣民間風俗。這裡以方梓小說《來去花蓮港》民間收驚場景為例：

> 「香煙即起通世界，三魂七魄收轉來，收魂三師三童子，收魂三師三童郎，勿食黃泉一點水，萬里收魂亦著歸，三魂歸路轉，七魄茫茫歸路回，魂歸身，身自在，魂歸人，人清采，收魂有木三魂七魄歸來……急急如律令。」收驚婆嘴裏念著收驚除魔詞語，香枝比來畫去，煙霧繚繞，搖鈴叮叮噹噹，收驚婆斥喝魔神的厲聲，讓有木稍稍動了一下，隨即又昏睡過去。隨即她燒了一些符灰丟入碗水裏讓有木沾唇，又給了阿音幾張符要她放在有木身上和貼在門上。阿南奉上紅包，抱起有木回家，一路照著收驚婆交代念著：「有木轉來喔，魂魄緊轉來喔，無驚無狼，轉來厝咧，歹的走去，勿通交纏……有木仔到厝，小心橫過戶蹬，到房間，倒了好好困……」〔註39〕

小說中國處處可見各種民俗、民風，各種諺語，各種節氣時令，各種民間生活的溫暖醇厚，代表著一種安貧樂道的人生智慧。還有一種遊戲，叫雞仔子

〔註38〕蕭麗紅：《千江有水千江月》，臺北：聯經出版 1981 年版，133 頁。
〔註39〕方梓：《來去花蓮港》，臺北：聯合文學出版社 2012 年版，第 242 頁。

啾啾：一邊做出各種手勢一邊念念有詞：一撮針，一撮鑼；煙囪孔，烘肉骨，雞仔子啾啾──；再如，當地人燒紙錢的時候會拿一杯水酒，沿著冥紙焚化的金鼎外圍，圓圓灑下，一邊灑一邊念──沿得圓，才會大賺錢！當然，這裡對金錢的崇拜是民俗的一個重要方面，更多的是作者對民俗文化的褒揚和讚美：這民情和習俗，不僅是深刻耐看的，而且是恰到好處的，愈瞭解愈知她的美。這樣一個極小動作，都帶有無盡意思──賺錢原本只是個平常不過的心願。

　　這裡不能不提到兩岸暨港澳女性文學民俗書寫中的鬼魅敘事，鬼魅敘事儼然已經成為兩岸暨港澳的華文小說家呈現不同歷史空間的新穎手法，「現實環境與寫實主義之下不可能完成的舊地、舊事重現，藉著鬼魂──特定時空的產物──施施然現身為當代讀者導覽，引領我們見證他們由來之處，再現地圖上被刮除、塗抹、缺漏的遺跡。」〔註40〕當然，魑魅魍魎的世界也往往是女性等弱勢群體藉以發聲的特殊空間，其實，「鬼的故事、妖的故事以至巫的故事在某種程度上就是女性的故事，女人生命中的情感壓抑、心靈隱秘，被侮辱被奴役的命運，被愛的匱乏和缺失，愛的力量的短促和脆弱……無一不是通過鬼和妖的故事暫時得到伸張，其詭異血腥的特異風格企圖實現邊緣對中心的突圍和反抗，」〔註41〕作為弱勢群體的庶民，同樣借助精靈鬼怪敘事進行某種抗衡。李昂小說《看得見的鬼》「選擇了傳統中最具詮釋空間的『女鬼』為題材，以淵源於民間神鬼信仰與通俗傳說的鬼故事，結合地域書寫，創造屬於臺灣的女鬼傳說，女鬼也成為臺灣庶民化歷史的書寫者，更成為歷史的護衛者，以多重的方式暗喻了臺灣，除了暗示臺灣移民與與中國移民母國的斷裂之外，也辯證性地重構臺灣歷史的過去，展望與世界接軌的宏大企圖。」〔註42〕由此可以看出，女性文學中的鬼魅書寫不僅具有女性主義的意涵，而且包含了對於國族身份、歷史記憶再造的種種企圖。

　　除此之外，女性小說中的鬼魅敘事還包含著對傳統敘事功能的繼承。郝譽翔小說《幽冥物語》：幽冥，顧名思義，幽暗不明，幽深暗昧。物語常用於日文，意為故事或雜談，是受到中國六朝、隋唐傳奇文學影響的一種文學體裁。

〔註40〕范銘如：《文學地理：臺灣小說的空間閱讀》，臺北：麥田出版 2008 年版，第32 頁。

〔註41〕王豔芳：《異度時空：論香港女性小說的文化身份想像》，《文學評論》2009 年第 5 期。

〔註42〕王鈺婷：《歷史的細語：論〈自傳の小說〉、〈看得見的鬼〉中庶民文化與鄉野傳奇的運用》，陳明柔主編：《遠走到她方》（上），臺北：女書文化 2010 年版，第 126 頁。

書名為「幽冥物語」明白道出書中作品實際為一篇一篇的鬼故事。北投的書寫被置放於特定的歷史場景，有意營造出一種鬼魅的氣氛。「那時的溫泉路，還只是一條遠離市區的荒僻小路罷了，沒有書名住宅，只有一些零星隱藏在山坡之間的飯店和酒家，在黑夜中燃起了若隱若現的幽暗燈光。在山路的兩旁，植滿了南洋杉和粗大的榕樹，枝條垂落下來，彷彿隨時都可能把路上行人擭走……母親曾經告訴過我的故事，她說：在每一棵榕樹的頂端都住著一個女鬼，一個又寂寞又蒼白的女鬼，如果一不小心，被她抓到樹上去，那麼就一輩子都再也下不來了……」〔註43〕小說中的人名如阿繡、鴉頭、珊瑚、阿瑣、嬰寧、阿織、青風等亦皆來自於《聊齋》。顯然，郝譽翔是通過這部以北投為背景的鬼故事小說向蒲松齡致意。

很多華文文學研究者早已關注這一現象，王德威不僅在他的《落地的麥子不死》中專門論述《女作家的現代『鬼話』》，而且在接受訪談的時候說：「在我的新書中，還有一個章節在處理『鬼魂』或魂兮歸來的現象。世紀末兩岸四地（臺灣、大陸、香港、馬華）的小說創作中，鬼影幢幢。這其實是一個嚴肅的課題。」〔註44〕陳芳明則在《臺灣新文學史》中說：「在現實社會，女性無法找到棲身之地，李昂可以創造另一個鬼神的烏托邦。無論是水鬼、愛吃鬼、魔神仔、狐狸精，都在意旨的空間飄蕩游離。她酷嗜在小說中帶進神祇、民俗、節氣，完全不受現代時間的羈押，可以獲得無窮盡的想像。不管是女神、女妖、女鬼的化身，顯然都在擺脫國族神話。情慾比情操還要高尚，肉體比國體還要高貴。其書寫策略如此，歷史都必須重新定義。」〔註45〕無論王德威所說的「嚴肅的課題」，還是陳芳明所謂的「必須重新定義」，都意味著兩岸暨港澳女性文學中的「鬼魅書寫」是一種具備多重象徵意蘊的書寫策略。

最後，兩岸女性小說還特別書寫了民俗中的特殊部分：禁忌民俗。浩繁駁雜的中國傳統文化積存內部，一直存在多個曖昧不明的灰色地帶，儘管灰色地帶的意旨終不能堂而皇之登上大雅之堂，或者公然寫進經史子集，但在庶民的日常生活中卻往往起著不可忽視的決定作用。民間禁忌文化即為其中一種，而有關女性「斷掌」的說法則為此禁忌文化具體表現之一斑。有意味的是，相關民間禁忌的表達不僅表現出截然的性別差異，而且帶有強烈的詛

〔註43〕郝譽翔：《幽冥物語》，臺北：聯合文學出版社2007年版，第47頁。
〔註44〕簡義明、王德威：《全球化與華文文學語境中的臺灣文學——王德威教授訪談錄》，《自由時報》副刊2001年6月8日。
〔註45〕陳芳明：《臺灣新文學史》（下），臺北：聯經出版2011年版，第743頁。

咒暗示性質。類似的禁忌言說不僅對女性嚴厲苛刻，甚至大多是一些幫助或暗示女性成為男性的附庸性存在的說教。最明顯的莫過於：先天的命格和體格決定著女性後天的命運，並且代代相承，厄運牽纏。而這樣的文化心理終必在文學作品之中留影顯形，蕭麗紅的《桂花巷》〔註46〕和彭小妍的《斷掌順娘》〔註47〕就是其中最具代表性的兩篇，小說分別講述了斷掌女子高剔紅和陳順娘被命運詛咒並和命運抗爭的故事，先後多次被改編成電影和電視劇，影響極為廣泛。〔註48〕

蕭麗紅的小說《桂花巷》女主人公高剔紅少時喪父，十歲喪母，一個人帶著幼弟剔江生活，六年後弟弟出海被淹死。為了改變命運，高剔紅拋捨了同村青年秦江海對她的情意，嫁給北門嶼的富家子弟辛瑞雨。但沒出兩年，瑞雨病死，十八歲的剔紅帶著幼兒艱難熬過以後漫長的守寡歲月，和宿命的人生進行著某種不甘心的對抗。而這一切命運的安排只因為剔紅生了一隻斷掌，她的多舛的命運也只不過是應驗了朱砂斷掌所帶來的不祥啟示和厄運詛咒而已。

> 她緩緩舉上手來，一直到眼前才停住，人家誇她的手漂亮，漂亮
> 啊！當然漂亮！她看到手掌上朱紅細砂，混著霧白的斑點，間間錯
> 錯。上面縱來橫去的線紋，是管命運的神，用刀斧刻上去的；而那麼
> 一條大橫線，筆一般直，切過她的整隻右手掌，切得好了斷。〔註49〕

同樣，彭小妍的小說《斷掌順娘》先陸續在臺灣《中國時報》之《人間副刊》分期連載，〔註50〕後由麥田出版社於1994年出版單行本，又由九歌出版社於2007年再版。小說主人公陳順英因為生了斷掌斜眼的剋夫面相，已屆二

〔註46〕蕭麗紅：《桂花巷》，臺北：聯經出版1986年版。
〔註47〕彭小妍：《斷掌順娘》，臺北：麥田出版1994年版。
〔註48〕小說《桂花巷》於1987年被改編成同名電影，2002年被改編成同名電視劇，2007年被改編成電視連續劇《辛家媳婦》；小說《斷掌順娘》於1996年被改編成同名電視劇，2007年翻拍成《順娘》。以上兩部作品在兩岸暨港澳影響廣泛。此外，涉及斷掌女性的影視作品還有《火舞黃沙》和馬來西亞電視劇《斷掌的女人》等。
〔註49〕蕭麗紅：《桂花巷》，臺北：臺北聯合報社1977年版，第56頁。
〔註50〕《搖鼓歌》連載於《中國時報‧人間副刊》1985年8月17～20日，《圓房》連載於《中國時報‧人間副刊》1984年11月18～21日，《添丁》連載於《中國時報‧人間副刊》1991年10月29日～11月10日，《相親》連載於《中國時報‧人間副刊》1991年3月17～19日，《火紅的山頭》連載於《中國時報‧人間副刊》1993年4月13～15日。

十七八歲依然沒有婚嫁，最後嫁給了四十多歲的賣貨郎烏秋。三年後，烏秋病死，遺下兩個兒子金水和金石，後來金水生怪病死去，金石則淪落為浪蕩子。陳順娘帶著一家人艱難熬過舊時代，以女性的堅忍、寬容和被詛咒的命運抗爭不息。

> 哦，你說的有成的女兒順英。對啊，相命的說她出生時掌中帶筆，斷掌正是剋夫相，現在想想，不只是剋夫，是剋男人的命。阿成自己四十歲就死了，生的兩個兒子，也就是順英的哥哥和弟弟，一個活到兩歲，一個活到十四歲。真可惜的一個女孩子，今年都二十七、八歲了，還沒有人敢做媒。〔註51〕

儘管兩部小說發表時間有先後，一部在上世紀 70 年代初，一部在上世紀 90 年代中，但小說中人物的生活時間卻基本相同，即從清朝末年至日據時期再到臺灣光復的這一歷史時段。具體說來，《桂花巷》中高剔紅的生活年代是從清光緒四年到民國四十八年春天。由於《桂花巷》的敘事線索比較清晰，循著其中若隱若現的時間提示可以推斷出剔紅的生平簡歷：清光緒十四年高剔紅的母親去世，那一年她只有十歲，由此推算，高剔紅應該出生於清光緒四年。高剔紅十六歲時嫁到辛家：「她嫁瑞雨那歲，正是甲午隔年；隨後，朝廷把臺灣割給日本。」〔註52〕十八歲守寡，兒子惠池只有兩歲，當惠池二十四歲結婚時，高剔紅才四十歲。不到一年，兒媳碧樓被休，之後的十五年過得飛快。高剔紅六十大壽的時候，兒孫都回來，小孫女已經四五歲。高剔紅六十七歲，正當民國三十四年，這一年臺灣光復，日本人撤走。民國四十八年春天，高剔紅過世，時年八十一歲。同樣，彭小妍的《斷掌順娘》儘管沒有歷史時間的明確交代，也沒有歷史事件的刻意插入，但基本的歷史脈絡仍然大致可循：「藉著由日據到光復期間一個臺灣家族的盛衰，她寫出一群女子種種悲歡離合的遭遇，平實細膩，而感喟自在其中。」〔註53〕主人公陳順英同樣經歷了臺灣社會由日據到光復的歷史時期。生存於這樣一個充滿動盪和悲情的時代，作為舊式女子的高剔紅和陳順英的命運可想而知，何況她們都生有斷掌，都被可怕的命運詛咒所擊中。

由於這兩箇舊時代的女子都帶有先天的斷掌印記，所以她們的命運就沿

〔註51〕彭小妍：《斷掌順娘》，臺北：麥田出版 1994 年版，第 43 頁。

〔註52〕蕭麗紅：《桂花巷》，臺北：聯合報社 1977 年版，第 117 頁。

〔註53〕王德威：《斷掌順娘·序》，彭小妍《斷掌順娘》，臺北：麥田出版 1994 年版。

著被詛咒的常規路徑發展，這樣的發展似乎是她們無可違逆的天命，敘述者在敘述人物命運的時候絲毫沒有否認這一點。由此可以見出，在臺灣社會，無論是在庶民的生活和理念、還是在寫作者的意念和信仰中，女性斷掌所預設的命運竟是如此不可違拗，並且，這種根深蒂固的相學觀念在日常生活中扮演著極其重要的作用。而從清朝末年到臺灣光復的這一歷史時段，正是臺灣歷史上充滿悲情的時期，除了外族入侵所帶來的生存災難之外，臺灣女性還深受傳統社會綿延下來的性別霸權的沉重壓抑，儘管其間政權更迭，社會事件頻發，但對於庶民女性的生存來說，其所深受的民間傳統習俗和觀念的束縛從未稍減，而民間社會對於女性的習見、成見和苛刻的要求也是始終如一。一個擁有斷掌的女子生下來就注定了不祥的命運，她被命運所驅趕，做著徒勞的掙扎和宿命的反抗，用一生的顛簸和悲苦詮釋一個被詛咒擊中的臺灣女人力求改變命運所能進行的所有努力，以及在努力過程中表現出的人性的狹隘與寬廣、尖銳與圓融，對世俗成見的挑戰與附和以及隨之而來的對自我主體欲求的張揚與湮滅。

從 1970 年代至 1990 年代，臺灣社會的文化習俗、倫理風範有一定程度的改變，但兩篇小說主人公的命運卻大體相似。既然命運先驗地決定了要被詛咒和走上無法更改的人生道路，並且在悲劇命運展開之前顯然已經冥冥預感到這樣的結局，生存中的高剔紅和陳順娘不過是在切身驗證命運預言的準確性而已。然而，她們所把持的生存觀念、所採取的行為方式和人生態度卻明顯不同，此種不同既可以看出時代觀念的微妙遷移，也可以透視人物形象模式之差異背後的作者觀念意圖之區別。

生存觀念，簡單來說，是指一個人生存在世所持有的關於生存的基本觀念。對於不幸的女子高剔紅和陳順娘來說，生存下去是其生存觀念中占第一位的共同性問題。即便是悲苦不堪的命運，她們也沒有想過去結束它，而是想方設法生存下去。但是，在如何生存下去，以什麼作為生存信念、手段和方式，高剔紅和陳順娘的觀念有著本質的不同。對於高剔紅來說，她要改變命運，就必須擺脫貧窮，擺脫死亡，也就意味著擺脫秦江海所象徵的底層漁村世界，進入辛家所象徵的上層富裕社會。這樣的轉變對高剔紅來說，並不是一件困難的事情，因為她從小的家庭教育就滲透了這樣的貧富對立的觀念，雖然母親早逝，但卻給她的人生樹立了牢不可破的金錢觀念，金錢無處不在地影響並主宰著世人的命運。

很久以前，她阿娘常說的一句話：錢銀三、二千，不值子婿出人前。〔註54〕

自古有錢人不嫌；沒錢啊！再高的身量，走到哪裏，矮到哪裏！〔註55〕

肚臍深深，哭著要裝金，肚臍淺淺，哭著要裝銅錢，肚臍凸凸，哭著只要娶某。〔註56〕

其他，例如「錢是長性命人的」等關於金錢的引述俯拾即是，甚至小說中多處描寫出嫁的女子穿金戴銀，嫁妝裏的綾羅綢緞、銀元金寶，北門嶼那些大名鼎鼎婦孺皆知的富戶，甚至小說結尾處那吱吱叫的一隻銜著一隻成串的錢鼠，飛掠屋頂、投情靠義的龍銀等都透露出對於金錢的企慕和豔羨。說到阿吉伯故事的時候，似乎看空了金錢，但孫女辛小檀給婆家帶來的二百萬又回到了金錢和炫富的主題。因此，在生存觀念上，高剔紅的金錢觀淳樸而直接。高剔紅拼命纏腳的一幕即可以見出她心意的果決，目的只是為了有資格嫁入高門，過上有錢人的生活。儘管她的母親早早去世，但母親念茲在茲的金錢觀念卻影響了她一生。一個出身貧賤的女孩就這樣換取了奢華富足的一生，同時也埋葬了她的青春和愛情。直到小說結尾，高剔紅似有所悟：「不單人不能倚，連錢也不能靠的；龍銀會飛，錢鼠會跑，世間的錢，真像海裏的水。」〔註57〕但這也只是在曾經享受到金錢帶來的豐裕物質生活之後才說得出的話。

相對而言，陳順娘的生存觀念則是圍繞著自食其力的創業展開。在這個意義上，如果說《桂花巷》過分強調先天的命格所帶來的命運的改變，《斷掌順娘》強調的則是後天的個人勞作對命運的改寫。雖然高剔紅繡花的手藝遠近有名，「這個女兒繡花、裁剪、縫衣、做鞋，樣樣都會，只可惜命太硬，沒有人敢說媒。」〔註58〕但作者強調更多的還是她那雙無與倫比的小腳以及被鄰居大媽一再稱讚的好骨相和好命格。是因為這些天生的優勢使高剔紅脫離了漁村的貧窮，而不是她所擁有的高超的繡花技藝。高剔紅在辛家的少奶奶生活從始至終，一勞永逸。而《斷掌順娘》寫到烏秋入贅陳家時，陳家還是世代務農，生活景況很是一般。二十幾年後，陳家布莊擴張成兼營裁縫，交易蒸蒸日上，

〔註54〕蕭麗紅：《桂花巷》，臺北：聯合報社 1977 年版，第 70 頁。
〔註55〕蕭麗紅：《桂花巷》，臺北：聯合報社 1977 年版，第 93 頁。
〔註56〕蕭麗紅：《桂花巷》，臺北：聯合報社 1977 年版，第 178 頁。
〔註57〕蕭麗紅：《桂花巷》，臺北：聯合報社 1977 年版，第 465 頁。
〔註58〕蕭麗紅：《桂花巷》，臺北：聯合報社 1977 年版，第 33 頁。

成為臺北郡數一數二的店號,不但遠近商店、私人紛紛前來訂製西服,連郡役所每年一批兩、三百套的制服也包下來。但陳家布莊的興旺不是得力於男子,真正撐起家業的是順娘和兒媳阿菜這些所謂的婦道人家,是這些女性日復一日的勞作改變了家庭的經濟狀況和社會地位,但卻沒有能夠改變她們自身的悲劇命運。

由上,人物生存觀念的不同很大程度上導致了人物行為方式的不同,受制於個人的生活環境和生存理念,高剔紅嫁入辛家以後擁有了她所向往的富貴榮華,但富貴榮華的生活從此也就鉗制了她的個人行為。且不說她個人的欲望通過捧女戲子、私通男傭等扭曲方式釋放,單是她對待兒子、兒媳和傭人的態度和行為就足以說明她的所作所為在多大程度上為物質和金錢所異化。如果說高剔紅本性中的精明自私越來越顯豁,那麼,大家庭少奶奶生活所培植起來的強悍跋扈就更加令人觸目。相反,儘管在陳順娘的帶領和努力下,陳家的生活不斷改善,但辛苦勞作的生存觀念使得陳順娘在對待和處理一應事件的時候都能夠採取溫柔隱忍以至敦厚包容的態度和方式。這裡僅從兩位女主人公對待自我和兒媳的不同行為方式來說明這一點。

如前所述,高剔紅個人的悲劇乃斷掌所致,傳統相學的觀念迫害了高剔紅,同時也成為她生存觀念的主要構成部分,觀念的內化也好,生存必需的手段也罷,正是由於高剔紅個人的愛情和婚姻被傳統相學的枷鎖所打殺,所以她也很好地利用了相學邪說來打殺別人,而這別人正是她的兒媳碧樓。高剔紅殺人的武器是傳統文化中最藏污納垢的神秘的中國相法,她從面相、手相、睡相、體相、骨相,甚至小便的時候發出來的聲響衍發出來的所謂賤格、破格等等方面,認定她的兒媳碧樓是一個賤命的女子,根本不配做她辛家的兒媳。因此百般刁難,處處挾制,直到迫使兒子把兒媳休棄。當聽說走投無路的兒媳被迫再次嫁人,高剔紅因為終於證明了她關於兒媳的判斷正確而感到由衷的欣慰。作為悲劇人物的碧樓,從一出現就注定了成為犧牲品的命運,當她的父親主動來辛家提親時就已經低人一等,但他們並不自知,等到嫁過來之後備受刁難,母親和姨媽來辛家說和時,又受到高剔紅言語譏刺卻毫無還嘴之力,這些都為後來碧樓的被逐埋下伏筆。讓人奇怪的是,既然碧樓出生在這樣頗有地位的家庭,何不自己走開去?反而要等夫家休掉?既然不得不走了,為什麼沒有走到娘家去?既然可以嫁人,為什麼不嫁個好人家?分明是敘事者有意想借碧樓來滿足高剔紅的心願,由此也可看出敘事者對高剔紅的私心欣賞,

並進一步看出對其對高剔紅所信奉的價值觀念和行為方式的某種認同，這也似乎印證了作者在後記中所感喟的「剔紅是我」的內在心理動機。

三、大陸與臺灣民俗書寫的差異

從 1970～1980 年代蕭麗紅創作開始，臺港澳文學開啟了一個民俗書寫的傳統。在臺灣有蔡素芬，在香港有鍾曉陽，在大陸則有遲子建等。有些作家雖然沒有直接受到蕭麗紅創作的影響，但是，也在其創作中對民俗書寫進行了充分的關注，甚至民俗書寫構成其歷史、政治書寫中不可或缺的組成部分或文化背景，如喬葉、葉廣芩、孫惠芬、葛水平、竹林、陳玉慧、方梓等。蕭麗紅，1940 年出生於臺灣嘉義布袋鎮，1956 年以在《聯合報》發表《老去日子裏的夢》登上文壇並初綻光彩。自 1975 年出版第一本小說集《冷金箋》至今，共出版小說五部（除《冷金箋》為短篇小說集外，其餘四部皆為長篇小說），在海峽兩岸擁有無數讀者，作品被改編成電視電影，甚至由哥倫比亞大學出版英譯本。研究界對她的作品褒貶不一，由此引發的熱議被稱作「蕭麗紅現象」。儘管蕭麗紅小說創作數量不多，但其創作意圖卻非常明確。她開宗明義地宣告她的創作指向在於「文化中國」的重建，換句話說，她意在透過自己的作品緬懷和建構彼時於臺灣已然式微的中華傳統文化。

這正如蕭麗紅在《桂花巷》的《後記》中所自陳的：「事實上，漢文化漫漫五千年的歲、月、光、陰裏，不知生生活過多少這類女子；她們或遠或近，是我們血緣上的親人，在度夜如年，度年如夜的時空裏，各自有各自的血淚、心酸，……雖然她只是我書裏的人，雖然在日人侵臺，那段國仇家恨的大時代裏，以一個民間弱質女子的胡愁亂恨，實難代表炎黃子孫的萬一情懷，畢竟，她們是同躋身在一個聲氣悲壯，血色鮮明的年代啊！」〔註 59〕這也正如她在《千江有水千江月》的《後記》中所再次強調的：「是凡為中國女子，不論民女、官婦，都襯在相同的布幕、背景裏，都領受五千年歲月的光與影交織而出的民俗、風情，和一份悠遠無限的生活體驗。」〔註 60〕靜宜大學楊翠進一步驗證說：「她之所以寫作《桂花巷》、《千江有水千江月》，皆與感歎時代變遷、文化精神源頭失落有關，其『鄉土寫實』是對西化的反思，而其作品中所呈現的

〔註 59〕蕭麗紅：《剔紅是我——〈桂花巷〉後記》，《桂花巷》，臺北：聯經出版 1986 年版，第 478 頁。

〔註 60〕蕭麗紅：《正色與真傳——後記》，《千江有水千江月》，臺北：聯經出版 1986 年版，第 357 頁。

『文化中國』與『地理臺灣』（母土）」之曖昧糾葛，更表徵了一種時代語境。」
〔註61〕臺灣著名學者、女作家齊邦媛也說：「書中處處是民間傳說之美。無論
是字裏行間流露的寬恕厚重色彩，或是呈現臺語小說的特質，蕭麗紅都不平
凡。」〔註62〕蕭麗紅的小說橫空出世，儘管研究者和讀者對她作品中的文化書
寫還存在諸多爭議，但並不妨礙蕭麗紅對後來作家的深刻影響。

　　眾所周知，臺灣自 1895 年 4 月 17 日開始進入日據時期，為了消滅臺灣
民眾的反抗意識，日本在臺灣推行皇民化運動，企圖切斷臺灣與中國大陸的文
化臍帶。在日據的五十多年裏，臺灣的建築趨向於日式民居、服飾上著和服、
使用日語交流、學習日本文字。這種去中國化的文化滲透，會對臺灣人民的文
化認同與文化心態在一定程度產生影響。隨著國共內戰，國民黨戰敗遷臺，
臺灣雖然又與中國建立文化連接，但由於反共思想影響，臺灣走上了與大陸
政治意識形態相異的文化道路。後來經濟的發展，歐美思潮東漸，臺灣開始
有西化傾向，另一方面本土意識在覺醒。但臺灣還是以傳統中華文化為母體，
並且遊走於日本與歐美文化之間，既難以同中國的傳統文化徹底決裂，又無法
完全被日歐文化同化，從而形成了特有的臺灣文化心態。「文化認同問題是每
一個知識分子都會遇到的問題，如何界定自己？『我』與什麼認同？怎麼看待
『我』與他者的關係？身份和認同不是由血統所決定的，而是社會和文化的
結果。」〔註63〕臺灣複雜的文化淵源，必然反映到作家的創作中，表現出對
文化認同、身份定位、他者關係等的思考。

　　正是出於以上原因，以蕭麗紅為代表的臺灣作家以其多姿多彩的民俗書
寫構建了想像中的古老臺灣鄉土社會圖像，還原了心目中莊嚴偉岸的「古老中
國」盛景，寄寓了她關於「仁義禮智信」的「中華文化」的美好期待，也弘揚
了古老中國曾經輝煌的文化圖騰。婚喪嫁娶、生老病死、民歌戲文、典故傳說，
各種民俗畢現，簡直可稱為一部臺灣近代民俗大全。一般認為，臺灣民間的歲
時節俗，主要以閩、粵一帶所傳的習俗為主，除作為早期農業社會生活核心的
二十四節氣之外，更融入各種全島性神明與區域性鄉土守護神的聖誕，使得臺
灣的歲時節俗與信仰文化充分結合。一年之中，「二十四節氣」加上鄉土神明

〔註61〕楊翠：《文化中國‧地理臺灣——蕭麗紅一九七〇年代小說中的鄉土語境》，
　　　　《臺灣文學學報》2005 年第 7 期。
〔註62〕世界女記者與作家協會中華民國分會編著：《各領風騷一百年：女作家》，臺
　　　　北：天下遠見出版 2011 年版，第 263 頁。
〔註63〕張京媛：《後殖民理論與文化認同》，臺北：麥田出版 1995 年版，第 16 頁。

的聖誕日，足以讓庶民百姓在各種習俗節慶中進一步加深對傳統文化的真諦的領悟。

因此，民俗「它不僅是一個文化現象，而且可以說它是臺灣人賴以安身立命的『文化宗教』（cultural religion）」。〔註 64〕民俗書寫和中華文化之關係於此昭然若揭，蕭麗紅小說民俗書寫的文化價值和意義也就在於這裡。陳芳明不僅肯定了《桂花巷》的歷史、文化價值，而且特別指出了其民俗生活描寫的特質意義：「以女人的一生來解釋臺灣歷史，正是這部作品的最大企圖，也是臺灣女性作家行列中，第一位以小說干涉歷史的代表者。蕭麗紅能夠成為暢銷作家，就在於她成功的融合中國傳統與臺灣鄉土的兩種價值。處在一九七〇年代國族認同轉型之際，這部小說既吸引中國認同的讀者，也吸引了臺灣意識的讀者。其中的迷人之處在於她對民俗生活的細節，描寫得相當真切。在故事的渲染過程，她會恰當插入臺語的對白，與她流暢的中國白話文構成鮮明對比和平衡。」〔註 65〕也就是說，蕭麗紅小說中民俗文化是多角度多層面的，她在一個中華文化曖昧不明的時刻將之帶向敞亮。

如果說《桂花巷》帶有入世的執著與沉醉，意味著傳統文化的烈火烹油之勢，那麼，《千江有水千江月》則帶著初入塵世的清明，主人公大信和貞觀隱喻著傳統文化的青春餘緒。小說寫大信和貞觀一起參觀故宮博物院，貞觀對大信慨然道：「原來只道是：漢族華夏於自己親，如今才感覺：是連那魏晉南北朝，五胡亂華的鮮卑人都是相關聯——」〔註 66〕貞觀的這段話簡直不像是她能夠說出來的——不僅意味著中華文化在歷史衍變過程中不斷地吸納外來文化，因其博大的包容性成就了自身；而且意味著中華文化在此歷史前行過程中也在不斷地遺失自我，需要後世的人們不斷地返觀從而完成其自身的修復。故而，蕭麗紅總是把她小說發生的時空背景置放在古代，對過往古舊的生活和文化充滿讚美：「人類原有的許多高貴品質，似乎在一路的追追趕趕裏遺失；追趕的什麼，卻又說不上來，或者只有走得老路再去撿拾回來，人類才能在萬千生物中，又恢復為真正的尊者。」〔註 67〕正因為中華文化獨具的悠久歷史和發生發展的廣闊空間，所以才孕育了中華文化的博大精深：「唯是我們，才有

〔註 64〕宋怡慧：《從傳統到現代：八〇年代以降女性小說的發展——以蕭麗紅、蕭颯為中心》，政治大學碩士論文，2005。
〔註 65〕陳芳明：《臺灣新文學史》（下），臺北：聯經出版 2011 年版，第 739 頁。
〔註 66〕蕭麗紅：《千江有水千江月》，臺北：聯經出版 1986 年版，第 281 頁。
〔註 67〕蕭麗紅：《千江有水千江月》，臺北：聯經出版 1986 年版，第 357 頁。

這樣動人的故事傳奇；我常常想：做中國人多好呀！能有這樣的故事可聽！中國是有『情』境的民族，這情字，見於『慚愧情人遠相訪』，見諸先輩、前人，行事做人的點滴。」〔註68〕蕭麗紅的感慨是由衷的，甚至是動情的，她為她曾經擁有和一度生活於其中的偉大文化而驕傲：「不論世潮如何，人們似乎在找回自己精神的源頭與出處後，才能真正快活；我今簡略記下這些，為了心裏敬重，也為的驕傲和感動。」〔註69〕蕭麗紅的小說通過民俗的書寫較早地表達出現代中國人對於中華傳統文化的凝重的鄉愁。

　　學者楊翠的一段論述特別值得引起注意，她說《桂花巷》出現「在『中華民國』政府外交屢屢受挫的時代情境底下，在西方文明、工業文明、現代性逐漸在臺灣發展，生活型態及價值觀面臨扭變的情況下」，「欲藉由一些選擇性中國文化符碼的複製與在現，表達其對民族文化主體與尊嚴的主張——『自己家裏的事』，好壞都由不得讓別人做主！」〔註70〕因此她認為這是蕭麗紅為文化中國的振臂一呼。這從政治經濟的文化背景上揭示了蕭麗紅中華文化書寫的初衷，從另外的層面驗證了蕭麗紅小說民俗書寫與中華傳統文化呈現的內在關聯。關於這一點，陳芳明也曾經指出來，並將蕭麗紅小說《千江有水千江月》的古老中國文化想像與胡蘭成心目中的禮樂中國進行了關聯性論述：「對臺灣傳統社會的民俗節慶，描寫得更加細緻。在相當程度上，顯然反映了胡蘭成的中國禮樂的思維。民間社會的禮尚往來，成為深沉文化的高度默契。那是一種寬容力量，也是一種祥和境界。這部小說使鄉土文學運動臻於極致，但更重要的是，女性的主體意識在小說中確立起來。女主角貞觀仍然堅守傳統婚戀的觀念，那種小說形象，無非是把傳統與現代連接起來。一方面在鄉土文學陣營中，獲得肯定；另一方面在臺灣女性文學的風潮裏，又獨樹一幟。」〔註71〕同時還指出其女性主體意識的彰顯。但小說描寫貞觀在苦難裏如何委曲求全，在某種程度上又是傳統女性的翻版，《千江有水千江月》則又回到中國的文化傳統的命題，即如何在儒釋道三教之間的和諧共存中求得寧靜而合理的生活？從而將應有的推進型思考擱置。

　　當然，蕭麗紅的這一文化立場和觀念也得到了一眾學者和評論家的認可

〔註68〕蕭麗紅：《千江有水千江月》，臺北：聯經出版1986年版，第358頁。

〔註69〕蕭麗紅：《千江有水千江月》，臺北：聯經出版1986年版，第358頁。

〔註70〕楊翠：《文化中國‧地理臺灣——蕭麗紅一九七〇年代小說中的鄉土語境》，《臺灣文學學報》2005年第7期。

〔註71〕陳芳明：《臺灣新文學史》（下），臺北：聯經出版2011年版，第740頁。

和贊同。鄭清文說:「我有一種感覺,臺灣繼承著大陸的許多優良傳統,卻沒有人把它表現出來。讀這部小說,我才感覺到許多久藏地下的東西,終於被挖出來了。」〔註72〕另一位評委尼洛則說:「從《千江有水千江月》中,使人讀出中國文化的厚重,它寫大家庭中人情間的瑣屑,兄弟之間,姐妹之間,長輩晚輩之間的一些小事,寫生死、親情、愛情、有衝突、矛盾、也有寬恕,由小見大,使讀者感覺到我們的民族就是如此存長,有苦痛、眼淚,卻又全被德性所包容,呈現的是中華民族的面貌,踏的是中華民族的腳步。」〔註73〕他們充分肯定了蕭麗紅小說對中華文化的重構,認為蕭麗紅的小說還原了民俗記憶產生的生活基礎和時代影響,以及民俗記憶對於集體、族群意識的建構作用。此外,蕭麗紅小說還闡釋了民俗記憶對於個人生命體驗的啟悟作用,使得民俗文化具備了一種禮樂的理想並寄寓了一種國族的隱喻。

四、民俗書寫的文化反思

　　一般而言,越是民風淳樸的地方,傳統文化的保留就越完備;換句話說,越是傳統文化保存比較完備、迄今還完整留存著古老的民俗的地方,其經濟發展的速度、都市化和現代化的程度也相對較低。這麼說並不意味著全面肯定或否定現代化,也不意味著對傳統文化的褒揚或批判,任何文化形式的出現都取決於其固定族群生活的經濟基礎和自然環境,民俗的出現和傳承是早期人類和自然鬥爭並妥協的結果,而大部分保留下來的民俗代表著人類對祖先生存方式的遵從和紀念。但隨著科技的進步和文明的發展,有些民俗是需要進行反思,甚至需要在反思中揚棄,尤其是一些和女性相關的禁忌類民俗,需要在當下世界女性主義思潮影響、女性追求獨立自主的背景下進行重新思考。

　　就上文所討論的《桂花巷》《斷掌順娘》的兩位女主人公而言,儘管她們的命運模式如出一轍,但她們的行為方式卻大相徑庭。高剔紅是努力追求金錢和地位的代表,她一生所做的一切善行和惡行都是為了維持和維護看似富足體面的生活,而富足的生活不僅培育了她的欲望,同時也縱容了她的惡毒,她和碧樓之間的人性撕咬驚心動魄,但碧樓遠遠不是她的對手,只有落敗而走,不死已經是她的僥倖。相對於施加在碧樓身上的殘忍律條,高剔紅對自己就寬

〔註72〕蕭麗紅:《千江有水千江月·聯合報六九年度中、長篇小說獎總評會議紀實》,
　　　　臺北:聯經出版 1986 年版,第 7 頁。
〔註73〕蕭麗紅:《千江有水千江月·聯合報六九年度中、長篇小說獎總評會議紀實》,
　　　　臺北:聯經出版 1986 年版,第 10 頁。

容多了，甚至無所顧忌地釋放個人慾望，不但和家裏的傭人偷情，還懷上了孩子，但這樣的不倫行徑不但沒有得到懲罰，反而遇上能夠包容的大嫂，最後還得到了兒子的諒解和幫助。對比她對碧樓所做的一切，就覺得她和奴婢之間的所謂姊妹情意堪可懷疑？「《桂花巷》活脫是個臺灣鄉土版的《怨女》」〔註74〕，張愛玲《怨女》中的銀娣惡毒變態地對待子媳，但其行為方式比起高剔紅還是內斂得多。

如果不是高剔紅的兒子惠池遠遠離開她，到日本和西洋念書，到南京和臺北做事，後來自己做主娶了媳婦，恐怕這個後來的媳婦挹翠的命運也會很淒慘。小說只說這個媳婦對了剔紅的眼，而這在邏輯上沒有依據。只能說挹翠是新女性，再者，根本不在她腳下乞食，也不必落入她的舊圈套。高剔紅之所以能夠在這個家庭為所欲為，只因為她上無公婆，兄嫂管不到她，兒子又對她百依百順。說到高剔紅對兒子惠池的撫養和教導，似乎也很有限，除了變態地毆打孩子以釋放個人壓抑的欲望之外，甚至談不上什麼事必躬親的撫育親情，更多的時間裏，她是在包戲子、抽鴉片、和男僕私通。讓人奇怪的是，這個兒子簡直就是傳統道德倫理教化下的孝順機器，木乃伊一般地乖覺聽話，所有為人子者能做的和不能做的，他都做到了最好。

相反，《斷掌順娘》中的陳順娘，因為剋夫剋子的面相而命運多舛，情感、欲望無從寄託和釋放，但她並沒有把這樣病態的折磨轉移到下一代，她對待兒媳阿菜的態度迥然相異於舊時代的婆婆，與高剔紅對待兒媳的態度和方式完全不同，反而發展出一種母女之間的惺惺相惜的情誼，甚至對兒媳阿菜的出軌行為都表現出異乎尋常的忍耐和寬容，「在婚姻的陰影裏，在禮法的縫隙間，順娘默默的任著媳婦另尋出路。這兩代女性只可意會、不可言傳的感情牽引，是書中最動人的部分。」〔註75〕這構成了陳順娘和高剔紅的顯著差異，「生就一副觀音臉的阿母，也有一副觀音的心腸，慍而不怒，哀而不傷，是人人尊敬的好婦人。」〔註76〕但順娘並不是被封建禮教文化所同化了一個空身菩薩。她的生活的日夜也流淌著正常人的欲望和情感，只不過她用巨大的毅力和克制阻止了這一切：

> 張開眼，四下漆黑。又是一場空，烏秋去後將近四十年，她每

〔註74〕 王德威：《落地的麥子不死——張愛玲與「張派傳人」》，濟南：山東畫報出版社 2004 年版，第 44 頁。
〔註75〕 王德威：《斷掌順娘·序》，彭小妍《斷掌順娘》，臺北：麥田出版 1994 年版。
〔註76〕 彭小妍：《斷掌順娘》，臺北：麥田出版 1994 年版，第 101～102 頁。

閣上眼必做的夢。一次次，似乎路口的光快顯現了，她就失去了他的手，從暗夜中孤獨醒來，感覺手上的濕滑。夏天溽熱的時節，她全身汗淋淋，總張著眼，靜靜躺在黑檀木床上，不知幾時辰，直到屋外的白光穿透窗櫺。冬夜更長，醒來時，她也無心起來翻動炭火，怕見隔夜的死火一撥弄，又燒旺，逼的人渾身燥熱。〔註77〕

同樣是女性面對自我本能的欲求，順娘對自身欲望的隱忍和克制與高剔紅自我欲望的張揚和釋放形成鮮明的對比，這構成她們兩人行為模式的又一顯著不同。對於高剔紅來說，自我的欲望相當強烈而且幾乎無所顧忌地盡情釋放，甚至她對於兒子的毒打、對於兒媳的百般挑剔也是其自身欲望的變相釋放。進一步說，她的自我意識空間中並沒有為任何他人預留空隙，更不必奢望她能夠體恤或者為碧樓──同樣作為舊式女性的本能欲求的表達做些什麼。在這個意義上，高剔紅的主體意識表現為極端自我，這種極端的個人主義不僅和女性主義的同性關切無關，而且遠離基本的人性或人道主義關懷。

比較而言，《斷掌順娘》中的順娘就溫柔敦厚得多，順娘不但勤勞能幹、本分善良，而且包容體貼。她斷掌、斜眼、命裏帶煞，小說寫她剋死了爹娘、剋死了丈夫，等長子金水死了，又被說剋死了兒子，這些都是順娘心裏永遠的痛。作為一箇舊時代的女性，她能夠以巨大的隱忍克制平復個體的本能要求，同時以寬容體恤之心默認兒媳阿菜的出軌行為，這和高剔紅的行為方式構成了天壤之別。或許有研究者會質疑陳順娘受到過多的中國傳統男權文化中因襲重負的影響，但不管怎樣，她所表現出的對自我和兒媳的不同態度和行為方式恰恰顯示出她的寬廣的人性和女性立場。在個人的感情和欲望上，高剔紅比較肆意張揚，而陳順娘則隱忍低調：「在男性主導的世界裏，我們看到了殖民者的嚴苛統治，看到了世界戰爭，看到了政權嬗變，看到了白色恐怖。這是一個殘酷霸道的世界，卻也是個色屬內荏的世界。由順娘所率領的一干女子長鎖深宅大院，靜靜熬過家門以外的天翻地覆。小說一再以觀音及觀音山的意象比擬順娘，無非更提醒我們她作為救贖（男性的？）歷史的象徵。」〔註78〕因此，在小說結束的時候，兩個相似而又絕然不同的女性形象，一個達成了自我寂滅的領悟，一個則成為歷史救贖的象徵。

但追根究底，命是什麼？是那些披滿了迷信色彩的有關出人頭地的民間

〔註77〕彭小妍：《斷掌順娘》，臺北：麥田出版 1994 年版，第 191～192 頁。
〔註78〕王德威：《斷掌順娘·序》，彭小妍《斷掌順娘》，臺北：麥田出版 1994 年版。

智慧說辭？還是頻頻出現的和尚、道姑、壓驚的老婆婆們口中念念不滅的神秘讖語？這些藏污納垢的民間文化符號猶如被詛咒了的精靈一樣蔓延在全書之中。一雙巧手、一彎小腳，一個好面相，一副好骨相，就是貴格，一個好口碑，就換來一生富貴？而一幅斷掌，就能夠將所有這些抹煞？斷掌生在男性和女性身上有完全相反的命運闡釋，「女性斷掌論述是一套關於女性氣質、角色扮演之論述──陰柔、順從、委曲求全。」〔註79〕但不能不說，正是這良莠並存的庶民文化養育並戕害了高剔紅和陳順英這樣的女性。從性別文化的角度來看，斷掌女性的長壽以其丈夫和兒子的早夭為代價，因而注定其被詛咒的命運。但由此也可以看出，民間社會中早夭男子生命力的孱弱也在某種程度上喻示著男權道統的衰落和式微，透露出男權文化的搖擺和自卑。當然，也從另外的側面說明在卑微和宿命表面背後的女性生命的堅韌、頑強和自信。當這樣的書寫出自女性之手，就更多了幾分對既定男權傳統文化的否定和動搖。禁忌是人為的，它來自於內心的恐懼，關於女性的禁忌更多的是男性社會對於女性的束縛和壓制，它從文化的深處傳遞出主流文化的某種恐慌。而心靈自由的人，沒有任何執著，也必將擺脫任何一種人為的恐嚇和詛咒，臺灣女性小說的斷掌書寫最終肯定了無辜的被詛咒者強大的原始生命力，及其在抗爭宿命過程中衝擊主流文化的持續的內在驅動力。

故此，蕭麗紅借民俗所演繹的中華傳統文化卻並不都是合乎人性的，尤其是現代人性的要求，也並非得到了所有研究者的肯定，批評她的人不在少數，甚至批評的聲音一度和認同的聲音旗鼓相當。有人認為她的小說是鄉土文學的庸俗化，也有人認為她只是一廂情願的美化和淺化中國傳統文化，充其量不過是虛構出一個美妙的烏托邦世界，正好可以迎合大眾的胃口。更有甚者，將蕭麗紅的小說與特定時代的政治文化的需求相聯繫，如「張誦聖認為閨秀作家內化了戰後臺灣主流文化的價值觀，頗有鞏固中原漢文化霸權及中國想像的企圖心，呂正惠認為其與國民黨文宣體系策略性運用傳播媒體推揚純文學，以遏止鄉土派政治文學的氣勢有密切關係，邱貴芬也從當時文化資源的權力關係分析，認為《千江有水千江月》等作品在某個程度上，間接介入當時的國家論述，附和主流的『中國想像』。」〔註80〕

〔註79〕楊翠：《文化中國‧地理臺灣──蕭麗紅一九七〇年代小說中的鄉土語境》，《臺灣文學學報》2005 年第 7 期。

〔註80〕傅正玲：《認同的原鄉──試探蕭麗紅小說中的文化身份》，《鵝湖月刊》第 30 卷第 6 期，第 47 頁。

　　更遑論一直對中國傳統文化持反思和批判立場的龍應台，她一反評獎者的溢美之詞，對《千江有水千江月》提出了嚴厲的批評：「但是這本小說所流露的觀念意識──凡是『傳統』，都是美好的──卻令我坐立不安。作者以極度感情式的、唯美式的、羅曼蒂克式近乎盲目的去擁抱、歌頌一個父尊子卑、男貴女賤的世界，對這樣一個世界沒有一點反省與懷疑，使《千江》成為一本非常膚淺的小說，辜負了它美麗的文字與民俗的豐富知識。」〔註81〕臺灣新世代作家和批評家郝譽翔也認為蕭麗紅小說將所有的傳統美德都建立在忠孝節義之上的「順」上是不合適的，認為《千江有水千江月》中大力歌頌的中國傳統，只是典型的儒、釋、道三教合一的傳統。蕭麗紅「以軟性的抒情語言來包裝儒家禮教，再三歌之頌之，真會令『打到孔家店』的魯迅等人氣絕，大歡革命徒勞無功。然而這『蕭麗紅現象』卻也顯示出中國傳統民族性的根深蒂固，不管時代如何進步，都未曾斷絕。」〔註82〕這就意味著，中華傳統文化無論優劣都將代代延續。蕭麗紅小說帶給人們的啟示在於：不加甄別地對中華傳統文化進行美化和緬懷是不合適的，無論何時何地，在繼承和發揚的同時還要保持反思和批判的態度──惟其如此，中華傳統文化才能在更新和揚棄中走向自我的優化，也才能最大程度地促進民族精神的破繭成蝶。

　　還有一些民俗的書寫，需要站在現代性的立場上對之進行批判。施叔青在《行過洛津》中有關於民間纏腳的風俗的描寫，儘管書中再現的歷史是清朝年間，但這一惡俗一直蔓延到蕭麗紅的小說《桂花巷》中的時代，女主人公高剔紅還深受其害，不得不忍受著萬般疼痛強行將自己的天足裹成小腳，最終的目的就是為了能找到一個好的婆家，嫁入一個有錢有勢的人家。這正如施叔青在小說裏所揭示的：

　　　　自五代李後主倡導纏足，歷代講究美人腳的纖妙應從「掌上看」，一直到清朝滿人入主中原，旗女天然雙趺不裹腳，康熙元年下詔禁止婦女纏足，違者罪其父母。然而，千年以來的風俗不易一時挽回，七年後，大臣王熙奉請滿洲皇帝收回成命免禁纏足，民間又公然裹起小腳，甚至連旗女也紛紛效響，到了乾隆一朝，屢次降旨不准滿洲婦女纏足，但漢人則裹腳自若。

〔註81〕龍應台：〈盲目的懷舊病──評〈千江有水千江月〉〉，《新書月刊》1985 年 6 月號，第 24 頁。

〔註82〕郝譽翔：《紅學傳人？儒學信徒？──閱讀蕭麗紅》，《幼獅文藝》2000 年 4 月號，第 47 頁。

> 金蓮的妙處，是讓男人書裏憐惜，夜裏撫摩。小腳婦站立不穩，
> 要風吹得倒才算是好的，「足下躡絲履，輕輕作細步」，柳腰輕攏搖
> 曳生姿，令人心生憐惜，想上前扶她一把。〔註83〕

這充分體現了「裹腳」這一民間習俗對女性的戕害，而事實上只不過是為了滿足男性變態的性心理、出現並持續於民間的一種教養女孩的風俗。同樣，傳統民俗對女性的戕害不僅表現在「纏足」上，還表現在其他一切關於女性外在面相的渴求和神秘的禁忌上，這些傳統文化的糟粕隨著社會的發展會逐漸消失，但也有可能在特殊的時段沉渣揚起，誤導無知的人們以醜為美，以落後糟粕為正宗正道。當然，對於傳統文化中優秀的遺產，人們還要進行搶救式保存，讓後來的人體味並領略傳統文化曾經的美好與精妙。面對在滔滔的消費主義洪流中日漸消失的民俗和文化，女性寫作者感到前所未有的沉重和悲哀。如《失聲畫眉》中的女主人公慕雲對歌仔戲衰落的感慨：

> 歌仔戲已經漸漸沒人愛看她是早就心裏有數，由於根深蒂固對
> 戲子的歧視，使得歌仔戲後繼無人她也明白，可是這些都不足以阻
> 礙她想承先啟後，為歌仔戲開創一條新路來的理想與使命。
>
> 這些都不只是空口白說而已，打從她離開家後，就為自己繪好
> 了一張藍圖，她要好好的把歌仔戲學好，結合同道共同來為歌仔戲
> 奮鬥，她想，在戲班裏應該會有其他和她一樣，對歌仔戲有理想和
> 熱愛的人。她甚至編織了一個美夢：幾個有志一同的人，共同組織
> 一個歌仔戲班，把以前那種講究唱腔對白的歌仔戲再找回來，不唱
> 流行歌，不跳大腿舞，完全憑演技博取觀眾的青睞。〔註84〕

在歌仔戲班的時間越久，慕雲越感覺到無望，她發覺自己從小對演戲生涯所抱持的理想，竟已開始有些動搖破碎，她為整個歌仔戲的前途感到可悲。可是入班才一個多月，她已經漸漸發覺自己的理想，無疑是在癡人說夢話，歌仔戲這種和民間緊密結合在一起的民俗戲曲團體，生活雖然自成一格，命運卻是逃脫不出時代的巨輪。在這人已經迷失本性的、物慾橫流的時代，不得不做點犧牲，不得不跟著迷失本性，物慾橫流了。

> 這是人生中最殘酷現實的一面，也最悲哀無奈，就像一位藝術
> 家；為了生活有時也不得不流落街頭，可是他們至少還能保有藝術

〔註83〕施叔青：《行過洛津》，臺北：時報文化出版 2003 年版，第 185 頁。
〔註84〕凌煙：《失聲畫眉》，臺北：自立晚報 1990 年版，第 92 頁。

的本質，而歌仔戲卻只能卑微得任生活蹂躪，沒有人願意伸出援手，就連目前從事歌仔戲工作的人，也不自覺的在墮落。

　　此刻，慕雲的心充滿一種深沉的無力感，彷彿正眼睜睜的看著自己最心愛的東西，被無形的力量摧毀，卻無能為力挽救一樣，她覺得自己以前真是可笑，思想不僅單純且幼稚，竟妄想要復興歌仔戲這種民俗文化，無異螳臂擋車般的自不量力，在時代巨輪的壓迫下，承先已屬不易，啟後的重責大任，又豈是區區一人或數人微薄的力量所擔負得起？不僅楊麗花的電視歌仔戲做不到，明華園講究聲光效果的歌仔戲也做不到，真正的歌仔戲精髓，已經遺失在社會潮流裏？正如逝去的歲月，再也找不回來。〔註85〕

慕雲心裏的感觸越來越多，她不由地想起畫眉：「畫眉的叫聲原來應該比任何的鳥類要更悅耳動聽，更美妙悠揚，可是一旦失去環境的畫眉，連帶的也就失去它婉轉的鳴叫，變得一無是處，相同的，目前的歌仔戲不就跟這失聲的畫眉一樣，失去適合它的環境，也失去它優美的聲音，這是時代所避免不了的悲劇，人力所不能遏止這種迫害的無奈。」〔註86〕就連葉石濤也不得不承認這篇小說所揭示問題的現實性：「但到了「失聲畫眉」中所描述的八〇年代，歌仔戲班已徹底地墮落，而篇名的象徵意義已是相當充份的。第一、全篇徹底地反映了臺灣八〇年代的高度消費社會中，金錢至上、功利掛帥，人被異化、物化而產生人慾橫流的現狀。作者透過歌仔戲班將整個社會的沉淪都描寫出來了，這是本作品最成功的地方。」〔註87〕但顯然，他把歌仔戲的沒落歸因於社會的沉淪和人的墮落是不夠的，事實上問題並不止於此，正如邱貴芬所說：「歌仔戲班所形塑的『傳統』因而有一個弔詭：一方面，如葉先生所言，歌仔戲班是一個最講倫理傳統的舊式封建社會結構的縮影，歌仔戲班本身『民俗』濃厚的象徵意味，使得它儼然就代表傳統。《失聲畫眉》裏對細膩的歌仔戲班這麼一個小社會裏的性別關係描繪，卻暴露了這樣一個最『傳統』、最『封建』的社會，其實是建築在最不傳統、逾越父權規範的女人情慾關係之上。」〔註88〕

　　換句話說，《失聲畫眉》中歌仔戲代表的「鄉土傳統」的塑造與女人的情

〔註85〕凌煙：《失聲畫眉》，臺北：自立晚報1990年版，第93頁。

〔註86〕凌煙：《失聲畫眉》，臺北：自立晚報1990年版，第239頁。

〔註87〕凌煙：《失聲畫眉》，臺北：自立晚報1990年版，第263～264頁。

〔註88〕邱貴芬：《女性的〈鄉土想像〉——臺灣當代鄉土女性小說初探》，梅家玲編：《性別論述與臺灣小說》，臺北：麥田出版2000年版，第133頁。

慾之間有著極其曖昧難解的關係：儘管敘述者表面贊同傳統的道德價值觀，認為戲班裏的女同性戀關係為「不正常」，但是，故事中女主人公態度的轉變又顛覆了這一傳統價值觀的伏流。特別值得注意的是，小說中幾乎所有的男女關係都與金錢利益掛鉤，如班主添福和他的三妻四妾、肉感姨和計程車司機阿輝、阿琴和他的男朋友阿元。而幾對女同性戀人的感情卻激烈而真摯，如豆油哥和小春，家鳳與愛卿、阿琴。所以，「這部小說深入『鄉土想像』的形塑過程，讓我們看到女人在所謂『傳統』、『鄉土』建構過程中所扮演的角色，開展『女性鄉土想像』的另一個方向」。與《鹽田兒女》一樣，「《失聲畫眉》將小說書寫的觸角，延展到被主流社會文化忽視的一群邊緣女性人物，透過她們的情慾活動，呈現出『鄉土想像』大敘述通常不去探索的女人私密、幽暗、被壓迫的生活空間。」〔註89〕這或許才是對女性文學中民俗文化書寫更深一層的反思所在。

第二節　飲食書寫

近年來，兩岸暨港澳文學界掀起了飲食書寫的熱潮，尤以臺灣為甚。飲食書寫主要指將五官的感受與生命的體驗結合起來，借助飲食為意象，以文字的形式來表現情感，使得作品具備抒情性功能。臺灣女性文學的飲食書寫不僅將時代變遷、異國文化、旅行見聞以及女性經驗相結合，而且還從中表現出深刻的內涵和文化意義。臺灣學者廖炳惠曾談到「臺灣移民與飲食文化景觀」時指出：「以臺灣為例，在幾百年的移民歷史當中，地方的廚藝和作料隨著閩南地區人口轉移來臺，和原住民料理互為整合。最明顯的是在一九四九年前後，隨著國民黨撤退來臺，來自各省份的新住民除了帶來不同的生活習慣，最重要的飲食文化特色和特殊南北方飲食也隨著他們轉進臺灣」。〔註90〕大陸學者凌逾認為：「飲食藝術，不僅可以是餐桌上的呈現，秀色可餐；也可以是詩歌、散文、小說的文學再現，風味繞梁；也可以是跨媒介呈現，可看、可感、可嗅、可思合一」。〔註91〕在 1990 年代，臺灣女作家在飲食書寫方面取得了豐碩的成果，其中比較著名的幾位女作家有施叔青、方梓、周芬娜、林文月、蔡珠兒、

〔註89〕邱貴芬：《女性的〈鄉土想像〉——臺灣當代鄉土女性小說初探》，梅家玲編：《性別論述與臺灣小說》，臺北：麥田出版 2000 年版，第 133 頁。
〔註90〕廖炳惠：《吃的後現代》，臺北：二魚文化 2004 年版，第 82 頁。
〔註91〕凌逾：《味覺地理學的後現代敘事》，《華文文學》2013 年第 2 期。

陳淑瑤、韓良憶、黃寶蓮和李昂。除此以外，還有許多女作家的作品雖然沒有以飲食書寫為中心，但是卻善於借用飲食來寄託某種情感，如朱天文、朱天心、郝譽翔、鍾文音等。

一、飲食書寫與憶往懷舊

自古以來，中國人便尊崇著「民以食為天」的信仰，將「吃」視為生活的一件大事。中國上下五千年的悠久歷史，同時也是一部舉世無雙的中華民族飲食史。飲食本是人們生存的基本需求，但是中國古人往往把飲食與精神生活聯繫起來，從飲食中去體會人生，探索自然，詮釋社會。飲食不僅僅是生理需求，而且成為精神追求的活動。將傳統文化與飲食書寫結合起來，這是中國傳統文化賦予飲食在文學上的獨特魅力。文學創作不僅詳細地描繪出飲食的過程，食物獨有的形狀、顏色等特點，並挖掘其各自的寓意，從吃的食物本身昇華到食物所蘊含的文化，淋漓盡致地展現出飲食文化中的人文情懷和深刻的社會意義，深度解析飲食活動所蘊含的傳統文化，從而使人獲得精神上的愉悅。飲食書寫是將五官對於食物的感覺用文字說寫出來，同時又通過食物的本質來融入感官的想像，以此來抒發情感和思想感悟。而作家在進行飲食書寫的時候，往往會不可避免地與傳統文化相關聯，使讀者感受到中國文化的博大精深。中國的飲食文化歷史悠久，而在其發展的過程中又不斷地與傳統文化相結合，呈現出飲食文化的多重內涵。臺灣女詩人江文瑜在其詩集《阿媽的料理》〔註92〕中以飲食為媒介，通過列舉各種食材的方式來體現女性壓抑、悲慘的歷史；李昂在小說《鴛鴦春膳》中通過對食材的選用和烹飪過程來比喻男女之間的情愛關係，以情慾書寫的方式來暗示當下的臺灣政治；郝譽翔在小說《逆旅》中運用飲食活動將人物密切地關聯起來，以此來體現人物之間的情感交流；黃寶蓮在散文作品《我私自的風景》中專門有一章節用來描寫飲食，描繪出身處異國的飲食感受；陳淑瑤在小說《流水帳》中以美食的書寫來喚醒臺灣80後對於澎湖的記憶。

懷舊主題一直是臺灣文學中備受關注的一個方面，作家也更偏愛於在飲食中講述自己的童年故事，借飲食的書寫來表現濃濃的鄉愁情懷。在文人的筆下，飲食不單單具有色香味俱全的美食特色，還能夠用來做情感的依託，飽含作者對過去的種種回憶和追思。而女作家在進行飲食書寫的時候，更偏向於使

〔註92〕江文瑜：《阿媽的料理》，臺北：女書文化 2001 年版。

用平緩的筆調來記錄記憶中的各種美食，以一種娓娓動聽的方式來講述平淡的生活。女作家相比於男性作家而言，她們擁有更加細膩、豐富的情感，能夠更關注生活中的一些瑣碎事情，從而以飲食為媒介來書寫回憶之類的散文或小說。這種懷舊之情是對過去的思念和懷想，是作者自發產生的一種「無意識」情感。它可能是作者在現實生活中失去了曾經擁有過的東西而投注於記憶中找尋，而這種追尋的事物往往是已經離去的故鄉。

首先，女性文學中的飲食書寫喚起作者童年的記憶和親人的回憶。方梓在《再見情人的眼淚》中通過對田菇的描寫，以它各個不同的稱號來懷想小時候童伴們一起的日子，「『闊別』三十多年的田菇，彷彿再見到兒時的玩伴，不管它現在有情人的眼淚、雷公的眼淚、雨來菇、地木耳、地皮菜……這麼多的名稱，『田菇』這個叫法就像小時候的綽號，只有童伴才知道，就像回到童年，雷雨後在稻田採摘情景歷歷在現」。〔註93〕「田菇」有多種形象生動的名稱，但是只有這個稱號是臺灣孩童的專有叫法，每當提及這個名字的時候，他們便會不約而同地想到童年時期一同玩耍的時光，因而，方梓在這裡其實是用「田菇」引出和小夥伴們一起度過的歡樂童年。

蔡珠兒則是以九層塔的功用來懷念阿嬤和媽媽的慈愛。生活中，人們常常將九層塔認為是臺灣的鄉土味道與記憶，而「我」也十分贊同這個說法，不僅欣賞其辛辣芬芳的食材用處，還讚賞其有效的藥膳功能，「把九層塔嫩葉切碎，用麻油煎蛋食用，可以治腰骨酸疼；九層塔的根曬乾後切片，加米酒燉排骨，既可治風濕，也能促進青少年『轉筋骨』成長發育。這些阿嬤和媽媽熟諳的秘方，構築出我童年中的難忘氣味，只不過當時年少，柔嫩的味蕾實在無法賞識他的激烈性感，趨避唯恐不及」。〔註94〕將九層塔當做藥膳來使用，那強烈的味道衝擊著嗅覺和味覺。

方梓對家鄉的巴吉魯湯有著深厚的情感，母親也總是要用巴吉魯湯來誘惑她回家，但是現在的花蓮家裏已經沒有麵包樹，所以母親也便很少做巴吉魯湯。但是方梓卻養成了夏日回鄉喝一碗巴吉魯湯的習慣，「我總是懷念小魚乾麵包果湯，仍要回花蓮吃一碗巴吉魯湯，以滿足只屬於夏日的召喚，鄉愁的食物」。〔註95〕這裡的巴吉魯湯是母親對她疼愛的表現，也暗示了方梓對

〔註93〕方梓：《再見情人的眼淚》，《野有蔓草》，臺北：二魚文化2013年版，第109頁。
〔註94〕蔡珠兒：《九層香塔》，《臺北花事》，合肥：黃山書社2009年版，第141～142頁。
〔註95〕方梓：《夏日的召喚》，《野有蔓草》，臺北：二魚文化2013年版，第123頁。

故鄉的深刻眷戀之情。林文月在《蘿蔔糕》中通過描繪「菜頭粿」的做法來懷念母親，母親在世的時候，無論在什麼地方都始終堅持做臺式的蘿蔔糕，現在的「我」通過學習製作蘿蔔糕所需要的時間、原材料和注意事項來懷念母親的味道，「雖然我已經略微改變了母親所製蘿蔔糕的滋味，但是，我喜歡在年節慶日重複母親往昔的動作，於那動作情景間，回憶某種溫馨難忘的滋味」。〔註 96〕那種難忘的美食和往事的記憶都伴隨著食物的製作衝擊著作者的心靈，使她久久不能忘懷。

其次，女性文學還通過飲食書寫表達對特定年代生活的回憶。方梓還通過小說《采采卷耳》中的飲食書寫來展現出臺灣早期的社會風貌，她在作品中對高麗菜、空心菜、玉蔓菁、巴吉魯、過溝菜等這些臺灣人都十分熟知的菜蔬進行詳細生動的描寫，以此喚起了臺灣人對於本土歷史的記憶，而那些年臺灣窮苦的生活也給他們留下了深刻的印象。鄭清文評價道：「她寫童年，寫故鄉，也寫親人。她並以散文的方式，一點一滴的寫，一點一滴的寫出她身邊的真實，也一點一滴的寫出臺灣的真實。她寫的就是臺灣生活歷史的一點一滴。她寫得很小心，卻寫得很真誠」。〔註 97〕這些曾經在平民生活中廣泛出現和食用的野菜，現在出現在各大超市中成為了高檔的蔬菜，臺灣人在烹飪和食用的過程中能夠回憶起那段真實的生活歷程。

林文月的飲食散文《飲膳劄記》也是以菜肴為主題，主要描寫食物的製作過程，並在這些食材和製作的過程中融入情感，將敘事與抒情相結合，呈現出對於往事的無限追思。在思舊懷人的過程中，林文月還對臺灣的淳樸風情進行描寫，從而體現出那段貧窮年代臺灣人的生活狀況。「米粉似乎是臺灣閩南或客家人普遍的食物。我記得剛回臺灣時，臺灣人民的生活尚未富裕，一般家庭宴客或各地區的大拜拜時，一上桌總會見到一大盤或一大碗炒米粉，但也多數無甚作料，只是用蔥或紅蔥頭爆香炒出來的一堆白白的食物，頂多帶一些醬油的顏色，既可做主食替代米飯，亦可充做一道菜肴。而在物質生活未甚富裕的當時，宴客之際先上一道炒米粉，頗可以填飽客人的肚子，所以有一句俗諺：『米粉仔安肚』。那種貧而好禮的時代，恐怕不是今日臺灣人民為一頓吃食一擲萬金所能想像的」。〔註 98〕

〔註 96〕林文月：《蘿蔔糕》，焦桐主編：《文學的餐桌：飲食美文精選》，桂林：廣西師範大學出版社 2004 年版，第 226 頁。
〔註 97〕方梓：《采采卷耳》，臺北：聯合文學 2008 年版，第 9 頁。
〔註 98〕林文月：《炒米粉》，《飲膳劄記》，臺北：洪範書店 1999 年版，第 101～102 頁。

再次，女性文學中的飲食書寫表達了濃濃的鄉愁。鄉愁在飲食文學中出現的頻率十分高，而女作家更是將鄉愁之情主要寄託在食物上，如蔡珠兒在《鄉愁檳榔》中這樣指出：「稻米、香蕉、玉蘭花，是臺灣往昔農業時代的鄉愁。可是從工業社會進入後工業社會以後，這種鄉愁就成了檳榔」。〔註99〕在這篇文章當中，她摒棄了稻米、香蕉和玉蘭花之類的食物，而選擇將檳榔作為鄉愁的象徵，這表明了檳榔在臺灣人的觀念中代表著「回歸本土」的含義。文中詳細描寫出檳榔在鄉下人眼中的樣子，它那忠誠的綠和樸實的成長過程，使人感受到慰藉。然而都市裏的檳榔樹卻是相當難見的，更不用說親眼見識檳榔花開的過程，因而它只能以味覺的形態存在於人們的生活中。蔡珠兒在作品中將檳榔在鄉下和城市的兩種存在形式進行對比，從而體現出她對往昔繁茂檳榔的喜愛和懷念，對現今城市稀少檳榔的遺憾。開花的檳榔，是蔡珠兒對於故鄉的思念，而嘉義火車站的雞肉飯則是鍾文音的鄉愁寄託。正如朱玉鳳所說：「鄉愁是現代飲食散文成長的原動力之一，懷舊對在他鄉的遊子來說，具體表現為鄉愁，對故園的深切懷戀」。〔註100〕

韓良露在異國的旅行中，也經常由類似的場景而回憶家鄉，《箱根溫泉鄉尋春》寫十幾年前到箱根湯本溫泉鄉的時候，有一種宛如一種回到家鄉的感覺。這種類似於回家的感覺是因為臺灣曾被日據長達五十年之久，在日本殖民統治期間，北投溫泉區建立了許多日式風情的建築，韓良露正是由於童年生活於北投，所以她對這些相同風格的建築記憶猶新，並且在享受日式美食的時候，回想起童年生活的歡快。她在《雙唇的旅行》中書寫出自己對於親人的深切懷念，例如《媽媽的春餅》《父親的三味》這些作品中都是借助飲食來進行書寫，以懷念親人為主旨，感恩父母給予自己的關懷和養育之情。因而，她在行走的過程中，即使是在不熟悉的異地，還是能夠通過飲食來不斷地回憶家鄉、思念故人，將這些感受與旅行結合起來進行書寫。

二、飲食書寫與文化漫遊

兩岸女性文學在飲食書寫的過程中，將旅行與飲食相結合起來進行書寫，開啟一種獨特的書寫方式。她們不只是將食物看作一種生存必需，還注重對食物的感官享受和欣賞，當她們以一種獨立自由的方式重新開啟一段旅程，

〔註99〕蔡珠兒：《鄉愁檳榔》，《臺北花事》，合肥：黃山書社2009年版，第38頁。
〔註100〕朱玉鳳：《1948～1949遷臺作家飲食散文研究》，南京師範大學碩士學位論文，2011年。

除了欣賞美景之外，還有對各地美食的品嘗，通過飲食文學作品記錄下旅途中的美食感受，瞭解各國的風土人情和飲食文化，體驗異國他鄉的新質文化。女性作家在不停地時空轉換的過程中，暫時忘卻刻板的生活，丟棄工作的重重壓力，書寫一種快樂的飲食體驗。她們將旅途見聞與飲食經驗結合起來進行創作，其中著作頗多的當屬韓氏兩姐妹。

其一，異域的飲食體驗。韓良露的多部作品都是通過食物描寫來講述旅途中的見聞。她在《雙唇的旅行》〔註101〕和《食在有意思》〔註102〕中便是借助飲食來敘述自己在異國的飲食經驗，並且設置了一個章節來專門書寫旅途中所品嘗到的美食以及感受。在《冬日的香檳旅程》中，韓良露講述的是在冬日到法國香檳區 Reims 來體會與夏天不同的喝香檳經驗，因為冬天溫度低，香檳的氣泡不容易揮發，人的身體也比較不容易上熱，所以在這個時候喝香檳會感覺比夏天舒服。而且，法國冬天的食物也很多，不僅有與香檳搭配的海鮮拼盤，旅人還可以嘗試其他的搭配方式，比如奶汁料理、酥皮料理，香檳酒做成的冰淇淋等，都別有風味。在這裡，作者充分的感受到了法蘭西的香檳文化並感歎：「香檳區是瞭解法蘭西精緻文明的核心」。〔註103〕許俊雅在《2001年臺灣文學景象》中這樣評價韓良露：「旅人作家韓良露擁有多年旅遊各國的經驗，更嘗遍各國美食，她將自身感官的味覺享受，轉化為文字的酸甜滋味，出版了《微醺之戀》，介入尋常生活尋找味道，借著食物把她和過去時光聯繫在一起。那是一種時光之旅，流逝的時間與改變中的事物層現，尤其美味之戀的背後，也見證了臺北城滄桑歷史的變化」。〔註104〕由此可見，韓良露在飲食文學的創作上已經獲得讀者的廣泛認同。

韓良憶更是在《流浪的味蕾》〔註105〕中詳盡地書寫了在海外與各地美食的相遇，以及對飲食內涵的深思。她的第一部飲食作品《羅西尼的音樂廚房》〔註106〕出版之後廣受好評，將飲食與音樂巧妙地結合起來，書寫烹飪生活的日常瑣事，隨後她又將飲食的文字、圖片搭配著音樂繼續進行，創作出《我

〔註101〕韓良露：《雙唇的旅行》，臺北：麥田出版 2004 年版。
〔註102〕韓良露：《食在有意思》，臺北：麥田出版 2005 年版。
〔註103〕韓良憶：《冬日的香檳旅程》，焦桐主編：《廚房裏的雙人舞：臺灣美味文字 2》，北京：生活·讀書·新知三聯書店 2014 年版，第 150 頁。
〔註104〕許俊雅：《2001 年臺灣文學景象》，《當代作家評論》2002 年第 2 期。
〔註105〕韓良憶：《流浪的味蕾》，臺北：皇冠出版社 2001 年版。
〔註106〕韓良憶：《羅西尼的音樂廚房》，石家莊：河北教育出版社 2004 年版。

的音樂廚房》這部作品。經歷了多年異國他鄉的生活，韓良憶有著充足的飲食經驗，她在《我的音樂廚房》〔註107〕中將西方的湯、醬、前菜、主菜都以食譜的方式呈現出來，並且單獨列出意大利麵和甜點的各種做法，以這種簡單直白的方式使讀者在感受飲食文字的同時體會身心的愉悅。

　　其二，由異域飲食引發的懷鄉之情。黃寶蓮是一位經年離家的旅人，她在旅途中經常由相似的食物而回想起那些深刻的往事，將食物視為自己生命中的靈魂伴侶，因此她的作品總是飽含著思鄉的情懷來書寫異國他鄉的美食，實現一種味覺上的還鄉之旅。在散文《豆腐情癡》中，她表達出對臺灣小白菜的深厚情感，以至於無論處於什麼地方，總會設法找到那清甜的小白菜，但是異地的這種「中國白菜」因為土壤、氣候等種種原因而與記憶中的味道相違和，所以她倍加思念故鄉食物的獨特味道，並以此寄託自己身處異地對家鄉的思念之情。而第一次吃到草菇煮豆腐勾芡時的美味感受令她牢記至今，她還通過列舉其他國家對於豆腐的食用態度和來說明人類對豆腐的喜愛，以及親密友人對豆腐獨特的感情，因而她感慨：「在西方買不到溫熱的、顫顫巍巍的新鮮豆腐，回到亞洲，在街市裏聞到豆腐清香，總是一種鄉情的召喚」。〔註108〕她認為豆腐還是家鄉的口味最溫情也最獨特，在異國他鄉只能借助類似的豆腐來感受溫馨的鄉情。

　　正如黃寶蓮所說：「傳統食家喜歡追根究底，尋脈絡，不肯隨便造次，那是一種修行，也是一種深情，屬於一種官能記憶，儲存在味覺的神經裏；一個經年離家的人，在嘗到純正的家鄉口味之後，味覺記憶的蘇醒喚回過往的感情，在靈魂與肉體之間引發一場激蕩，正是味覺上的還鄉之旅」。〔註109〕無論旅人身處於何地，只要記住家鄉口味之後便會始終難忘，並能夠通過品嘗相似的食物來喚醒曾經的情感記憶，進行一場味覺上的還鄉旅程。作家們在積累了豐富的飲食經驗和旅行經驗之後，面對著中西文化的差異和飲食方式的不同，她們更加感恩自然所賦予的各種美味食材，並且主張以傳統且健康的方式來生活，「是以，繞個大半圈，我們又回到傳統的飲食習慣，隨著季節吃不同的新鮮菜種，提著籃子去買菜，抓一把新鮮帶水的菠菜，挑一把鮮脆多汁的紅蘿

〔註107〕韓良憶：《我的音樂廚房》，上海：上海人民出版社2013年版。
〔註108〕黃寶蓮：《豆腐情癡》，《我私自的風景》，南京：江蘇文藝出版社2008年版，第183頁。
〔註109〕黃寶蓮：《腸胃走私》，《我私自的風景》，南京：江蘇文藝出版社2008年版，第158頁。

蔔，選幾粒新鮮的蘋果，聞一聞鳳梨的酸果香，這是與自然保持友好健康關係的基本，也是買菜的樂趣」。〔註110〕漫遊者在將西方飲食與當下的飲食習慣都嘗試之後，認為傳統的飲食才是最好的飲食習慣。除了黃寶蓮之外，李昂也是一位熱衷於在外旅行的作家，她主張適當的遠離固有的生活方式而出國感受不同的飲食，體會不同的生活。她在《黑手黨與提拉米蘇》中寫黑手黨對提拉米蘇的執著，即使是處於被通緝抓捕的時候還是要坐在桌前認真地品嘗提拉米蘇的香軟滑膩。於是，李昂意識到「這樣想來黑手黨與提拉米蘇的關係，甜點作為漂泊人的感官救贖，還真言之成理呢！」〔註111〕提拉米蘇以「媽媽的味道」吸引人們懷念起往事的甜蜜和溫馨，並且通過味覺的蘇醒來感受故鄉的召喚，從而使得這些鐵血的黑手黨對其愛不釋手。

三、飲食書寫與集體記憶

臺灣女作家在「眷村文學」中常常借用飲食來刻畫大陸移民的集體記憶和共同生活經驗，以此來建構他們所具有的共同文化及其變遷的歷程。朱天心在《想我眷村的兄弟們》中詳盡地描繪出眷村中來自不同地方的飲食，以臺灣本省人「她」的視角來看待大陸飲食與臺灣的不同之處，「她盤桓在他們周圍，像一隻外來的陌生的鳥，試圖想加入他們，多想念與他們一起廝混扭打時的體溫汗臭，乃至中飯吃得太飽所發自肺腑打的嗝兒味，江西人的阿丁的嗝味其實比四川人的培培要辛辣得多，浙江人的汪家小孩總是臭烘烘的糟白魚、蒸臭豆腐味，廣東人的雅雅和她哥哥們總是粥的酸酵味，很奇怪他們都絕口不說『稀飯』而說粥，愛吃『廣柑』就是柳丁。更不要說張家莫家小孩山東人的臭蒜臭大蔥和各種臭蘸醬的味道，孫家的北平媽媽會做各種麵食點心！他們家小孩在外游蕩總人手一種吃食，那個麵香真引人發狂⋯⋯」〔註112〕朱天心以不同的食物表示各地方的風俗特點，那些濃鬱且陌生的氣味尤其使人難忘，而那些與眾不同的食物，都能夠生動形象地呈現出大陸各地的風俗特色，它們代表著臺灣外省人的集體記憶，也是他們思鄉的一種獨特方式。

〔註110〕黃寶蓮：《吃什麼？怎麼吃？》，《我私自的風景》，南京：江蘇文藝出版社 2008年版，第 198 頁。

〔註111〕李昂：《黑手黨與提拉米蘇》，焦桐主編：《文學的餐桌：飲食美文精選》，桂林：廣西師範大學出版社 2004 年版，第 118 頁。

〔註112〕朱天心：《想我眷村的兄弟們》，《采薇歌》，廣州：花城出版社 2005 年版，第216 頁。

通過這些五味混雜的味道聯想到美好的往事和親密的故人，回憶起故鄉的美好生活。

　　女作家通過飲食書寫來表現外省人對大陸的集體記憶，他們在大陸度過了難忘的童年、少年甚至是青年時光，只因戰爭才輾轉到了臺灣，所以他們的內心深處對大陸懷著深厚的情感，始終堅定著自己的身份，用自己的鄉愁情懷寫出了獨屬於他們那一代人的歷史。身處異地的外省人只能在臺灣尋找那些熟悉的食材來做出美味的佳餚，以味覺的享受來回憶曾經的美好，作者通過飲食來引出外省人在漫長的漂流過程中的失落感，由個人的思鄉情結擴大為一種集體的心理情緒，描繪出他們個人的遭遇和政治的變遷歷史，呈現出臺灣外省人的集體記憶。並通過這些共有的記憶來講述臺灣的歷史，反映特定時期的社會現象，呈現出早年的臺灣風貌。「從某種意義上講，文學創作就是作家生命記憶和經驗的審美表達，這種記憶和經驗必然是作家置身其中的生命活動的記憶，這是無法為外力所輕易『變形』或『擦除』的生命印記，具有很強的本土性和民族性，往往對作者原初及審美意識的生成有潛在的重大影響」。〔註113〕臺灣女作家在大時代變動的背景下，以日常生活中的飲食為突破口，通過食物的各種特點和所蘊含的深意將臺灣的社會變遷和人們的心理狀態表現出來。

四、飲食書寫與男女情慾

　　情慾書寫是近年女性文學頗為流行的一種書寫面向，她們在書寫過程中有意識地將飲食與情慾相結合起來，以此來表現男女之間的性別關係，並借助對「食色」欲望和性別權力的描寫來暗喻當下的政治生態。女性文學通過飲食書寫來描寫欲望體驗，這也是她們對於男性霸權地位的挑戰和解構。與此同時，借助「食色」來影射當下的政治形勢，也頗為超前。而在飲食文學中，女性作家將情慾與飲食相結合，透過食物的特徵來對身體進行探索，對心理進行剖析，對政治進行聯想，從而表現出深刻的內涵。黃寶蓮在《貪食好色》中認為「食物」與「色」是同源的，將飲食的過程進行情色的描寫，從而體現出性與飲食在生理和心理上的密切關聯，「本來食性同源，想吃的欲望，對食物的聯想，咀嚼、啃咬、吸吮、吞咽，與性愛的動作有極其類似之處，食欲愛欲同樣源自肉體深處的原始本能，一個人感覺到餓，腦子就發出信息，腸胃開始蠕動、

〔註113〕趙學勇、李明：《審美生成與本土化特徵》，《天津社會科學》2005 年第 3 期。

唾液開始分泌，想像著食物的滿足，就像靈魂盼望愛情的滋潤」。〔註114〕將飲食的滿足想像成對愛情的盼望，從而生動形象地表現出現代飲食男女的情愛關係。除了飲食活動以外，女性作家還致力於將食物本身的特點與男女關系聯繫起來，從而展現出人類對於愛情的追尋和嚮往。

九層塔因為氣味的濃烈而令人聯想到愛情，甚至成為一見鍾情的象徵，這體現了食物由於自身的獨特之處而被人將其與性、愛相關聯。蔡珠兒在《九層香塔》中便詳盡地描繪出九層塔的濃鬱氣息，濃稠熱辣的味道刺激著嗅覺，「這麼富於官能暗示的滋味，當然令人聯想到性與愛情，據說墨西哥有些地方的年輕男女，外出時總要在口袋裏揣一些九層塔，路上若逢異性眼波勾睐，脈脈含情，就從身上掏出九層塔相贈，算是投桃報李」。〔註115〕男性和女性在生活中借助這些富含寓意的食物來表達愛慕之情，並以此來維持愛情的長久。

另外，蔡珠兒還以散文涉足飲食書寫，代表作《紅燜廚娘》「逼真的文字彷彿就是一具攝影機，把蒸、熬、燜、烤、煮、炒的廚藝動作，全部涉入文字裏。在鍋裏蹦跳的食材，簡直歷歷在目。文字在進行時，當有音樂性。在抑揚頓挫的節奏裏，好像聞到酸甜苦辣的滋味。文字的張力發揮到極致，沒有一位散文家能望其項背。」〔註116〕在男女戀愛的過程中，他們也要依靠飲食來維持彼此之間的感情。韓良露的三部短篇小說《愛情的酸度──冬陰功湯謀殺疑雲》《愛情的辣度──麻辣之戀》《愛情的溫度──東京居酒屋串燒之戀》，都是通過飲食來描寫男女之間的關係，從而展現出現代飲食男女對於愛情的觀念。她在《選女人還是食物》中將食物與女人作為選項來讓男人進行選擇，從而指出戀愛中的男女或許可以將戀人視為世上最美味的食物，但是，這種觀念一定不會持續很久，因為食物於人類來說，它的價值往往更高於愛情。男女之間一時的愛欲可能會高於生理上的食物享受，但是只有食物才是能夠滿足人類生存的必需品。

鍾文音在《在河左岸》中將男女的情慾比喻成口腔那巨大的黑洞一般，描寫父親在燈紅酒綠處感受到的情慾，「想像的折騰讓我父在臺北堤岸的日子經常像是一隻公螃蟹熟透般地漲紅著，他在入睡前常望著淡水河發豪語，想要在明天好好地橫行一番，然而當整個城市對岸的所有大樓燈火逐漸滅絕

〔註114〕黃寶蓮：《貪食好色》，《我私自的風景》，南京：江蘇文藝出版社2008年版，第211頁。
〔註115〕蔡珠兒：《九層香塔》，《臺北花事》，合肥：黃山書社2009年版，第141頁。
〔註116〕陳芳明：《臺灣新文學史》（下），臺北：聯經出版2011年版，第775頁。

後，他頓時又被虛空籠罩，猩紅的蟹腳其實只是偽裝的保護色罷了。發豪語者通常都是無能的掩飾者，他們必須借著不斷地在鏡子前告訴自己很勇很神，才能安然入睡」，〔註117〕「我爸續說城市的女人是招潮蟹，招來滿潮之欲，幾乎讓他沉淪不起」。〔註118〕鍾文音在文中將父親被情慾渲染後的情形比喻成熟透的公螃蟹，將城市中的女人比作是招潮蟹，而父親在女人所賜予的情慾中沉淪，表現出一個生活壓抑的男性只有在情慾的漩渦中才能夠感受到自身的存在，沉溺於情慾之中卻無力反抗。

　　臺灣女作家中，李昂最擅長於將性與政治結合起來進行書寫，描寫女性在性行為的過程中逐漸認識自我，建構女性的主體性的過程，甚至通過女性情慾的表現表達對男性中心的控訴。除此以外，她還以女性的命運來比喻當下的臺灣政治現狀，並以女性被壓迫的生活經歷來表現臺灣政治的不安穩。吳惠蘭這樣評價李昂：「在新女性主義作家中，最擅寫身體的，當屬李昂。李昂特別著迷於展現身體上的各種生理、心理交戰，以『身體』探討女性的生存處境。在她的小說中，『身體』從來都不是單獨存在的，作家並非純粹為寫「身體」而寫『身體』，相反，『身體』往往只是一種媒介，牽扯著諸多事物，比如性、經濟、權力、政治等等，因此，隱藏於『身體』背後的意涵也複雜而多重」。〔註119〕李昂的小說主要以女性為主角，在飲食文學中通過情慾的書寫來探討當下臺灣的社會問題。

　　李昂飲食書寫的代表作有《愛吃鬼》《愛吃鬼的冒險旅行》以及《鴛鴦春膳》。前兩部作品以散文的形式來呈現她在異國旅行過程中所品嘗到的各類美食，而《鴛鴦春膳》則是一部以飲食為主題的小說，並且是臺灣第一本飲食小說，蘇秋鈴評價說：「《鴛鴦春膳》可說是『愛情小說』，也可說是『以情為主』的小說，由王齊芳與父親、大舅家族之間的情感、延伸至鹿城地方上的故事、到利用關於飲食的歷史片段如日治時代、二二八事件、政黨輪替的國宴菜單等，展現了對家國認同與關懷，到齊芳與異議分子的愛情故事、回歸至齊芳過世前後的素齋祭祀，在經歷與歷練後、認同母親的建議，亦是王齊芳半生的『成長』小說」。〔註120〕在這部作品中，李昂將飲食、情慾與政治

〔註117〕鍾文音：《在河左岸》，北京：人民教育出版社2012年版，第36～37頁。

〔註118〕鍾文音：《在河左岸》，北京：人民教育出版社2012年版，第37頁。

〔註119〕吳惠蘭：《飛翔並且穿越——臺灣新女性主義小說文本特徵論》，福建師範大學碩士學位論文，2003年。

〔註120〕蘇秋鈴：《李昂飲食文學研究》，臺南大學碩士學位論文，2011年。

進行了生動的融合。

在《春膳》這一篇的開頭便提出男人對於春膳的渴求。為了能夠滋陰補陽，那麼春膳自然要選擇「以形補形」。「要來到腎臟，那『腰子』，而最常見的、男人最怕的：敗腎。至於這部分，恐怕不光是『吃腎補腎』。豬腰子，也就是豬腎做成的『麻油腰花』，可是一道人見人愛的名菜，卻沒有那麼春意盎然。要吃腎？得是『海狗腎』這樣的東西，據聞吃後的持久力，可是讓男人筋疲力盡仍欲洩不能。要以形補形便得更直接：吃生殖器，各式動物的睾丸與陰莖，或長得像男人陽物的根莖」。〔註121〕李昂在這裡講述男人為了強壯自己的腎臟而吃其他動物的腎或者生殖器，以此來暗示為了穩固男性的地位，達到政治、經濟和文化上的霸權統治，他們將犧牲掉一些弱勢的群體，而女性或其他族群將會像動物一樣被他們吞併、犧牲。

除此以外，李昂還在情慾書寫的過程中將女性強烈的自我意識通過飲食表現出來，如在《Menu Dégustation》中，她通過王齊芳與暗戀的異議分子共進晚餐，看到那道油亮蘆筍便不自主的與眼前的這個男人聯繫在一起想到了情慾，「那大白蘆筍如此壯碩、而且長，幾占滿她的視線（她島嶼家鄉產的蘆筍色青而且細，像小女孩的手指）。遇熱後的 Parmesan 起司淋淋流流滿粗壯的白蘆筍身上，像噴出一陣最精彩萬分後的汁液後、方始願意止息，軟軟趴伏了下來。但且慢，最上方還擺放了五、六塊小小的骨髓，上蓋起司薄片，帶著油脂光亮的骨髓，有那樣油綿綿的入口即化口感，全然無膩味」。〔註122〕小說中的王齊芳是一位新潮女性，她在美食和喜歡的人面前能夠聯想到男女之間的肉體情慾，這表明現代女性的性意識和自我認知。傳統女性只有在新婚前夜才會被家中女性長輩或母親教導。而現代的女性對情慾有了充分的認識和實踐，並且能夠不依存男人而通過自我撫慰來達到滿足，李昂通過這種表述來展現出現代女性的自強和獨立，而這種將飲食與情慾相結合的書寫方式，也極具強烈的後現代主義特色。

臺灣女性文學中還常常使用飲食表現人體欲望，透過食物的外形和特質聯想到女體或是男體，結合五官感受將男女之間的關係表現出來。游麗雲認為：「從生物學的角度來說，食物有助於生命的維繫和發展，因為它提供個體

〔註121〕 李昂：《春膳》，《鴛鴦春膳》，臺北：聯合文學出版社 2007 年版，第 129～130 頁。

〔註122〕 李昂：《Menu Dégustation》，《鴛鴦春膳》，臺北：聯合文學出版社 2007 年版，第 211 頁。

生存必需的養分；同理，性交也有利於物種的生殖和繁衍，因為它包含種族延續必需的條件。所以進食和性交幾乎是每一種生命體最重要的行為體系」。〔註123〕因而，女性作家在進行飲食書寫的過程中藉由食物的滋味來隱喻男女之間肉體經驗的感受，是一種十分自然的書寫方式，這種書寫方式也不應被貶低和去除。李昂在《自傳の小說》中就是將男性特徵以香蕉的形狀表現出來，男性客人以香蕉的粗壯雄姿擺放在謝雪紅的面前，雖然沒有放肆的動作，但是已經情色十足。李昂在作品中經常以食物的外形來隱喻男性或女性的身體器官，她在《北港香爐人人插》中以形體相似的豬大腸來描寫男性性徵，在《國宴》中以「膽肝」來形容男性器官，在《Menu Dégustation》中將蘆筍隱喻成男性器官，在《春膳》中用九頭鮑來比喻女性器官。由此可以看出食物與男體或女體之間有著驚人的相似之處，因而也被女性作家廣泛地運用於情慾書寫中。

　　方梓在《男人不如薺》中所表現的女性不應依存於男性，而應該擁有自己獨立的意志。「我相信，只要有薺菜、禾蟲、豆丹，女人可以不要丈夫，它們不僅能填飽肚腹，滿足味蕾，連情慾也被餵得服服帖帖了。男人不如薺！」〔註124〕她在這篇文章中借助薺菜、禾蟲、豆丹來表達這些美食對於女性的重要性，將這幾類美食與男人進行比類，發現這些食物不僅能夠裹腹，甚至還能滿足情慾的需求，竟能取代男人對於女性的意義。同時通過食物表達當代女性應該有充分的主體意識，這也正符合80年代以來臺灣所興起的新女性主義觀念。方梓還將沾了鍋氣、麵香的薺菜比喻成風韻十足的少婦，將薺菜粥、薺菜水餃比喻成青澀的少女，由此可見作者是將蔬菜當做女人進行書寫，體現出獨特的女性視角。方梓在《歲歲年年》中便通過芥菜對女性進行讚揚，「人生如芥，似草的生命終究也可以隨遇而安；女人猶似芥菜，不管清炒、醃製成酸菜，或是，甕裏的覆菜，由苦澀轉酸、變鹹，再呈甘醇，女人總是在這樣的轉折衷，活得有滋有味」。〔註125〕女性即使身處於困境之中，仍然能夠有著一顆堅韌的心，將生活從苦澀轉為甘甜，將人生過得豐富多彩。

　　張京媛認為：「女性主義批評在文化話語中的滲透改變了而且正在改變人們從前習以為常的思維方式，使傳統的性別角色定型觀念受到前所未有的

〔註123〕游麗雲：《怎樣情色？如何文學？——臺灣飲食文學中的情色話語》，中央大學碩士學位論文，2008年。

〔註124〕方梓：《男人不如薺》，《野有蔓草》，臺北：二魚文化2013年版，第23頁。

〔註125〕方梓：《歲歲年年》，《采采卷耳》，臺北：聯合文學出版社2008年版，第51頁。

衝擊」。〔註126〕例如簡媜在《肉慾廚房》中將廚房與女性聯繫起來,「我希望我的生命終止於對蹄膀回憶:不管屆時母親與姑媽的亡魂如何瞠視我堅持用一瓶高粱燉它,炒一把大蒜大辣,並且發狂地散佈整株新鮮芫荽與驕傲的肉桂葉,猶似我那毫無章法且不願被宰割的人生」。〔註127〕簡媜在這裡通過飲食活動的描寫來表現自己對於「傳統」的反抗,她對蹄膀的烹飪方式與長輩有明顯的不同,即便母親與姑媽如何不滿,「我」依舊按照自己的想法來進行烹調。比較這兩種不同的美食做法,暗示傳統與現代女性兩種不同的人生,「我」選擇打破原有的生存模式而以一種全新的方式來開啟一場不被宰割的、自由的人生。

五、飲食書寫與國族想像

　　臺灣女作家的飲食書寫還或明或暗地表現出臺灣人民對於本土身份的迷失。在飲食書寫的過程中,她們將臺灣的歷史貫穿於敘述,通過不同時期的飲食來表現臺灣人民的生存狀況,並借助飲食來深入探究臺灣的殖民歷史。揭示當下臺灣人對於本土身份的遺忘,不假思索地接受殖民文化,借助那些來自不同國度的食物在臺灣盛傳的現象,批判臺灣人對殖民文化的盲目接受。

　　《微醺彩妝》中以味道作為臺灣的本土象徵,而其中呂之翔失去嗅覺的困境則暗示了他對於本土身份的迷失和遺忘。作品以食物作為主要的線索來串聯全文,通過呂之翔的失去嗅覺、唐仁的紅酒經營和王宏文對美食的極致追求來展現臺灣當前的社會狀態。呂之翔本來準備參加美食會,卻突然嗅覺失靈,「昨天晚上他們到一家四川餐廳品嘗廚師新嘗試的煙薰牛蛙腿,黃澄澄的色澤,比酥炸的顏色深,食客們異口同聲,連連贊道煙薰得恰到好處,香濃可口。呂之翔也夾了一塊放到嘴裏嚼,不要說聞不到煙薰香,連牛蛙也食不出其味」。〔註128〕這使得剛剛加入美食家行列的他感到非常焦躁和不安,隨著不斷就醫,他的病情並沒有得到好轉,最後竟然連視覺都受到了影響,從而產生一種夢幻的感覺。作者在這裡將呂之翔失去嗅覺來暗喻整個臺灣人民處於身份迷失的狀況,闡釋如果沒有及時認清臺灣歷史的真實和明確自身的身份

〔註126〕張京媛:《當代女性主義文學批評》,北京:北京大學出版社 1992 年版,第 1 頁。

〔註127〕簡媜:《肉慾廚房》,焦桐主編:《文學的餐桌:飲食美文精選》,桂林:廣西師範大學出版社 2004 年版,第 167 頁。

〔註128〕施叔青:《微醺彩妝》,上海:上海文藝出版社 2003 年版,第 179 頁。

認同，終將處於危急狀態。

　　文中還有對於臺灣人盲目接受殖民文化的侵襲而迷失自己的本土意識，如邱朝川為在臺灣市場上推行紅酒而要求呂之翔在媒體上大肆宣傳紅酒的益處，沒想到竟然能夠取得豐碩的成果。最後，他由衷感歎道：「呂老弟，你比誰都清楚，媒體的威力，大到可以左右臺灣人的味蕾！」〔註129〕「這個民以食為天的民族，對世界各地詭異荒誕的飲食奇觀表現了極大的好奇與接受力……媒體的威力實在不容低估，透過電視的誘導與引介，本來就勇於嘗試的臺灣人，口味越來越有國際化的趨勢，好些原本不屬於我們文化的食物，都開始主導了飲食的走勢，眼看就要成為主流」。〔註130〕以此來暗諷臺灣人對於外來食物的盲目接受和崇尚。

　　《古都》中運用後現代的敘事方式表現了對於臺灣殖民歷史的思索，作品中的主人公原本是臺灣本地人，卻以遊客的身份在臺北遊走觀賞，通過這種方式來表現主人公本土身份的迷失。而對於臺灣殖民歷史的追究，主要是通過對臺北和京都這兩所城市的比較進行，從而發現臺北的城市設計像是對京都的模仿。因此，朱天心多次以「殖民地圖」來稱呼臺北。小說並沒有將飲食作為主要內容進行大篇幅的敘述，只選取了幾樣具有代表性的食物來比喻臺灣的本土文化和殖民文化。

　　小說多次提到檳榔，並懷著強烈的情感指出「一定有檳榔樹」、「不能不有檳榔樹」，可以發現檳榔對於臺灣人而言意味著家鄉美食和本土文化，但更多的是用飲食來暗示殖民文化在臺灣的盛行，如「你們也一定進福利麵包店，翻譯小說裏才能看到的糕點糖果，讓你們有置身異國之感，例如年末時的聖誕布丁、加了奇怪香料的麵包、豐盛的肉類製品和牛油、各種果醬、紅茶……足供你們幻想一種十倍於你們國民所得的生活，雖然你們的零用錢往往在買了一顆含堅果的巧克力便告傾家蕩產，難怪你們一個人會說，發誓我將來賺了第一筆薪水要來買個夠。奇怪這一切，完全無涉於民族主義」。〔註131〕通過這些西式的甜點來暗示臺灣人對本土身份的茫然，忽視家鄉的美食而沉溺於西式甜點。

　　蔡珠兒在《啜飲褐色文明》中也借助咖啡的歷史對臺灣的殖民歷史進行闡述，原本咖啡是阿拉伯人將咖啡豆焙炒磨碎做成的飲料，隨著殖民者的入侵，

〔註129〕施叔青：《微醺彩妝》，上海：上海文藝出版社2003年版，第211頁。
〔註130〕施叔青：《微醺彩妝》，上海：上海文藝出版社2003年版，第213頁。
〔註131〕朱天心：《古都》，上海：上海譯文出版社2012年版，第146頁。

咖啡進入了臺灣，甚至差點成為了咖啡田，「十九世紀末，英國人從菲律賓的馬尼拉把咖啡引進臺灣，而該種咖啡正是荷蘭人傳到菲律賓去的。於是在廿世紀初，臺灣和全球的『咖啡殖民網路』輕輕掛上了鉤。日據時代，日本人曾在臺灣大肆種植，但沒收幾次就爆發了太平洋戰爭，大概由於咖啡遠不如米糖那麼緊要，園子隨之也荒蕪了，臺灣終於沒有成為東洋的『咖啡補給地』」。〔註 132〕咖啡的流傳意味著地理上的殖民雖然已經結束，但是殖民文化卻一直存在，文末感慨「咖啡不是一種樹，不是一杯飲料；咖啡是一碗褐色的符水，被文明下過重重的蠱咒」。〔註 133〕形象生動地指出了「咖啡」便是臺灣殖民歷史的一個飲食象徵。

　　郝譽翔在《逆旅》中也以飲食書寫的方式來講述臺灣第一代外省人的流亡史。父親郝福禎流亡到了臺灣以後，卻一直沒有置辦過不動產，沒有固定的家庭，始終穿梭在與各種女人的愛情中。而促使郝福禎逃亡的最主要的原因是飢餓，同時逃亡過程中食物的重要性始終貫穿。學者蘇鵲翹認為：「如果『飲食』包含『饜飽』與『飢餓』，那麼郝譽翔的《逆旅》可當視為一部飲食小說，因為貫穿全文的主題，是主要人物郝福禎心靈與生理上的『飢餓』」。〔註 134〕郝譽翔從女性主義的角度出來，借助飲食來表現父親流亡的歷史，並結合個人的記憶來重新建構外省族群的歷史。小說中講述父親在離開家鄉的早上，還在喝著熱乎乎的粥，吃著古樸的鹹韭菜和熟雞蛋。這幾樣食物彷彿成了故鄉的代名詞，以至於他在流亡的過程中每每思念故鄉的時候，總會想起那鹹鹹的雞蛋和扁扁的韭菜。

　　自民國三十八年四月起，山東的流亡學校幾乎沒有了食物的供給，飢餓使得逃亡的學生開始不顧一切，他們到河邊偷抓魚、到田裏去偷挖蘿蔔，而郝福禎在朋友朱昊離世之後開始了一個人的逃亡。獨自流亡到河南遇到了一位善良的姑娘，記憶最深刻的卻是她給的那一大碗米飯，「湖南人煮飯彷彿有魔術似的，米粒一粒一粒晶瑩飽滿，閃亮的光澤就活像是一隻隻跳動的肥蛆。我捧著飯碗蹲在地上拼命吃著，米飯早已經冷了，一拳頭一拳頭打進我的胃裏。我

〔註 132〕蔡珠兒：《啜飲褐色文明》，《臺北花事》，合肥：黃山書社 2009 年版，第 134 頁。

〔註 133〕蔡珠兒：《啜飲褐色文明》，《臺北花事》，合肥：黃山書社 2009 年版，第 135 頁。

〔註 134〕蘇鵲翹：《臺灣當代飲食文學研究：以後現代與後殖民為論述場域》，中央大學碩士學位論文，2007 年。

狼吞虎嚥地吃著……我把一碗飯吃得見了底，用指頭把黏在碗底的幾顆飯粒拈起，塞到嘴巴裏。吃完了，我喘口大氣，站起身，看見油菜田沿著山坡一圈圈盛開金黃色的花蕊，河水蜿蜒穿梭流過，綠色的田、金黃的花蕊、藍色的河水交織成一幅美麗的圖案，我奇怪剛剛一路走來時怎麼都沒有發現」〔註135〕這段文字形象地展現出了郝福禎的飢餓，因為對於食物的渴望，他甚至忘卻了身邊這位美麗的女子而獨自專注於一碗白花花的米飯。食物的缺失使得他忽視了愛情的美麗，而只有當他有了飽腹感之後，他才開始關注到身邊美麗的景色，這體現出食物佔據了郝福禎的流亡記憶。

　　《京都一年》通過日式料理的食物顏色搭配和餐具的選用來呈現日本筵席的精美之處，「冷盤之中，除用新鮮的魚蝦外，京都的人每好以時鮮蔬菜點綴其間。春夏之交，芋頭的新莖剛長出，摘下最嫩的一節，用沸水略燙，切成寸許長，放在精緻的淺色瓷碟中冷食，顏色碧綠，脆嫩可口。又有一種細長而略帶紫紅色的植物，梢頭捲曲，學名叫薇。也同樣以清水煮熟後，切段冷食。這種野菜在一流的料理亭裏，每人面前的碟中一小撮，以極講究的手藝擺列出來，予人以珍貴的感覺」〔註136〕這段文字呈現出日式料理對於食材取用的用心，他們精選當季的時蔬，並搭配上顏色相配的植物，給食用者一種視覺上的滿足。除此以外還表現出日式擺盤的精緻，但也指出了這種過於奢侈的餐盤中所放的食物卻並沒有那麼精緻，「那直徑約三寸的朱紅色木碗內，只端端正正地擺著一寸見方的蛋捲，旁邊點綴著幾片香菜葉子，此外更無他物。朱紅的容器，黃色的蛋捲以及綠色的香菜，那顏色的配合倒是很雅致的，不過，我不能否認當時內心所感到的失望」〔註137〕小小的一塊蛋捲卻用一個「碩大」的木碗放置，雖然視覺上感到了享受，但是這樣的搭配未免有些過於奢侈了。

　　臺灣女性文學中運用飲食來對臺灣的本土化特徵進行隱喻，從食物的獨特之處來象徵臺灣的本土文化。90 年代以來的臺灣社會已經與國際接軌，進入到全球化的發展過程。臺灣本土文化受到了西方思潮和後殖民文化的衝擊，因而臺灣人民對於身份的認同有著迫切的需求。周芬娜在《麵包之戀》中便表達出這樣的社會現狀，「在我幼時，麵包在南臺灣算是一種貴族食品，是西化

〔註135〕郝譽翔：《逆旅》，北京：人民教育出版社 2012 年版，第 85 頁。
〔註136〕林文月：《京都一年》，北京：生活·讀書·新知三聯書店 2006 年版，第 160 頁。
〔註137〕林文月：《京都一年》，北京：生活·讀書·新知三聯書店 2006 年版，第 161 頁。

富裕的象徵。我家附近只有一家麵包店，門面不大，賣的都是一些甜軟的臺灣麵包，花色不多，每個新臺幣一元。當時我每週的零用錢只有十元，幾乎都花在吃麵包上了。奶酥麵包剛出爐時外皮鬆軟、內餡甘芳，飄著濃鬱的奶脂香。當時覺得每天可以吃上一個奶酥麵包，就是人生最大的幸福」。〔註138〕她在文章中將「麵包」來象徵「西方富裕」，而能夠吃上這樣一份甜軟的奶酥麵包便是極大的幸福。作者在這裡用「麵包」這一份簡單的西方美食在臺灣的盛行來說明臺灣西化的程度。

《他鄉是故鄉》中便藉由咸豐草來表達出本土文化應該具有包容性，臺灣這座海島城市一直受到各地文化的影響。咸豐草是生命力極強的植物並且功用很多，臺灣本土文化應當像咸豐草一樣有著頑強的生命力，並能夠將各種外來文化都吸收並融入到本土文化中來。李昂在《咖喱飯》中講述了咖喱是一道外來的美食，父親卻更願意用本土的食物來進行煮食，將蕃薯取代外來的馬鈴薯來做咖喱飯。「而那蕃薯被島嶼住民普遍認為是十分低賤的食物，窮人用以果腹的主食，蕃薯葉子用來養豬，蕃薯吃後易放臭屁極為不雅。由於多年來的外來政權統治，島民稱外形近似蕃薯的臺灣島嶼為『蕃薯仔島』，自稱作『蕃薯囝仔』」。〔註139〕作者在這裡將臺灣形象地比喻成蕃薯，並且將父親拒絕外來的馬鈴薯而喜愛低賤的蕃薯來表示出臺灣人對於本土文化的堅守。

《桃紅耿介》通過紫背草來表現一種耿介的風骨，「買了紫背草，我喜歡直接炒食，脆脆的青草莖，味似茼蒿。嚼得嗞嗞喳喳，充滿了耿介的骨，潦倒窮途，肚子嫌餓了的時候的高傲的心」。〔註140〕凌拂也在《蜿蜒眾草間》中將對紅果的觸覺感受進行了描寫，「紅果放入嘴裏，輕輕逼出一汪清水，舌梢上水意清平，這是一條河，寂寂清清順著喉舌往下流，流到了心窪，把日月光映上水面，心窪滿是一片水意。人生滋味，味蕾辨得了諸種不同的味道，三千六百種酸甜苦辣，蛇莓是最後一種滋味，不酸不酷不甜不辣，一切都藏在裏面。集眾味之總成，淡而平淺，是涅槃之味」。〔註141〕她將這種生理上的感受與心理的感覺結合起來，由食物而感悟人生的道理，表達出只有平淡的生活才是

〔註138〕周芬娜：《麵包之戀》，焦桐主編：《廚房裏的雙人舞：臺灣美味文字 2》，北京：生活・讀書・新知三聯書店 2014 年版，第 73 頁。

〔註139〕李昂：《咖喱飯》，《鴛鴦春膳》，臺北：聯合文學出版社 2007 年版，第 61 頁。

〔註140〕凌拂：《桃紅耿介》，《臺灣草木記》，南京：江蘇鳳凰文藝出版社 2014 年版，第 33 頁。

〔註141〕凌拂：《蜿蜒眾草間》，《臺灣草木記》，南京：江蘇鳳凰文藝出版社 2014 年版，第 116 頁。

真實的人生的感悟。黃寶蓮在《高麗菜的形象》中根據每樣食物的具體特點來比擬人物的性格特徵，「水芹生猛，茄子隨和，洋蔥潑辣，馬鈴薯老實，蘋果甜美，無花果墮落，草莓極具誘惑，番茄有魅力，黃瓜清純，苦瓜抑鬱，木瓜孤僻……高麗菜是謙卑溫和的」。〔註142〕因而，女性作家在飲食的書寫中往往假借飲食來隱喻不同的主題。

《采采卷耳》是一部以蔬菜為書寫對象的散文，通過蔬菜來書寫臺灣人民真實的生活，同時也表現出對童年、故鄉以及親人的懷念之情。方梓在這裡借助食物來表達自己的生活經驗和人生體悟，但最重要的是她藉由這些蔬菜來暗喻臺灣女人，通過不同蔬菜的特點來對應不同的女人。她在自序中這樣寫道：「我在蔬菜中藏匿了母親輩女人的宿命與感情世界，以茄子作為象徵，以花椰菜做隱喻；以茼蒿為投射，她們在情慾、命運、婚姻中的掙扎、抉擇；以空心菜、高麗菜、蘿蔔為借喻，在社會變遷中他們的妥協與遷就；以醬菜、苦瓜、野菜影射她們為家庭耗盡的青春歲月……」〔註143〕由此可見，這是一部以蔬菜來書寫女性的作品。她在《嫁茄子》中將嫁茄子的習俗來比喻女性執著與堅持的性格；在《錦荔枝與癩葡萄》中將母親比喻成苦瓜，生活艱辛並且甘苦相伴；在《清澈的溫柔》中則用冬瓜來比喻外貌簡單、內在清透的女性；在《南方嘉蔬》中將臺灣早期不能掌握命運的女人比喻成油麻菜，將現代自由生活的臺灣女性比喻成空心菜，從而也由女性的個性變化來象徵臺灣從貧窮到富裕的歷史。方梓在《歷史的味道》中寫道：「菜尾，是我記憶中的佳餚，心中的『絕饗』，菜尾不只是食物，是一段歷史的味道」。〔註144〕將歷史的記憶透過菜尾這道佳餚表現出來，通過菜尾的味道引起感官上的刺激，使得心靈受到共鳴，將其賦予歷史的味道，引發對過去的懷念。鍾怡雯指出：「除了挑逗食慾，飲食散文應該擁有『意在言外』的企圖與價值。美食可能是一種策略或媒介，它驅使舌頭去召喚記憶，進而延伸出更豐富的意涵」。〔註145〕

借助於飲食來表現時代的變遷，通過飲食來回憶歷史的真實與完整，並且透過這些美食來挖掘其背後所蘊含的歷史意義和文化內涵。廖炳惠在《吃

〔註142〕黃寶蓮：《高麗菜的形象》，《我私自的風景》，南京：江蘇文藝出版社 2008 年版，第 186 頁。

〔註143〕方梓：《采采卷耳》，臺北：聯合文學出版社 2008 年版，第 17 頁。

〔註144〕方梓：《歷史的味道》，《采采卷耳》，臺北：聯合文學出版社 2008 年版，第 246 頁。

〔註145〕鍾怡雯：《臺灣現代散文史縱論（1949～2012）》，《華文學》2013 年第 4 期。

的後現代》中便提到後現代飲食將不再只是單純的書寫食物，而是在經過深度的思考之後，將過去放入自己的味覺、嗅覺、觸覺以及文化的身體內，從而表現出作家對歷史的追思，這也是後現代飲食美學的一個重要發展。楊惠椀對廖炳惠的觀點進行了闡述：「廖炳惠提到臺灣後現代的飲食文化，最顯著的特徵就是懷舊，店家通過菜單、裝潢、音樂、穿著、器物等方式，去營造一個 50 年代的臺灣、30 年代的上海等，試圖透過空間的擬仿達到時間的倒轉，透過飲食帶來的感官知覺開啟戀物的遙想」。〔註 146〕因而，女性作家也在作品中藉由女性經驗來對飲食進行書寫，從而體現出飲食所蘊含的歷史意涵與國族想像。

第三節　自然書寫

自然寫作經歷了一個比較緩慢的發展過程，先後經歷過「環境文學」、「生態文學」、「自然文學」、「自然寫作」、「自然書寫」等，越來越多的學者傾向於採用「自然書寫」這一概念，所謂自然書寫，「即一切以自然為描繪和表現對象的文學作品和其他文本都可稱之為『自然書寫』（Nature Writing）」〔註 147〕，並認為文學中的自然書寫有兩種：一是以大自然為書寫客體，強調作家主體精神的寫作，另一種則以大自然為本位，站在大自然的立場批判人類對自然的破壞。兩者的不同之處在於，前者以人為本位，自然的描寫只是為了凸顯人的主體地位，後者則是批判人對自然的肆意改造，站在自然的立場。臺灣學者王家祥則認為：「自然文學（Nature Writing）又稱荒野文學（Wilderness）。所謂自然主義的文學，便是以大自然為母體，以優美動人的文句，發人深省的哲思，記錄自然中生命形態，人與自然之間微妙或整體的互動。」〔註 148〕由於臺灣在 50、60 年代受到西方工業化的影響，至 70 年代造成了生態的惡化，自然書寫從臺灣開始並逐漸蔓延到兩岸暨港澳，由於女性更加熱愛自然，再加上受到西方生態女性主義的影響，所以，海峽兩岸女性文學的自然書寫不僅漸成氣候而且深入到生態倫理探討的層面。

〔註 146〕楊惠椀：《80 年代以來臺灣飲食散文研究》，成功大學碩士學位論文，2009 年。

〔註 147〕譚旭東：《從文學的人本主義到生態主義》，http://www.chinawriter.com.cn，2007 年 1 月 9 日。

〔註 148〕王家祥：《我所知道的自然寫作與臺灣土地》，《自立晚報》1992 年 8 月 28～30 日。

　　由於自然寫作本身所要求的田野考察、日常記錄等確實牢靠的資料，很多自然寫作者最早是出於對大自然被破壞的警醒，再加上很多寫作者出身於媒體，自然書寫也是在報導文學的基礎上形成，被稱為臺灣自然保護環境「女神」的心岱就是一位媒體工作者，並曾經義無反顧地進行了 18 年的田野調查。她在 1980 年發表的《大地反撲》中對臺灣生態環境的報導引起了人們的關注：「作惡的花樣很多，尤其是近幾年『大家樂』『六合彩』賭風狂炎時，向樹王求明牌的賭徒們包了遊覽車，進香園般浩浩蕩蕩的四處尋找老樹，只要見著大樹就拜，日夜不停的人潮踐踏著老樹的根部，大量的紙錢、香燭薰著樹幹枝葉，鳥飛了，蟲死了，最後的一批觀客，就是那些為了洩憤的人，他們施用毒針懲罰老樹的不靈。」心岱來自鹿港，很早就意識到環保議題。她寫過無數報導文學，包括《一把風采》（1978）、《大地反撲》（1983）、《千種風情說蓮荷》（1983）、《回首大地》（1989）、《夢土成淨土》（1990），可以彰顯她對社會的密切觀察，在女性作家中獨樹一幟。對於生態文化的關注，是她散文中的重要議題。對於土地的永續發展，懷抱著比任何人還急切的心情。

　　1981 年元旦，《聯合報》副刊更推出「自然環境的關懷與參與」專欄，由韓韓、馬以工主筆，陸續刊出了韓韓的《紅樹林生在這裡》《文明只有一個地球》、馬以工的《大家來保護紅樹林》，漸漸引起人們對這一話題的注意。1983 年伊始，韓韓、馬以工合作的《我們只有一個地球》出版，表達了對土地的深摯的熱愛和深切的憂慮，引發很大反響。她們站在自然主體的立場，為植物和動物代言：「植物生活的方式和適應環境的巧妙，令人歎為觀止，如果說植物沒有思想，沒有計劃，沒有合作精神，那是實在教人難以相信的。」〔註149〕關於人和動物植物之間應有的關係：「在整個生態圈（ecosphere）或生物圈（biosphere）裏，我們人族不過是千百種族的一種罷了。『人族依生物圈而居』是一個鐵律，可是人類最容易忘記這一點。當群聚逝去時，生物也跟著逝去，已是一句名言。」〔註150〕這些文章喚起了臺灣民眾的生態保護意識，也引發了自然書寫的文學潮流。

　　一般認為，1980 年代以後，臺灣社會的生活環境開始受到工業文明的侵襲，又由於資本主義的高度發達，人性的貪婪殘忍和墮落也轉嫁到自然環境當中。於是，社會經濟的快速發展與環境保護逐漸形成相互衝突的對立和矛盾。

〔註149〕韓韓：《在我們的土地上》，臺北：自立晚報 1985 年版，第 102 頁。
〔註150〕韓韓：《在我們的土地上》，臺北：自立晚報 1985 年版，第 90 頁。

而一些有責任感的知識分子和社會工作者，面對環境和生態的被破壞，開始倡導環保運動，一方面抗議對環境的破壞，另一方面是對美國資本主義在臺灣的經濟掠奪進行反抗。正如陳芳明所說：「有一個事實可以發現，自然寫作的初期階段，女性作家的作品分量最大。包括韓韓、馬以工、心岱、張曉風、洪素麗、凌拂、蕭颯、袁瓊瓊、廖輝英、蘇偉貞，都是在散文與小說中注入環保關懷。她們對空間變化的警覺，對土地傷害的細緻描寫，往往在潛移默化中喚醒讀者的關心。不僅如此，本土意識的覺醒，以及威權體制在民主化過程中，對臺灣土地的擁抱，也加速使自然書寫成為一個重要的文類。」〔註 151〕儘管自然寫作剛開始以報導文字為主，但散文一直是自然書寫的主要文體，作為一種真實的較多表露出書寫者主觀情感的文體，再加上女性散文家豐富的情感，使得初期的自然寫作表現出較多的激憤的情感。

　　直到洪素麗（1947～），自然書寫才開始進入較為冷靜、深沉的反省階段，她也成為臺灣自然書寫的最重要的代表作家。洪素麗的散文「帶著淒涼與感傷，她深情回望故鄉。但是她也有強烈的焦慮感，尤其見證臺灣環境的污染，流露出無可壓抑的關懷。在臺灣自然寫作裏，洪素麗的聲音特別嘹亮。」〔註 152〕洪素麗自然書寫的主要作品包括《守望的魚》（1986）、《海岸線》（1988）、《海、風、雨》（1989）、《旅愁大地》（1989）、《綠色本命山》（1992）、《尋找一隻鳥的名字》（1994）、《臺灣百合》（1998）等，洪素麗自然書寫的特色不僅在於能以理性的方式為自然發聲，而且通過常年旅居國外的超越視野看待臺灣本土的生態問題並進行比較性的分析。她是一位無論行走到何處都始終頻頻回望臺灣原鄉的旅人和思考者。從對臺灣種種生態環境的考察和反思，最終指向對人自身的生存檢討和建議：「擁有最少最簡單的物質，穿樸素淡色的布衣，吃簡單原色的食物，過簡單而沒有聲色娛樂的生活，一簞食，一瓢飲，出門儘量走路，或搭乘公車，儘量少製造垃圾，珍惜可用可吃之物。」〔註 153〕洪素麗這種從我做起的極簡主義生活方式來源於對自然的敬畏和對人類的珍惜，從某種意義上說，只有珍重自然，人類才能珍重自我，但這並不意味著人類回到遠古的原始狀態，拋棄現有的現代化和都市化，只是對現代化的生活方式提出某種反省，給自然的長遠生存提供切實的解決之道。

〔註 151〕陳芳明：《臺灣新文學史》（下），臺北：聯經出版 2011 年版，第 653 頁。
〔註 152〕陳芳明：《臺灣新文學史》（下），臺北：聯經出版 2011 年版，第 767 頁。
〔註 153〕洪素麗：《臺灣百合》，臺中：晨星出版社 1998 年版，第 48 頁。

　　在自然書寫中扮演重要角色的臺灣女散文家還有凌拂（1952～），她的自然書寫的特點是非常注重文字的鍛鑄，在關心自然生態之餘，執著於文字的顏色與氣味。其自然書寫的影響比起洪素麗有過之而無不及。在第一本散文集《世人只有一雙眼》（1990）中還只是表現出一般的生態關懷，到《食野之苹：臺灣野菜圖譜》（1995）、《荒野相遇》（1999）等作品，則顯示出對生態的強烈關切，而且因為她生活在與大自然相容的鄉居，所以一方面關心植物四季，一方面觀察魚蟲鳥獸，時間的移動在散文裏歷歷可見：「她以自然對照人生，以荒野反觀文明。其美學經營是臺灣散文中的絕品。」〔註 154〕對凌拂來說，其自然書寫的精髓在於日常生活中與一草一木的徹底融合，她的生活方式就是一種和自然同在共生的狀態：「這一切只是順著自然。餓了吃，渴了喝；吃我周邊的一撮尋常食物，飲我周邊的一碗尋常飲水，沒有價目，也不做交易，餓了，也僅僅是因為餓了，要的不多。」〔註 155〕對於自然萬物，沒有過多的渴求和欲望，一切循著自然的要求。

　　其最新散文集《臺灣草木記》係自然書寫的集大成者，以典雅而雋永的文字，賦予草木以生命，尋回一顆生活和生命的素心。她這樣描寫自己日常生活的狀態：「我喜歡這樣，深居幽徑，在山野裏走著，有時就在紫花藿香薊和咸豐草掩沒的小徑上，龍眼樹梢傳來搗木聲，奪奪奪奪，一味空曠。是五色鳥在空山裏幽幽的鳴禱，式微了的商籟體，通常是在午後空山響起，一草一木一靈魂，光色幽微，所有的一切都在漸漸消暗之中。」〔註 156〕她描寫她和植物之間相對的默契：「在那樣密集的森林裏，植物之間不知道是不是也有故事，我觀察植物的靜默，讀他靜默中的生死離去，植物不知道是不是也有語言，相親裏故意忽略對方，但不離開彼此太遠，孤獨的傾聽、安慰、接納、包容，也孤獨的欣賞自己的彈性。在那樣的早晨，那樣的黃昏，我經常那樣獨對一山寧謐，靜得像一座深度禪定的寺院般的寧謐，樹影重迭錯落，山草小徑側身穿去，縱走其間，人與植物的幽密處或恐皆於此醒轉而來，然而生命的死地折轉處，關於樹，關於我，兩兩無聲互不相言。」〔註 157〕傳達的是關於人類生命本真的哲思。

〔註 154〕陳芳明：《臺灣新文學史》（下），臺北：聯經出版 2011 年版，第 768 頁。
〔註 155〕凌拂：《食野之苹：臺灣野菜圖譜》，臺北：時報文化出版 1995 年版，第 144 頁。
〔註 156〕凌拂：《臺灣草木記》，南京：江蘇鳳凰文藝出版社 2014 年版，第 8 頁。
〔註 157〕凌拂：《臺灣草木記》，南京：江蘇鳳凰文藝出版社 2014 年版，第 11 頁。

　　除此之外，還有1990年代崛起的自然書寫散文家蔡珠兒（1961～），她的第一本散文集《花叢腹語》（1995）就已經展現獨特的文學魅力，引起文壇矚目和高度評價：「雖然是描寫自然植物，卻以非凡的想像力，連接宇宙的各種現象。意象與意象之間的跳躍，甚至還超越太多詩人，有些句法如果以分行來排列，簡直就是一首生動靈活的現代詩。《南方絳雪》（2002）的藝術造詣，逼迫讀者必須承認，文字已近乎出神入化。她完全不把文學當做文學，而是交錯著歷史、文化、社會的種種知識，不落痕跡地融入段落之間。穿越街頭巷尾，竟是出於千古歷史，明明寫的是草木，卻讓人看到人類植物學。」〔註158〕她的寫作不僅壯大了臺灣女性文學自然書寫的隊伍，而且豐富了自然書寫的內容。移居香港後，蔡珠兒出版《雲吞城市》（2003），書名充滿隱喻：「既影射香港人的餛飩，也象徵被風雲吞噬的城市。她的在地化速度非常驚人，在最短時間內，就認識了香港的草木蟲魚。」〔註159〕和香港自然書寫的作家一起，在香港都市書寫的主潮外，營造了香港自然──生態書寫的特殊景觀。

　　而在臺灣，不僅有專門的自然寫作的隊伍，即便是那些未嘗專門從事自然書寫的作家，也在她們的作品中表達了強烈的自然意識或者生態意識，如施叔青的「臺灣三部曲」之二《風前塵埃》，儘管主要內容敘述的是日本在花蓮的統治，但她通過小說中無弦琴子重返花蓮尋找母親當年生活的歷史的時候，一而再再而三地與花蓮的自然景觀融為一體：

> 　　上山這幾天，與自然大地親近，無弦琴子感覺到自己的內在起了微妙的變化，對母親生息之地，讓她深深感受到山林之美，體悟了星移日出宇宙的奧妙。
>
> 　　微雨的午後，她撐傘繞過飯店，徘徊山徑，杳然無人的竹林，煙雨濛濛中，好像連空氣也變成透明的綠色，愈往裏走愈是幽靜，無弦琴子自覺在大氣的縫隙恣意的游來游去，一直以來被外物俗世所連累的心，放鬆了下來，感官從沉睡中蘇醒了過來。〔註160〕

　　而她的母親橫山月姬當年與花蓮原住民青年的戀愛，簡直就是得天地之靈氣、擁日月之精華的「自然之子」之戀，這樣的書寫已經不再將自然書寫侷限在自然和生態的層面，而是將人還原為自然人的過程。這些自然人不沾染世

〔註158〕陳芳明：《臺灣新文學史》（下），臺北：聯經出版2011年版，第775頁。
〔註159〕陳芳明：《臺灣新文學史》（下），臺北：聯經出版2011年版，第775頁。
〔註160〕施叔青：《風前塵埃》，臺北：時報文化出版2007年版，第190頁。

俗的濁氣、與自然同聲同息，她們在自然的風裏成長，在自然的庇護下生存，在自然的輪迴中歸於無形，一如沈從文筆下的翠翠這樣的人間精靈。

其實，香港女作家吳煦斌的自然書寫也比較早，她的小說《牛》執著於向荒野和叢林尋找題材，的確表現出創作追求和審美追求上的與眾不同。相對而言，大陸女性文學的自然書寫比較晚出現，這一方面源於大陸的經濟化進程在1990 年代正式開始，直到新世紀人們才發現自然和生態方面出現的一系列問題，也才開始通過作品去表現，事實上，直到目前為止，大陸的女性自然書寫很大程度上仍然停留在「自然」書寫層面，對城市化進程所造成的生態的變化、環境的惡化依然缺乏真正的批判意識，至多去描寫古老的生活，想像中的鄉村風情，不斷變形的田園風光等。即便如此，還是出現在個別傾向於描寫鄉土生活的作家筆下，如喬葉、葉廣岑、遲子建等。換句話說，大陸女性寫作中的自然書寫缺乏真正的生態意識和批判思維。很多作家作品沉浸於城市書寫的主題，作為越來越成為回不去的「童年」，鄉村只是一個隱隱的敘事背景。隨著新世紀以來《狼圖騰》《藏獒》等生態小說的出現，張抗抗、葉廣岑、畢淑敏等人的部分作品流露出對生態環境的憂慮，如張抗抗的散文《主婦與白色污染》、畢淑敏的散文《女人與清水、紙張與垃圾》以及葉廣岑的散文集《老縣城》等，儘管這些作品開始關注生態問題，關注女人與自然之間的關係，但尚沒有上升到對工業社會和男權主義的批判高度。

第四節　生態倫理

生態倫理一般是指人類處理自身及其周圍的動植物、自然和生活環境等生態關係問題的系列道德規範，是人類在進行自然生態的活動中形成的倫理關係及其調節原則。在臺灣，1970 年代引起的公害事件喚醒民眾的環保意識，1980 年代自然環境的破壞促使作家反思生態環境與人類生存的關係問題，1990 年代的本土化運動和原住民運動，使作家進一步關注自然，關懷生命，反思制度和文明。1997 年《中外文學》第 306 期刊發「自然變奏曲：生態關懷與山水寫作」專輯，第 307 期刊發「生態 書寫 後現代」專輯，介紹了當代法國女性主義學者與哲學家依希迦黑的生態女性主義理論和臺灣的自然和生態寫作。由於女性和自然生態之間的天然內在聯繫，臺灣女性文學在致力於政治歷史書寫和文化身份建構的同時，表現出對生態倫理的深切關懷。這裡通過

對朱天文小說《世紀末的華麗》《荒人手記》《巫言》〔註161〕來探究其生態倫理關懷的面向與內裏，分析其小說中女性主義的、反物質主義的和反技術主義的倫理關懷特質，並討論生態倫理關懷在其道德倫理建構中的重要作用。

20世紀60年代以來，西方女性主義發展出生態女性主義一脈，認為「父權制以及由此滋生的二元對立思維方式、列強征服邏輯等，是一切壓迫和破壞行為的根源，只有剔除源於人類自身的所有非正義因素，才有可能建構和諧共生的生態倫理原則」。〔註162〕朱天文小說一向蘊含豐富的象徵意義，研究者多從以下不同論題切入，如眷村情結、成長主題、身份認同、欲望書寫、陰性美學、同性戀書寫以及文體實踐等，而朱天文站在女性生態主義的立場通過生態倫理的關懷來建構其小說禮樂政治的道德烏托邦世界的關鍵一面卻被忽略了。生態女性主義認為：「任何危害生命的活動都不僅僅是一個生態學的問題，還是一個女性主義的問題；女性主義者必須是生態女性主義者，只有和諧共生的女性原則才可能是建構未來生態世界的合理原則。」〔註163〕如果說男性把世界當成狩獵場，與自然為敵，女性則要與自然和睦相處。

因此，女性比男性更適合於為保護自然而戰，更有責任也更有希望結束人統治自然無限度地開發利用自然的現狀。朱天文的小說不僅自覺地站在女性主義立場，而且保持著和自然與社會環境間的敬畏和減法關係，透過人與自然和環境間的種種關係書寫著「柔性的生態主義」關懷。無論是《世紀末的華麗》《荒人手記》還是《巫言》，呈現出來的都是自然和社會環境盡遭破壞的生存景觀。於是，在窘迫的生存環境和擁擠的建築物之間，《世紀末的華麗》中的米亞選擇在樓頂搭建輕質化——一種環保建築。雖然是個時裝狂，耽美主義者，但米亞時裝理念卻是環保主義的：首先是質料，1991年反皮草秀。其次是顏色，環保意識自90年春始，海濱淺色調，沙漠柔淡感。無彩色系和名灰色調。化妝也是環保主義的，自然即美，丟掉清楚分明的眼線液和眼線筆。甚至身體也是環保主義的，「合乎環保自然邏輯，微垂胸部和若即若離腰部線條，據稱才是真正的性感。」她的生活方式更符合環保主義觀念，養滿屋子

〔註161〕這裡所引朱天文作品分別出自《世紀末的華麗》（四川文藝出版社1999年版）、《荒人手記》（山東畫報出版社2009年版）、《巫言》（上海人民出版社2009年版）。

〔註162〕萬蓮姣、王瓊：《女性與生態倫理：唇齒相依》，《湘潭大學學報》2007年第2期。

〔註163〕趙樹勤主編：《女性文化學》，桂林：廣西師範大學出版社2006年版，第171頁。

乾燥花草，像藥坊，情人老段往往錯覺他跟一位中世紀僧侶在一起。

　　一般認為，朱天文的小說到《世紀末的華麗》才開始走向成熟，「寫出了年紀，更寫出了滄桑、蒼涼與荒涼」。〔註164〕生態倫理的關懷已經相當明顯：「有一天男人用理論與制度建立起的世界會倒塌，她將以嗅覺和顏色的記憶存活，從這裡並予之重建。」相對於理論和制度建立起來的男性世界，以嗅覺和顏色重建的世界無疑將是一個自然的感性的女性世界，是生態和環保的世界。在人倫敗喪的情慾時代，《荒人》選擇遠離情慾，並為一生的濫交告解和懺悔。雖為男身，卻把批判的鋒芒指向制度和文明世界中的男權傳統和歷史，為其女性主義立場發聲：男人偷吃了知識的禁果，開始二元對立，並開始建造出一個與自然既匹敵又相異的系統。《巫言》則把 2001 年作為寶瓶時代的開始，New Age，新時代，是「柔性生態主義對抗剛性物質主義的時代」。在綜藝化了的時代文化中，巫女選擇深入簡出地避世修行，家人們則和自然和睦相處：初中生數年如一日餵養著廳堂裏煤玉蜘蛛，老社長專門撿拾和收養被遺棄的蘭花，臨終前念念不忘滿院棄蘭懇請家人善待之。伯母恐龍閑暇出門則餵養流浪貓狗，收集一切垃圾並慎重將其送往往生界。偶然中救助折翅的黑色鳥，心懷憐憫，無不表現出對世間生靈萬物的平等與體恤，顯示了人與自然的最基本關係是和諧和救護，是滿足基本的生存，而不是滿足無盡的欲望。因而在植物與動物、環境與生存的鏈條中，維持著最低的要求。

　　朱天文同意臺灣評論家把自己的《荒人手記》看成是對胡蘭成《女人論》的一個回窺，她自己在採訪裏說《女人論》就是《文明論》，「男人是抽象的世界，那麼女人就是具象的世界，在陽性書寫與陰性書寫的分野裏，前者是大敘述的，有因果性的，而後者是瑣碎繁瑣的，去中心化的，《巫言》其實就是一本陰性書寫的作品，」〔註165〕在在顯示其女性主義立場上的生態理論關懷。誰都不會否認，世紀之交是一個物質的時代和世界，街市上日以繼夜地上演著沒有終場的物質主義奇觀：Sogo，Hello Kitty，Blueberry Fair，Aunt Stella……或卡通玩偶，或崇光百貨，或禮品贈送，或打折銷售。朱天文小說《巫言》中「不結伴的旅行者」所遇見的帽子小姐和貓女無一例外都是購物狂，為瘋狂血拼，跑斷鞋跟、骨拆骸散在所不惜，而所到之處則是遍地丟棄的垃圾。朱天文

〔註164〕黃錦樹：《神姬之舞》，朱天文：《荒人手記》，濟南：山東畫報出版社 2009 年版，第 245 頁。
〔註165〕杜文：《朱天文〈巫言〉：如巫催眠你》，《廣州日報》2009 年 6 月 20 日。

小說的生態倫理關懷在反物質主義的書寫方面獨樹一幟，其反物質主義的倫理書寫大致表現為對物質的處理方式和奉行至簡至潔的生活方式兩個方面。

首先，關於物質的處理方式。長久以來，巫女發展出一套垃圾分類系統，將其去處分為永生界，重生界，投胎界和再生界並一一踐行。此劃分比之環保主義的垃圾分類更多了倫理和道德的關懷，即如巫所言：「我一向不認為大自然裏有死，那看來像死的東西，不過是形變。只有人造出來的玩意兒，有死。不被留心，不被注視，不被分別的，死了。沒有人紀念的死，永死。他們真的成了垃圾。」〔註166〕此處關於死亡和垃圾的表白和全書的自然倫理觀一脈相通，朱天文作品中的生態意識與生態主義者的自然觀念不謀而合，甚至還多了些許存在主義哲學的思考以及文化文明的隱喻。

> 字，舉凡紙上有字的，哪怕碎小到是從何處撕下來一截紙頭記
> 著號碼歪斜難辨的，皆不許棄為垃圾。字的歸字，只可回收，然後
> 再生。我的再生界裏，字歸最高級，應列入第十一誡頒布：「不可廢
> 棄字紙。」〔註167〕

而文字不滅，故不可廢棄。每一次旅遊歸來，「我行李裏有三分之一裝載人家的棄物，搭機提回家，取出放在廊角舊報紙籃內待收廢紙的人領去。每次我千里迢迢帶回來自己的，室友的，同行者的垃圾，不是隱喻亦非象徵，它們真的就是紮紮實實會佔據行李空間的實物。除非沒見到，見到了，我無法見死不救，這已成為道德的一部分。」生態倫理的關懷不只在書寫中而且在實踐中，這已經成為其道德倫理建構的重要組成部分。

其次，至簡至潔的生活方式實踐。《巫言》一反早年的華麗辭藻，真言鋪排，首先在文字上返璞歸真，直取生態書寫的真諦。其次使巫女保持著最樸素的基本生活方式，隱身修行於桂花樹下的老房子裏。不用電腦，不用電話，不乘捷運，甚至不出門不見人……愛惜一切字紙垃圾，珍視一切動物生靈。批判充斥世界的塑料製品：「這種充斥市場紫灰相間寬條紋的塑膠袋，是醜中之醜，惡中之惡，一經製造，萬年不毀。」衣服非環保不取，早年米亞對於衣飾、顏色和氣味的沉迷在年齡漸長的巫女這裡已然解魅：對巫而言，基本上有兩套衣服，一套出門一套在家，鐵衣和僧衣即外出服和居家服。但求功能，那些披披掛掛，戴的弔的頂的拴的插的繞的環的統統減除。衣著以一種削去法在

〔註166〕朱天文：《巫言》，上海：上海人民出版社 2009 年版，第 17～18 頁。
〔註167〕朱天文：《巫言》，上海：上海人民出版社 2009 年版，第 18 頁。

穿，削去削去再削去。細分之下外出服僅三件：夏一件，冬一件，春秋一件，返璞歸真，簡樸至極。典型的物質主義者，不僅拜金拜物，還崇拜自己的身體：「身體就是你的神，膜拜它，然後全世界都會膜拜它！」

身體，作為物質世界的重要構成部分，也是朱天文小說反物質主義書寫的重要指向，尤其在身體及其欲望泛濫的 1990 年代以降，朱天文的書寫就更加具備警世恒言的效用。米亞、荒人、不結伴旅行者，最初都曾經崇拜和濫用過自己的身體，當對於身體的開掘即將告罄的時候，有關身體、情慾以及性別的反思也隨之而來。生態主義者主要關注人類與自然的關係，而生態女性主義者還「思考人與人之間，尤其是男性與女性之間的關係，從而致力於人際倫理中的性別倫理建構」。〔註168〕《世紀末的華麗》中的米亞和老段，耽美於每一刻鐘光陰移動在他們四周引起的微細妙變，他們過分耽美，因而在漫長的賞歡過程中耗盡精力，或被異象震懾得心神俱裂，往往竟無法做情人們該做的愛情事。而荒人，無論早年與阿堯純潔的同性愛情，還是與傑、永桔、形形色色男人的肉體交往、情慾狂歡，體現的都是反情慾主義的書寫。「正因為這種反情慾的情慾『意念』主導了寫作，使得全書通篇未曾讓肉慾赤裸裸的以它『本來面目』呈現，總是被刻意的規避，化為美感意境或留白省略。」〔註169〕

其間的隱喻意義正如朱天文所謂：「一個文明若已發展到都不要生殖後代了，色情昇華到色情本身即目的，於是生殖的驅力全部拋擲在色情的消費上，追逐一切感官的強度，以及精緻敏銳的細節，色授魂予，終至大廢不起。」〔註170〕面對即將一去不返的鼎盛繁華，隱喻與諷刺的意味也就昭然若揭。於是，另一個不結伴的旅行者以全副精力對付男人身體的猛暴大獸，他的自救辦法即是消除自己，故在他的同代和同儕都在拼加分的時候，他獨自往減分去了。直到他自己成為一條相反的路徑——減之又減，萬法惟減。可以說，從早年的《肉身菩薩》到《世紀末的華麗》，再到近年的《荒人手記》和《巫言》，在情慾的反書寫上存在著一以貫之的反物質主義的同質異構的關係。

朱天文的生態倫理書寫在充分展示其女性主義立場和反物質主義的同時，

〔註168〕趙樹勤主編：《女性文化學》，桂林：廣西師範大學出版社 2006 年版，第 179 頁。

〔註169〕黃錦樹：《神姬之舞》，朱天文：《荒人手記》，濟南：山東畫報出版社 2009 年版，第 261 頁。

〔註170〕朱天文：《廢墟裏的新天使》，《荒人手記》，濟南：山東畫報出版社 2009 年版，第 234 頁。

對世紀末日漸熾張的技術主義傾向也進行了充滿警醒的批判。科學技術飛速發展的 20 世紀，無處不顯示著它巨大的動力作用和破壞功能。城市被開膛破肚，塵煙漫天，到處噪音轟隆，到處是工地和疤痕。沙暴天空下，全世界都在競築摩天城，荒人「跟永桔相約千萬莫搭以免燒死」。現代科技加快了聽覺和視覺的變換，加快了新與舊的轉換，加快了生與死的更迭。追隨技術主義的新人類被巫稱之為 E 族、雅帝族，時間和效率是他們的追求，可以在煮一杯咖啡的時間裏，迅速完成跟女友調情、跟客戶開會、瀏覽工作行程和備忘錄，玩 Game，查閱球賽結果……，他們擁有最新款的 PAD，隨身攜帶膝上型電腦，MP3 是出門的必備，行動電話上網，衣服多半網購，搭飛機世界各地公差，喜歡異國美食等。

在現代科技產業的掃蕩中，《巫女》中的巫堅持著質樸簡單的生活，被哇靠靈歸入摩登原始人。什麼是生活的盡頭，人類的終極關懷，巫所要的不是快，不是速度。小說有意將兩種人對照來寫：一味追求流行的 E 人類，是電子網絡的一代，生活快速簡便，車子、電腦、V8、電子郵件，跟著速度長大，在擁有速度的同時卻失去了質量和溫度。相對而言，伯母恐龍們則生活在古舊的歲月，沒有太多電話，不用電腦，不上網，甚至很少上街。原始而傳統的生活更自然，真實，也更溫暖。技術統治一切、唯專家權威是聽的時代，所有的藥都是毒。科技發展發現也導致了細胞轉型，卻無從治癒，無數罹患癌症的人在作垂死的徒然掙扎，「我有位鼻癌友人，遍訪名醫治療無效後，決定吃素，用食物療法的原理來跟癌細胞抗爭，活到今天。」這是巫女對醫學技術權威的嘲諷。科技帶來了速度和便捷，缺少了安全和關懷，讓人為出門去的老媽倍感擔心；科技改變了時間空間，縮短了距離，但十五分鐘的路程在技術主義的世界中卻有三百萬年遠。

生態倫理之所以成為可能的合理性建構就在於「人是目的」。對「人是目的」的合理解讀應該是對人的終極關懷。對人的終極關懷不應理解為對人的欲求的無限滿足上，而應是人的需要滿足。人的欲求往往帶有明顯的功利性、現實性、享樂性，在很大程度上是人的虛假的需要，最終導致人的自我否定。本質的需求才是真實的需要。當人類以此為出發點來處理人與自然的關係時，生態倫理就有了現實的根據，生態倫理便成為了人的倫理最終也成為人的內在自覺。而朱天文小說正是以一種對現代科技所帶來的人對享樂性的諷刺和批判，來表達其深切的以人為本的終極倫理關懷。

　　實際上，從《世紀末的華麗》開始，朱天文對資本主義過度發達的臺北都會的物質狀況與精神狀況已感到十分的疲怠，卻又身在其中無可逃離。因此，「如果從一個更為廣大的視景來看她的生之疲怠與寄情書寫，我們甚至可以說她在本書中的『修行』也無非是『一場現代社會政治權力結構之下的感官之旅』……」〔註 171〕施淑傾向於將朱天文的書寫界定為感官之旅，或許《世紀末的華麗》中的朱天文是感官的，但感官的朱天文到《荒人手記》和《巫言》時期已發生了截然變化。《荒人手記》開章破題：（弘一法師）用他前半生繁華旖旎的色境做成水霧，供養他後半生了寂無色的花枝。這是典型的自我修行寫照，主體已然刪繁去簡，回歸自然。恰如黃錦樹所言：「繁華落盡見真淳，返璞歸真，如此人生便是一番藝境，便是一種美學上的完成。」〔註 172〕同時還包括她對於生態問題的大膽建言以及倫理的深層關注。

　　朱天文的作品和這些名字緊密相連：列維—斯特勞斯、薩義德、卡爾維諾、本雅明、福柯、博爾赫斯等，這裡有人類學家的關懷，有性的困惑與焦慮，有時間的延宕與脫軌，也有城市撿拾垃圾者等，所有這些知識背景都使朱天文的小說增添更多的隱喻、象徵與關懷。她不僅是荒人，資本主義時代的抒情詩人，還是於極度富庶繁華的文明中看見頹廢和預言毀滅的巫女，以書寫為錄影，為轉世投胎的文字建構不滅的歷史和文明。如果說維護和促進生態系統的完整和穩定是人類應盡的義務，也是生態價值與生態倫理的核心內涵，那麼，人類對自然生態系統給予道德關懷，從根本上說也是對人類自身的道德關懷。對朱天文而言，「道德問題是她創作的基石，也是她認為維繫社會和諧的根本，正因為臺灣文化改變的衝擊使她重新檢視自我的身份，面對民主政治的疏漏，現代社會的虛無，創作出深具想像效力與反映人性情感的作品」，〔註 173〕因此，「寫作對我而言是，以一己的血肉之軀抵抗四周鋪天蓋地充斥著的綜藝化，虛擬化，贗品化。」〔註 174〕這既是朱天文小說生態倫理的關懷，也是其作品一以貫之的道德倫理的建構。

〔註 171〕黃錦樹：《神姬之舞》，朱天文：《荒人手記》，濟南：山東畫報出版社 2009 年版，第 272 頁。

〔註 172〕黃錦樹：《神姬之舞》，朱天文：《荒人手記》，濟南：山東畫報出版社 2009 年版，第 283 頁。

〔註 173〕卓慧臻：《從〈傳說〉到〈巫言〉——朱天文的小說世界與臺灣文化》，北京：中國旅遊出版社 2009 年版，第 165 頁。

〔註 174〕舞鶴：《菩薩必須低眉——和朱天文談〈巫言〉》，《書城》2004 年第 5 期。

第五章 海峽兩岸暨港澳女性文學的性別書寫

在傳統的社會文化認知中，人的性別被區分為非「男」即「女」的二元論，這種傳統性別的二元論不僅使男女兩性呈現截然對立的狀態，而且借由這種二元對立，建構了人類社會的異性戀文化。「異性戀文化認為它是人際關係的基本形式，是性別之間關係的當然模式，是所有社群不可分割的基礎，是繁衍的手段，沒有它社會就不能存在。」〔註1〕在異性戀文化思維的影響之下形成的性價值體系之中，性被劃分為不同的類型和等級。在這個體系之中，異性戀被視為唯一正常的、自然的、合法的性戀模式，其他所有非異性戀的性戀模式則是惡的，不正常的、應受詛咒的模式。藉由對其他性戀方式的排壓和驅逐，異性戀建立了它的不可撼動的霸權地位。兩岸暨港澳的女性文學書寫既展示了異性戀文化的普及，同時也大膽展露了同性戀文化的壓抑與邊緣，構建了多元化的性別書寫模式和性別文化認同趨向。

第一節 姊妹情誼

一般認為，在異性戀文化居於性別文化霸權地位的社會，一切同性戀情都會被視為異端，無論是現代文學早期的姊妹情誼，還是 1990 年代以來的酷兒書寫。事實上，姊妹情誼「社會建構論」的觀點則認為「異性戀文化就

〔註 1〕麥可・沃納：《對酷兒星球的恐懼》（節錄），收錄於〔美〕葛爾・羅賓等著，李銀河譯：《酷兒理論——西方 90 年代性思潮》，北京：時事出版社 2000 年版，第 222 頁。

是一個借由二元對立而取得意義的文化，在這種二元對立中，男子氣概與女性氣質被建構成分立的兩端，因而，整個對立結構在認可男性權力行使的同時，也就認可了異性戀規範。」〔註2〕但是，異性戀文化建立的基礎──二元對立本來就是不成立的，因此，異性戀霸權自然也失去合理的意義。並且，「性」正如性別一樣，從來不是可以用單一的類別可以歸類的。各種性戀的存在以及人類對「性向」的多元追求和實踐恰恰說明了人們對那個建構了當代性意識的二元對立架構的抗拒和破壞。「性就像性別一樣，也是政治的，它被組織在權力體系之中，這個體系獎賞和鼓勵一些個人及行為，懲罰和壓制另一些個人和行為。」〔註3〕在異性戀占主導地位的社會體制中，「異性戀」被視為唯一正常、合法的性戀模式受到社會、家庭的認可和祝福，而包括同性戀在內的其他非異性戀的性戀方式則是惡的，不正常的，應受到懲罰和毀滅。

因此，在異性戀霸權的籠罩之下，同性戀是從不被言說、不被正視的。同性戀者長期生活在異性戀體制的統治之下，身體和心靈都遭到幽閉和監禁。面對異性戀無孔不入的強大霸權，多數同性戀沒有反抗的能力，只能默默承受這毫無理由的禁閉。對於深受中國傳統男權文化薰染的女性文學來說，擺脫異性戀霸權的思維模式已經是一個異常艱難的過程。但是，作為人類生理的正常訴求，同性戀一直存在於中國文學的傳統之中，只不過表現的方式極其晦澀和隱秘罷了。相對於男性同性戀的尚且不為男性霸權文化所不容，自古以來，女性的同性戀書寫就更加難以言說，更不說用文字表述。直到進入現代社會以後，女性逐漸走入社會，獲得受教育的權力，並不斷走向自我尋找和自我發現以及自我主體建構的過程中，也才可以在一定程度上表達她的心理和生理的性別訴求。但是，面對這樣一個浩大而沉重的傳統文化重擔，女性與女性之間的戀情也只能以另外的相對委婉的形式或命名而存在，研究者一般稱之為「姊妹情誼」。由於這一命名強調的是姊妹之間的情誼，在字面上規避了同性之間的身體行為，因而就比較能夠為大眾接受。中國現代文學的多位女作家表現「姊妹情誼」的作品首先掀開了中國女性同性戀情的一角，以一種被掩護了的姿態描述著不為中國傳統文化所接受和認可的

〔註2〕楊潔：《酷兒理論與批評實踐》，北京：中國社會科學出版社 2011 年版，第 29 頁。

〔註3〕〔美〕葛爾·羅賓等著，李銀河譯：《酷兒理論──西方 90 年代性思潮》，北京：時事出版社 2000 年版，第 68 頁。

反「異性戀」模式。

　　確切地說，中國現代女性文學中的「姊妹情誼」屬於戀母和異性戀之間的間性性愛模式建構，與其說是僭越，不如說是折衷的，因為「這時期母愛和性愛的衝突說明女性寫作中的自我認同由戀母情結轉向異性戀的艱難，同時也證明了女性自我主體性的孱弱，她還沒有完全從對母親也就是傳統文化的依附中解放出來，也再一次證明了女性寫作的較為初級的狀態。」〔註4〕由於漫長的性禁錮、也由於本土的性文化狀況，使現代女作家的同性戀的書寫呈現出某種模糊和曖昧狀態，強調女性之間純粹的姊妹情誼，完全抹殺了女性的性別特徵以及她們之間性的想像和接觸，如五四時期石評梅和盧隱的作品中所表露出的女性彼此之間的友誼和依戀傾向，實際上不同於女性主義意義上的同性戀文學。這種狀況直到1980年代還沒有能夠避免，如張潔《方舟》中的三位女性，王安憶《弟兄們》中的三位女性，她們各自的行為方式甚至彼此之間的稱呼居然完全套用了男人們的行為和話語模式。之所以在判定其是否屬於同性戀關係上猶疑是因為，雖然她們彼此居住在一起並有深刻的理解和同情，但生理上的依戀卻完全沒有表現出來。

　　直到陳染、林白等1990年代作家的身體寫作中，同性戀才得到了一定程度的明確表現，即其在身體上的依戀和欣賞。這表明：儘管女性寫作中的同性戀與社會學意義上嚴格的同性戀概念有一定的區別，主要指女性寫作中所表達的女性之間的親密關係，但是這種親密關係的表現仍然在很大程度上受到了性禁錮傳統的影響。無論是純粹的情感的依戀，還是女性之間身體的喜愛和依戀，大陸女性寫作中的同性戀都表現出其為本土的性觀念和規範所制約的方面，而且這種親密關係的建立和存在深刻關聯到女性的自我認同系統。為什麼90年代的女性寫作，如陳染和林白等都不約而同地對女性同性戀取向表示了認同呢？這首先部分包含著寫作者個人現實的生活經驗和想像；其次，這與她們有意識的女性主義寫作有關，在西方女性主義的理論影響下有意識地以這種充滿冒犯禁忌意味的寫作來實現對男性中心主義文學規範的反動；再次，從女性寫作與女性自我的深層關聯上來講，同性戀作為明確的性別關係為女性自我的建構開創了新的形式。以下陳染作品中有關同性戀的心理描寫，將有助於對女性寫作的自我認同系統作有效的分析：

〔註4〕王豔芳：《僭越的性愛模式建構——從中國現代女作家的同性戀題材小說談起》，《中國現代文學研究叢刊》2012年第5期。

〔黛二獨白〕

　　我尋找伊墮人，已有多年。她正是夜夢中把我從母親用黑布蒙頭對我進行的愛的考驗中解救出來的女人！只有這個女人，能夠在我母親頑強不息、亙古如斯的雕刻中，在我被愛的刻刀雕塑成石頭人像之前，用她母性的手臂，把我拉救出來！我多麼需要她，需要這個女人！因為沒有一個男人肯於並且有能力把我拉走。

　　男人們在觀賞我時，從來只看到我的外貌，像觀賞一隻長毛的名牌狗。我就是一隻狗，在舞臺表演、一任自己的本質一絲絲被聚光燈吸走、抽空。我和我的身體已多年無法和睦相處，我與我心靈可以安睡的那個隱廬，它們的距離同歲月的流逝一起拉長。只有這個鬱鬱寡歡、獨坐臺下的女人，她的眼前可以一層層剝開我的偽裝、矯飾和怪癖，像上帝那樣輕輕地貼近我的內心。

　　我一眼便把她從陌生的世界上認出來，因為在見到她之前，我們早已由於那個共同守侯的秘密所牽引，所驚懼……

　　這個人，我一見如故。在夢中，我很久很久以前就已經認識了她——一種不現實的人和一種禁忌的關係。〔註5〕

　　對伊墮人的嚮往實際上是對同性戀情的渴望，對她的謳歌也是對姊妹情誼的謳歌。可以看出，1990 年代女性寫作中對同性戀的要求已經不僅僅是感情上的依戀，更多的包含著身體上的欣賞和心靈上的拯救。而且在同性情誼的建構中，女性自我可以實現其同一性，這意味著等待、渴望、瞭解、救贖和安全。從而將與男人的關係對立起來，並揭示了男性的狹隘和女性自我的優秀，「告訴你，黛二，沒有男人肯於要你，因為你的內心與我一樣，同他們一樣強大有力，他們恐懼我們，避之惟恐不及。若我們不在一起，你將永遠孤獨，你的心將永無對手……」對自我的高度估價使男人世界瓦解了，只有在同性的世界和友情以至戀情中才有可能重新獲得自我的認同。林白《迴廊之椅》中的朱涼和七葉，陳染《私人生活》中的倪拗拗與禾寡婦等，已經超越了前一時段的女性寫作者，涉及到女同性戀間身體的親密接觸，以某些描寫的大膽和驚世駭俗對男性的書寫和文化進行了嘲諷與顛覆。而《貓的激情時代》中女友為了「我」的被侮辱以自我犧牲的代價殺死了車間主任，暴力的參與使同性戀書寫

〔註5〕陳染：《陳染文集 2 · 沉默的左乳》，南京：江蘇文藝出版社 1996 年版，第 194頁。

強化了對男權顛覆的政治意味。

同性之間的情誼究竟怎樣來確認自我的認同感呢？波伏娃在論述同性戀時寫道：「在男女之間，愛是一種行動，撤離自我的每一方都變成他者……女人之間的愛是沉思的。撫摸的目的不在於佔有對方，而是通過她逐漸再創自我。分離被消除了，沒有鬥爭，所以也沒有勝利和失敗。由於嚴格的相互性，每一方都既是主體又是客體，既是君主又是奴隸；二元性變成了相互依存。」〔註6〕由此斷言，女性寫作中女性同性戀者大多也是出於自我實現和自我認同的需要，她需要在一個與自己相同或相似的個體身上看到自我，將自我投射出去但又能夠保持不失去自我。這樣的自我認同的選擇一方面可能與先天的性格和成長期的心理有關，但不可忽視的社會學和社會心理學事實是：女性在社會中的第二性的潛在弱勢，使她既防備著不失去自我，又能夠為自我的愛他人的需求尋找到依託，是馬斯洛「自我實現的人」所謂的安全的需要和愛的需要的雙重實現。當然，這和男性同性戀的性目的論有完全不同的性質。

但是，女性之間的同性戀真的能夠從身體和精神上實現對女性自我的雙重救贖嗎？林白《瓶中之水》裏的意萍與二帕一度情投意合最後還是不能互相理解，就像二帕所意識到的，她跟意萍之間從來就沒有過平等，意萍從一開始就高高懸在她的頭頂，她在她的頭頂給她友誼，給她理解，給她幫助，一旦二帕像一個真正平等的朋友說她一句，她的自尊就被大大地觸犯了。

　　二帕想，原來這麼深這麼不顧一切的情誼全是不平等的啊！原來意萍竟是這樣地不把她當人的啊！二帕越想越傷心，她哭了起來，哭地昏天黑地。

　　一個女人就這樣把另一個女人永遠傷害了。

同樣，陳染《破開》顛覆了與男性的愛情，無論是等待中的男人還是期望裏的男人，以及仇恨的男人都只能處在破裂的關係中，這來自於我的自戀和幽閉，來源於對世界所感受到的空虛感和愛的能力的喪失。終於殞楠出現了，她說：「我要你同我一起回家！我需要家鄉的感覺，需要有人與我一起對付這個世界。」但是，「我的舌頭僵在嘴唇裏像一塊呆掉的瓦片」又再一次解構了同性之間的情誼。應該肯定的是，陳染、林白等對同性戀的正面書寫無疑已經表徵著女性寫作的自覺程度的加強，而就女性寫作歷史本身的發展而言，也具

〔註6〕〔法〕西蒙娜·德·波伏娃著，陶鐵柱譯：《第二性》，北京：中國書籍出版社1998年版，第475頁。

備著創建意義,即她們的寫作對女性自我的開掘已經從單一的精神取向走向多元,也就是說,女性自我的認同已經不再侷限於對母親、父親、異性或同性的排斥性的單一認同方式,而是能夠在多種認同關係中存在,這代表著女性寫作的某種成熟狀態,也就是自我認同的某種成熟狀態。

當然,女性寫作文本中大量出現的同性之間關係或認同的建構與五四時期以盧隱為代表的姐妹情誼是不同的,而這不同不但受制於女性解放的程度,也和具體的時代生存境遇有密切的關係。回顧冰心的母戀,盧隱、石評梅的姐妹情誼,張潔的對母親的共生固戀——她對母親的感情和精神認可,這是無可選擇中的選擇,對於母親的認可並不僅僅關乎母親,它是指向自身的,因為母親從來沒有背叛過她,即使在她背叛了母親的時候。她無比地熱愛著自身和自我的感覺,只有自我才是真實的,才是可信的。在母親神話早就被肢解得體無完膚、母親所帶來的陰森氣氛久久縈繞的破碎世界的末日,她最放不下的仍是自我,這個最初和最終的自我。也就是說,以張潔的寫作為開端的新時期女性寫作中的同性戀傾向與自戀是息息相關的,在某種程度上,同性之戀是自戀的對象化投射。

需要特別指出的是,以上女性自我認同各種親密關係的建立,都是以自我認同為旨歸的。在自我認同的近距離尋求、或者說在自我認同的精神投射方面,女性自我表現出如此這般的心理和精神情結。但無論是戀母情結、戀父情結、異性戀還是同性戀都表明了女性由自我出發在精神空間的跋涉,她一次一次地從自我的內心需求出發,一次一次地在世界中呼喚著愛和理解,呼喚著人際之間的平等和溫情,期待著某種依賴關係的建立可以暫時緩解她在世的孤獨,然而她由孤獨出發的跋涉收穫的還是孤獨,所以她要再次出發和跋涉,人類情感和精神的荒原中女性自我認同和跋涉的身姿永遠不會消失。就這個意義上來說,1990 年代女性文學以「姊妹情誼」為表徵的同性戀書寫深刻關聯與女性自我主體性的宣召和建構。

儘管大陸女性寫作和臺灣女性寫作都在 1980 年代後期較大程度地受到西方女性主義的影響,但臺灣女性主義文學的步伐還是要比大陸更為超前。陳芳明這樣談論 1980 年代臺灣同志文學的崛起:「性別論述與情慾論述可以獲得伸張,其實是伴隨著民主政治的改革開放所致。當政治力量的控制發生鬆動,背後所暗藏的異性戀價值也慢慢受到挑戰。資本主義的持續高漲,使同志人口

在每個行業、每個權力關節都有在場的機會。封閉文化一旦出現缺口，各種被壓抑的想像與能量自然就奪門而出。」〔註7〕也就是從 1980 年代到 1990 年代，陳若曦的《紙婚》（1986）、凌煙的《失聲畫眉》（1990）、曹麗娟的《童女之舞》（1990）、邱妙津的《鱷魚手記》（1994）、朱天文的《荒人手記》（1994）、洪凌的《肢解異獸》（1995）與《異端吸血鬼列傳》（1995）、陳雪的《惡女書》（1995）等開始，同志議題終於成為臺灣文學不可分割的一部分。相較於 1980 年代女作家筆下的同志文學大多對「性」採取的規避態度，傾向於精神上的純潔而永恆的情感的書寫，如曹麗娟、朱天心等人筆下的「姐妹情誼」，1990 年代的臺灣女性文學表現出相當大膽和前衛的同性戀觀念和書寫越界。

在 1990 年代新銳女性小說家筆下，「同志」逐漸被「酷兒」代替，這一時期的酷兒寫作大膽凸顯了同性戀者的情慾隱秘和邊緣生存情境，把書寫的領域從精神擴展到肉體，寫作的態度更為開放、更有顛覆色彩。「酷兒理論是一種自外於主流文化的立場：這些人和他們的理論在主流文化中找不到自己的位置，也不願意在主流文化中為自己找位置。『酷兒』這一概念作為一個社會群體的指稱，包括了所有在性傾向方面與主流文化和占統治地位的社會性別規範或性規範不符的人。」〔註8〕從文學角度來看，「酷兒」對邊緣議題的發掘，對中心話語的解構，使之明顯帶有「後現代」文本的色彩。新世代女作家對欲望世界的處理，也不是完全相同的。在陳雪、邱妙津、洪凌等作家的筆下，是以裸露狂放的情色題材和書寫方式，去描摹同性戀世界的「酷兒之戀」，她們以激進的異類存在挑戰主流社會秩序。而到了郝譽翔、凌明玉和成英姝等人的筆下，則變成對女性隱私生活的深入窺探，她們試圖重新表現女性真實的人性慾望。

其中，凌煙的《失聲畫眉》是一部特殊的書寫「姊妹情誼」的作品，之所以這麼說基於兩點：首先，這是一篇為臺灣民間藝術「歌仔戲」的逐漸消失而寫的輓歌式作品，作者凌煙以「慕雲」為化名，親自跟隨民間的「歌仔戲」班走鄉串戶，她的一腔濃濃的對於這一民間藝術形式的熱愛在這一親眼目睹的過程中漸漸被肢解得支離破碎；其次，因為歌仔戲的演員多是女性，當然這也和歌仔戲班傳統的文化形態有關係，女性演員之間假鳳虛凰久了，再加上沒有伴侶，或者伴侶不在身邊，漸漸發展成為一對一的同性戀關係。她們彼此之間的關係既有情感的需求，也有身體的欲望，作為一種特殊的社會邊緣群體，

〔註7〕陳芳明：《臺灣新文學史》（下），臺北：聯經出版 2011 年版，第 621 頁。
〔註8〕李銀河：《酷兒理論》，北京：時事出版社 2002 年版，第 1 頁。

敘述者在哀悼「歌仔戲」文化失落的同時，也通過歌仔戲演員之間的同性戀糾葛，再現了 1980 年代向 1990 年代過渡的過程中，作為雙重邊緣的庶民社會裏的女演員的生存狀態、情感狀態和情慾表達。

小說描述了多組同性戀關係：豆油哥和秋燕、豆油哥和小春、愛卿和家鳳、阿琴和家鳳，小說不僅描述了這些同性戀女性之間欲望噴張的戀情，而且客觀再現了眾人對待同性戀的態度，包括敘述者本人的態度。由於這些同性戀組合之間常常會出現一對二或一對多的現象，甚至有的人既是異性戀又是同性戀，那麼在處理和異性戀人的關係以及和同性戀人的關係的時候，就會生發出很多矛盾，而小說恰恰非常寫真並帶著深深的悲憫和同情地描繪了她們之間的情感衝突和糾葛。豆油哥和秋燕的感情從青春期就開始了，最初起源於感情的訴求：「她無法禁止自己去想她──秋燕，她所深愛的第一個女人，有著晶亮的圓眼睛，看人的時候總像一隻乞憐的小狗般，讓人不得不喜歡她。」〔註 9〕那時候她們都才十四歲，同在戲劇學校學戲，秋燕的床位就在她的旁邊，卻處處顯得需要人照顧的樣子，天生就有男人個性的她，自然的就負起保護她的責任，兩人如影隨行，連吃飯、洗澡都在一塊，也一起進入一個女人的發育階段。但也就是在這個過程之中，她們開始了對於身體的探索和發現，並開始了欲望覺醒的過程：

> 她們對於身體的變化也感到十分好奇，一起洗澡的時候會互相撫摸比較，也許由於遺傳的關係，她的胸部並不明顯，反而秋燕發育得就像熟透的瓜果，令人忍不住想試試那甜度，當她們發現彼此無心的撫摸，竟會帶來難以言喻的美妙感受，不禁更急於探索其中的奧秘，而終至逐漸沉迷在一個沒有男人的世界裏。〔註 10〕

但令人狐疑的是，這裡的同性戀比之異性戀更加不專一，豆油哥不僅喜歡秋燕，還喜歡小春，甚至她心裏想著家鳳的時候，卻和小春發生親密無間的身體關係。更加弔詭的是，無論是在和秋燕還是在和小春的同性關係中，豆油哥都由於其「天生的男人個性」而主動地扮演著兩性關係中的「男人角色」，她們之間的身體接觸，更像是世俗意義上的「夫妻生活」──儘管小春和她並沒有長久相處的打算，目前也只是未結婚前的過渡期。相對而言，愛卿和家鳳之間的同性戀關係則有著更多的感情依戀的成分，當然，她們也難以擺脫異性戀

〔註 9〕凌煙：《失聲畫眉》，臺北：自立晚報 1990 年版，第 54 頁。
〔註 10〕凌煙：《失聲畫眉》，臺北：自立晚報 1990 年版，第 54～55 頁。

關係中的「海誓山盟」模式：

> 她垂目注視著愛卿，這個她所深愛的女子，雖然有些嘮叨，卻
> 永遠不敢違抗她的心意；在她愛發脾氣的時候，只會逆來順受，不
> 敢多說一句；在她寂寞的時候，懂得如何來取悅她，令她忘卻一切
> 不如意；她們在神前發誓，要長相廝守，如有一方違背，必遭天打
> 雷劈，不得好死。〔註11〕

　　雖然出自感情上的自然需求達成兩情相悅，但《失聲畫眉》中女同性戀之
間的身體書寫和情慾表達的尺度仍令同時期乃至之後的大陸女性作家難以望
其項背，就連1990年代末期因為大膽的「身體寫作」而被評論界和讀者詬病
一時的陳染、林白、衛慧、棉棉等都無法企及：

> 愛卿的眼裏有似水柔情，抱著她的手移上她的脖子，緩緩的拉
> 下她的頭，讓自己溫熱濡濕的嘴唇，緊密的和她連貼在一起，舌纏
> 著舌，氣息急促地擁吻著。

> 她騰出一隻手，逐個解開愛卿胸前的衣扣，鬆開被內衣束縛的
> 乳房，輕柔的撫摸著，她的嘴從愛卿的唇上移開，滑下脖子，在那
> 兒來回吮吸著，間或輕咬著愛卿的耳朵，愛卿逐漸按捺不住蠕動著，
> 需索更強烈的刺激。〔註12〕
> ……

> 在此刻，她十足像個男人一樣，給予自己的女人無上的滿足，
> 比她自己得到快感更刺激，她的唇吻遍愛卿全身的每一寸肌，輕咬
> 著敏感地帶，促使心愛的人咬緊下唇，竭力忍住想要喊叫出聲的衝
> 動，渾身發出陣陣愉悅的輕顫。

> 她阻止愛卿取悅她，讓愛卿伏在她的胸前休息，今晚她只想給
> 予，而不想獲得。〔註13〕

　　而她們的戀情幾乎公然地袒露在戲班所有人面前，沒有任何偽飾，也沒有
任何遮擋，戲班裏的同事們心照不宣，只有慕雲大驚小怪，阿琴用不足為奇的
語氣告訴她：這種事在戲班是很平常的事。慕雲仔細想了想，的確覺得沒什麼
好奇怪的，畢竟假鳳虛凰在一起談情說愛久了，假的也會成真，何況大家都在

〔註11〕凌煙：《失聲畫眉》，臺北：自立晚報1990年版，第76頁。
〔註12〕凌煙：《失聲畫眉》，臺北：自立晚報1990年版，第76頁。
〔註13〕凌煙：《失聲畫眉》，臺北：自立晚報1990年版，第77頁。

適婚年齡的階段，又少有機會接觸異性，空虛寂寞難免，即使日日同床共枕的是同性而非異性，也能互相慰藉，聊解寂寞。問題是，同性戀彼此慰籍也就罷了，她們還陷入到三角戀愛的衝突當中，阿琴在和阿元異性戀的同時，陷入愛卿和家鳳的同性戀糾葛，而且三角同性戀終於爆發了戰爭，愛卿衝進家鳳和阿琴共眠的帳籠，愛卿打了家鳳耳光，罵她們做姦夫淫婦，並翻找菜刀，不斷叫罵，面對多元的關係，每個人都很痛苦。小說對阿琴的心理也有相當細緻精準的描寫：「她真的不知道為何會如此痛苦？為何會演變成今天這種局面？她只知道她迫切的想得到家鳳，她喜歡家鳳摟抱著她的那種溫柔，體貼的話語，關切的舉動，全都令她意亂情迷，無法自己。她真的不想傷害愛卿，看愛卿在自我折磨她也很心痛，可是要她完全不理家鳳她做不到，要兩人每天見面卻要像陌生人一樣她也做不到，既然已經走上這條路來，無論如何她都得不顧一切的走下去。」〔註14〕並將衝突進一步激化：

> 「你為什麼非要往這個圈子跳不可？」她曾如此痛心的問阿琴這個問題。
>
> 阿琴無奈的回答：「這是一種無法控制的感情，既然愛上了，就無法再改變。」
>
> 「你不感覺自己很幼稚、可笑。像這種不正常的感情，你也硬要插一腳？」
>
> 阿琴不同意的道：「什麼是正常？不正常？只要是真心相愛，愛查埔？愛查某！不是都一樣？」
>
> 「可是，在我的感覺裏面，你們的這種愛，就像在臺上做戲一樣，是不真實的，也太不可靠，不值得你再這樣癡迷下去。」〔註15〕

家鳳自己也是這般懵懵懂懂被引進來的，說不定這輩子再也出不去，她怎忍心再誤會了阿琴？這種愛太痛苦了，一路走來盡是風風雨雨，不知道終點在哪裏，何況她已經有了愛卿，怎能再對阿琴動心，相愛不易，離棄更難，她心裏清楚情人的眼裏容不下沙子，愛卿絕不會允許她腳踏兩隻船的，她勢必只能選擇一個。小說人物情感糾葛的敘述以慕雲的離去而降下帷幕，其間紛紛雜雜的庶民眾生相描繪也暫告一個段落。正如葉石濤在評獎中所說的：「全篇徹底地反映了臺灣八〇年代的高度消費社會中，金錢至上、功利掛帥，人被異化、

〔註14〕凌煙：《失聲畫眉》，臺北：自立晚報 1990 年版，第 193～194 頁。
〔註15〕凌煙：《失聲畫眉》，臺北：自立晚報 1990 年版，第 196 頁。

物化而產生人慾橫流的現狀。作者透過歌仔戲班將整個社會的沉淪都描寫出來了，這是本作品最成功的地方。」〔註16〕

　　事實上，正像1990年代大陸女性文學中的同性戀書寫的蘊藉風格一樣，臺灣女性文學中的同性戀在90年代前半期依然具有一定程度的風險，作為一種少數人群的性愛方式，同性戀書寫和同性戀個人依然掙扎在強大的「異性戀」文化霸權的文學生態和社會生態當中。就算相關作品得以發表，同性戀的個人也承受著極大的心理和精神上的壓力，有時甚至無處可逃，臺灣同性戀小說《鱷魚手記》的作者邱妙津在完成其《蒙馬特遺書》之後仍然選擇了自殺，自殺有時是個偶然事件，而《蒙馬特遺書》中所呈現的心理上無法開解的痛苦則是邱妙津選擇死亡的最重要原因。

　　無獨有偶，香港作家黃碧雲的小說從一開始就對傳統的、性別主流文化進行了挑戰和質疑，其創作之野心在創作伊始即可看到。《她是女子，我也是女子》以女性之間的同性戀情挑戰性別禁忌，亦已顯示出對人之主體自由的尋求和表達。小說以深致多情的書寫深層揭密女同性戀者彼此的心理感受和性別表達：既不是完全出於所謂心靈感情的吸引，也不是男性所想像的肉體的吸引和接觸，那是一種悖反於傳統觀念而生成的自我欲念的自白：

　　　　我發覺我留意她的衣服、氣味而多於性情氣質——可能她沒有性情氣質，我忽然很慚愧。這樣我和其他男人有甚麼分別呢，我一樣重聲色，雖然我沒有碰過她；或許因為大家都不肯道破，我與她從來沒有甚麼接吻愛撫這回事，也沒有覺得有這需要——所謂女同性戀哎哎唧唧的互相擁吻，那是男人想像出來攪奇觀，供他們眼目之娛的，我和之行就從沒有這樣。我甚至沒有對之行說過「我愛你」。〔註17〕

　　事實上，很多情況下女性文本的顛覆性並不僅僅在於它對男權中心的控訴，更在於它拆解了種種既有的二元對立模式。而黃碧雲對傳統的異性戀模式的反寫，對於打破亙古幽深的男女兩元對立的思維模式，起著異曲同工之妙用。同樣，作為為數不多對異性戀體制進行反思的女性作家之一，臺灣作家陳雪則以其敏銳的眼光、犀利的筆觸描寫了許多在異性戀霸權之下喘息甚至遭毀滅的生靈，大膽地質疑和否定了異性戀體制的權威性。

〔註16〕《一個小社會的完整呈現——第四次百萬小說徵文決審過程記錄》，《失聲畫眉·附錄》，臺北：自立晚報1990年版，第264頁。

〔註17〕黃碧雲：《她是女子，我也是女子》，《其後》，香港：天地圖書1994年版，第5頁。

　　同性戀作為一種亞文化現象，很早就進入臺灣的創作領域。早在上個世紀 60、70 年代，從白先勇的《月夢》（1960）開始，臺灣同志小說創作就已經開始陸續出現。後來越來越多的同性戀文學創作登陸臺灣文壇，諸如白先勇的《青春》（1961）《寂寞的十七歲》（1961）林懷民《安德烈·紀德的冬天》（1968）《蟬》（1969）等。然而，由於在異性戀強大的道德體制下屈身求存，這時大多同性戀文學創作者儼然將異性戀強加在同性戀身上的污名內化為自我意識，把同性戀視為一種疾病和罪惡來書寫，使同性戀不僅不能走出黑暗的角落，反而被迫成為禁忌、邪惡的代名詞。因此，早期同性戀文學的創作和發展形成了臺灣過去同性戀文學獨特的美學特質：「舊的同性戀小說總是陰鬱的，帶有罪惡感的，一方面探索、暴露同性戀的新疆界新領域，另一方面卻也遲疑徘徊在社會既有的刻板印象羞恥譴責上。」〔註18〕

　　到了 1980 年代中後期，「女性主義的興起、現代主義思潮的盛行、人本主義理念的衝擊，構成了臺灣同志書寫不可或缺的氣候與土壤。」〔註19〕再加之文學市場的變化和文學機制的革新，同志文學開始逐漸步出黑暗，從邊緣走向中心。在這一時期內，女同性戀作家爆發出驚人的創造力，並取得相當豐碩的成果。一大批優秀作家及作品層出不窮，有凌煙的《失聲畫眉》、曹麗娟的《童女之舞》、朱天心的《春風蝴蝶之事》等。其中，前兩部作品還分別與 1990 年和 1991 年獲得了臺灣著名文學獎項「自立報系百萬小說大獎」和「聯合報年度首獎」。在女性主義文學思潮的影響之下，1980 年代女作家的女同志書寫呈現出獨特的審美特質：

　　　　80 年代女作家的同性戀小說多以「同志文學」、「同志小說」來稱呼，她們更多地描寫一種精神上的「姐妹情誼」，而非肉體的欲望。在她們看來，男女之間骯髒不可理喻，女性之間才可以有純潔而永恆的情感，因而這時期作品中的女同性戀者，大多對「性」採取一種規避和否定的態度，從而使自己成為無性的「童女」，無欲的「春風」。〔註20〕

〔註18〕楊照：《惡女書·何惡之有？》，陳雪：《惡女書·序》，新北：印刻出版 2005 年版，第 20 頁。

〔註19〕劉洋：《臺灣「同志書寫」中的主體認同研究》，河南大學碩士學位論文，2013 年。

〔註20〕樊洛平：《當代臺灣女性小說史論》，臺北：臺灣商務印書館 2006 年版，第 447 頁。

這些女作家選擇純女性的同性愛作為聯繫、團結女性之間的紐帶，拒絕男女關係因而也就拒絕了男性父權對女性的侵害，從而否定了父權異性戀既有的政治建制。然而，脫離情慾的女同性愛是否真能顛覆父權異性戀霸權對同性戀的禁錮和壓制？如果不解除父權異性戀捆綁女同性戀者情慾的枷鎖，一切性革命終將成為男性眼中的小打小鬧，根本不能徹底顛覆男性對女性肆無忌憚地壓迫。

到了 1990 年代，在女性情慾書寫的膨脹和解構主流秩序的後現代語境中，這一時期的同性戀文學與前時代同性戀小說最明顯的不同則在於它已經不是純粹的描寫「同性戀」的文學，而轉變成涵蓋內容更廣、意義更深的「酷兒寫作」。在酷兒理論的觀照之下，任何少數性戀者都能納入到「酷兒書寫」的體系之中。除此之外，90 年代的酷兒作家們不再對性採取規避和漠視的態度，「而是大膽凸顯同性戀的情慾隱秘和邊緣生存，重現闡釋了『情』與『色』的關係。無止境地追求肢體感官的滿足，欲望場面的鋪陳，將女同性戀者從精神到肉體的世界暴露無遺。有的女作家意欲用文字為女同性戀者爭取空間。」〔註21〕1990 年代的同志書寫呈現出明顯的「酷兒」風貌，不僅可以暢所「欲」言，形成一股情慾書寫的風潮，而且也對臺灣既有的文學生態布局造成強烈衝擊，使同性戀文學逐漸走向中心。

除此之外，儘管同性戀書寫儼然突破了異性戀霸權的掌控，但是異性戀體制作為社會常態，長期佔據著社會中心地位，仍然對同性戀書寫有深刻的影響。雖然同性戀書寫逐漸形成自己獨特的個性，但是在 20 世紀 90 年代之前臺灣的同性戀小說中存在著大量同性戀對異性戀複製的現象。同性戀者中「T／婆」〔註22〕等含有異性戀男女性角色的劃分正好說明同性戀「在挑戰異性戀模式的同時，模擬了異性戀的身份認同……T 的角色常常以異性戀模式中的男性身體再現，婆則複製傳統視野中女性的身體氣質，只不過身體的情慾發生了轉變，而被書寫的身體依然為二元對立的性身份認同限制。」〔註23〕如果說同性戀模式是對異性戀模式的反叛與突破，這種潛在的複製異性戀現象卻體現了同性戀對傳統二元對立的性身份認同以及企圖突破性別認同的困境。

〔註21〕樊洛平：《當代臺灣女性小說史論》，臺北：臺灣商務印書館 2006 年版，第 448 頁。

〔註22〕「T／婆」：分別指女同性戀關係中相當於異性戀中的男性角色和女性角色。

〔註23〕朱雲霞：《試論臺灣酷兒小說的身體敘事及跨文類實踐——紀大偉、陳雪、洪凌的酷兒文本為例》，《臺灣研究集刊》，2012 年第 2 期。

因此，90 年代之後的同性戀文學創作者們必須突破同性戀書寫傳統，放棄保守的態勢，才能真正使同性戀者與同性戀書寫擺脫污名，徹底擺脫異性戀中心霸權對同性戀者的鉗制。

總之，在解構性別二元論、反異性戀中心霸權的過程中，同性戀作為一個重要的陣營扮演著不可或缺的角色。長期以來，「異性戀」一直被認為是人類社會性戀模式唯一正確的標準，而超越異性戀規範的同性戀則被認為是違反道德的，因而一直承受羞恥和污名，處於被異化的境地。雖然異性戀霸權對同性戀的禁錮和驅逐從未停止，但是同性戀不僅沒有在圍剿中銷聲匿跡，反而越來越爆發出驚人的生命力和反抗力。由於在異性戀強大霸權體制的夾縫中尋求一線生機，同性戀者不覺沾染了許多異性戀的特徵和氣質，甚至無形當中複製了異性戀模式。因此，同性戀者們如果想徹底擺脫污名和無名，突破異性戀體制的宰制，就必須爭取張揚自身的獨特性。在臺灣文學發展過程中，同性戀書寫也經歷了很長的發展過程。在處理同志小說題材時，相較於朱天文、邱妙津等人在書寫同性戀的情慾諸般面貌時，面對傳統規範和主流文化所採取的消極旁觀與防守自衛的保守態度，採取反叛、激進、張揚的書寫姿態，力圖突破異性戀體制陰影下的臺灣同性戀書寫傳統，並且質疑、鬆動乃至徹底顛覆異性戀霸權的傳統道德和社會體制的更為叛逆的書寫是由後續的陳雪的同性戀書寫完成的。

第二節　越界畸戀

在傳統男性父權體制社會中，有一個很重要的概念，即「倫常」。所謂「倫常」，即指我國封建社會傳統的倫理道德。「倫常」在中國歷史上是具有特定含義的概念，它不僅是一種道德規範，還具有規範約束人的言行的法律效力，一旦有人膽敢逾越倫常，必將受到道德和律法的嚴格懲治。雖然「倫常」的法律效力以及約束力的對象不分性別、階級，然而實際上，男性父權所建立的封建道德對於女性的限制和懲戒相較於男性而言更加苛刻嚴明。在傳統倫理道德中，女性情慾尤其是不可逾越的禁地。女性膽敢稍越一步，勢必遭受嚴格的懲戒。不僅傳統封建社會的女性情慾不能有愉悅倫常的行動，到了現代社會女性情慾越界仍然是不可言說的對象。郭良蕙的《心鎖》因描寫了女主人公在多個男性之間穿梭徘徊而遭受了臺灣文壇的討伐和圍剿。而同樣描寫不倫之戀的

男性作家金庸則絲毫沒有受到指責，反而許多故事還被奉為經典。其中差別，不言自明。因此，女性想要真正獲得情慾的自主權就必須突破「倫理道德」的束縛和規訓，敢於打破禁忌，實現情慾的越界。

　　作為極具反叛精神的女作家，陳雪不但力圖顛覆傳統性別觀念，更為重要的是陳雪透過性別深入到「性」別的領域，揭示了異性戀霸權對同性戀以及其他少數性戀者的排斥和迫害。同時，通過展現人們性慾的流動和性身份展演，解構和挑戰了以性別二元對立為基礎形成的異性戀文化霸權。陳雪不但用細膩的筆觸大膽描寫女性的情慾，而且還試圖顛覆、突破禁忌，實現女性情慾的越界。陳雪不但大膽書寫女性情慾，而且還描寫了各種各樣的亂倫之戀，不斷突破父權社會的「亂倫禁忌」〔註24〕。小說《色情天使》就展現了主人公「小鹿」和親生哥哥既「罪惡」又真摯的愛戀。「哥哥」在小鹿還是個嬰兒的時候就愛上了小鹿，而且隨著他們的長大，這愛有增無減。由於潛藏在哥哥心中深深的罪惡感，他無法坦然面對這份熾熱的愛情，然而，他始終按捺不住對小鹿的愛，二人終於衝破倫常，走到了一起。但是，哥哥終其一生都在承受著愛的折磨，最終因為小鹿被賣雞的老王偷窺、猥褻而殺了他，然後自殺弔死在樹林中。「哥哥」對「亂倫禁忌」有很清晰的認知，很明白這是「罪惡」，哥哥不止一次地對小鹿訴說「這是罪惡，我不能害你。」然而，妹妹小鹿卻很明顯地逾越在倫常之外，在得知哥哥一如她愛著哥哥一樣愛著自己，小鹿便完全綻放自己飽滿的情慾，而絲毫沒有感到亂倫的罪惡感。在哥哥因著罪惡感而逃避拒絕她之後，她仍然不死心，甚至還明顯有著勾引的成分。在得知懷有哥哥的孩子之後，她不是害怕而是感到非常的快樂和幸福。她不止一次的反問哥哥：「真的好美啊！哥哥，怎麼會有罪呢？」倫常綱紀本來就是父權思維強行植入人們思維中的，沒有誰可以判定這是罪惡。陳雪借小鹿之口對倫常道德發出了最核心的叩問。

　　除此之外，陳雪還描寫了小鹿與「慈善老爺」之間類似「父女亂倫」的關係：「名義上我是他的養女，我的年紀卻比他的孫女還小，而實際上，我是他隱秘的愛人，是他以精液、血汗豢養的小寵物。夜裏，我經常溜進老爺像船一樣大的床鋪，撫慰他近乎熄滅的身體，我們用毒素彼此餵養。我們進行著世人

〔註24〕「亂倫禁忌」：亂倫禁忌是指禁止具有血緣關係以及血緣關係很近的男女或者因聯姻和繼嗣而組成的團體內的男女發生性行為或結婚。詳見王偉臣：《亂倫禁忌──簡單社會的法律》，華東政法大學碩士學位論文，2009 年。

認為最醜陋的關係，內心卻比誰都純潔。」〔註25〕在老爺與世隔絕的城堡中，小鹿與老爺互相依賴著對方而抗拒死神的誘惑。醜陋的存在是因為道德的規範，而拋卻倫常道德的束縛，剩下的只是兩具破碎的身體和互相依偎取暖的靈魂。在作品中，陳雪一再申明，「只要是身體的自然要求，就是合理的，因而亂倫無罪、色情無罪。」〔註26〕小說《愛情酒店》還描寫了主人公「寶兒」與黑豹之間類似「父女亂倫」的愛欲：「『寶貝乖，爸爸疼你』，黑豹的聲音，帶著濃厚臺語腔的國語好像從夢裏傳來的聲音，有種奇特的性感，我眩暈著。如果有東西可以勃起的話，那麼聽到自己嘴裏喊出『爸爸』這兩個字我就會射精了。……我就叫黑豹爸爸，這是我們之間的秘密。」〔註27〕陳雪在作品中多次將「爸爸」的稱謂介入寶兒和黑豹愛欲之間，這種看似非常刻意的行為，實則是有意識的將「亂倫」帶入其間，而且隱約之間可以察覺，陳雪有意將這近乎亂倫的主導權交給男性（行文之間可以看出是黑豹主動對寶兒施以性愛），而女性只是起到一個共謀的作用。男性父權向來是倫常綱紀制定者和維護者，然而男性向來也是亂倫禁忌的挑戰者和破壞者，與女性不同的是，男性幾乎從來不會因觸犯禁忌而受懲戒。陳雪這樣安排可以看出其對父權思維的倫常綱紀所謂的「父女亂倫」的禁忌無情地諷刺和調侃。

然而需要言明的是，無論兄妹亂倫，還是「父女亂倫」，陳雪都賦予其中的女性以絕對的主動權。而這個女性不同於弗洛伊德筆下不具備完整自我意識和行為能力的小女孩兒，因著「陰莖妒羨」而愛戀她的父親獲得滿足。在陳雪的筆下，實施亂倫行為的是一個絕對有自主行為能力的成年女性：「無論我曾經跟多少年紀足以當我父親的男人交往，無論我是多麼熱衷於追求那近似亂倫的愛，畢竟，那真的都是我自願的，……我是在已經長成一個足以養活自己，懂得如何保護自己不被傷害的成年女子才做了那些選擇。」〔註28〕陳雪一再強調女性在亂倫情慾關係中的自主選擇權，而非消極的剝奪、被侵犯，意在突出女性對於父權制度倫常綱紀禁忌的逾越和挑戰。陳雪如此叛經離道的書寫，實則是陳雪女性情慾書寫的一大越界。

與此同時，兩岸暨港澳女性文學中有更多的「性別錯位」的越界書寫。香

〔註25〕陳雪：《蝴蝶》，臺北：印刻出版 2005 年版，第 129 頁。

〔註26〕劉紅林：《試論臺灣女性主義文學對身體自主的追求》，《臺灣研究集刊》2001 年第 3 期。

〔註27〕陳雪：《愛情酒店》，臺北：麥田出版 2002 年版，第 25～26 頁。

〔註28〕陳雪：《魔鬼的女兒》，臺北：聯合文學出版社 1996 年版，第 194 頁。

港作家李碧華不但擅長描寫各種奇異精怪的女人，癡情怯弱的男人，而且對男女性別中的阿尼瑪（anima）和阿尼姆斯（animus）原型〔註29〕有深入的領會，並將其運用到極致，故此，性別身份的錯位就成為其作品中男女命運的喜劇開端和悲劇結局。李碧華的《霸王別姬》中，戲文裏的「我本是女嬌娥，又不是男兒郎——」，在小男孩小豆子口中總是被念成：「我本是男兒郎，又不是女嬌娥——」在不斷的念錯口和不斷的被懲罰中，小豆子迫使自己異化了自我的性別身份：「好！就想著，我小豆子，是個女的。」香港學者洛楓這樣分析：「所謂『陰柔』、『陽剛』，並不是一些絕對的、相對的、固定不變的觀念，所謂『性別易裝』，也不是簡單地『男扮女裝、女扮男裝』的調換衣服，而是較深層地從一個性別身份走入另一個性別身份的內容和處境中去，感受社會文化對特定性別賦予的限制、束縛和異化。」〔註30〕所以，也正是戲臺表演和現實生存的人生境遇迫使小豆子在異化了的性別悲劇中越陷越深，以至萬劫不復。先是倪老公的猥褻，再是袁四爺的凌辱，菊仙和小樓的婚嫁終於使在戲中做了二百三十八場夫妻的蝶衣失魂落魄，投入了與袁四爺的「有戲不算戲，無戲才是戲」的遊戲之中。

> 這夜，蝶衣只覺身在紫色、棗色、紅色的猙獰天地中，一隻黑如地府的蝙蝠，拍著翼，向他襲擊。撲過來，他跑不了。他仆倒，它蓋上去，血紅著雙眼，用刺刀，用利劍，用手和用牙齒，原始的搏鬥。它要把他撕成碎片方才甘心。他一身是血，無盡的驚恐，連呼吸也沒有力氣……」蝶衣以自我的侮辱和虐待實現了對另外一個男人的報復。

這裡，對另一個男人小樓的報復尚在其次。關鍵在於：程蝶衣在潛意識中是把自己作為一個女性的性別身份來思維和行動的，他的性別身份扭曲或者異化已經不僅僅是遊戲，而且已經主宰了他所有的意識和行為，亦即完成了上面洛楓所說的「性別易裝」。但是，真正的生理的性別身份是難以徹底改變的，所謂改變種種都是歷史和文化中最血腥也最顯豁的烙印，所以，《潘金蓮之前世今生》中的潘金蓮一番番轉世託生，儘管對自己的輪迴角色多有不甘，卻也

〔註29〕霍爾：《榮格心理學入門》，將人格中男性氣質和女性氣質進行了分析，所謂的阿尼瑪（anima）和阿尼姆斯（animus）原型分別指男人心理中女性的一面和女人心理中男性的一面。
〔註30〕洛楓：《盛世邊緣：香港電影的性別、特技與九七政治》，香港：牛津大學出版社2002年版，第57頁。

無法撼動宿命輪迴的既定法則。

> 此處是永恆的黑夜，有山，有樹，有人。深深淺淺，影影綽綽的
> 黑色，像幾千年前的一幅丹青，丹青的一角，明明地有一列朱文的壓
> 邊章，企圖把女人不堪的故事，私下了結，任由輾轉流傳。〔註31〕

此處，「永恆的黑夜」恰恰表達了女性的生存歷史，被「黑色」遮蔽著的女性無以申告的痛苦和屈辱。既然性別身份已經是錯位的，那麼兩性之間的愛情當然也是畸形的，因此，錯位的愛情圓滿的神話被李碧華進行了徹底地解構：

> 這便是愛情：大概一千萬人之中，才有一雙梁祝，才可以化蝶。
> 其他的只化為蛾、蟑螂、蚊蚋、蒼蠅、金龜子……就是化不成蝶。
> 並無想像中之美麗。〔註32〕

這句話集中顛覆了傳統意義上的愛情與永恆、緣分與神話的觀念。《梁山伯自白書》更是借助梁山伯的自白正面瓦解了化蝶故事的所謂忠貞傳說，「敬告各位，本人乃為面子而死，決非殉情，千秋萬世，切莫渲染誤導」，同時對民間傳說中美好的愛情也進行瞭解構。《胭脂扣》中的阿楚說過：「世間女子所追求的，都是一樣滑稽。」「到了最後，便落葉歸根，嫁予一個比她當初所定之標準為低之男子。得以下臺。中間提心弔膽，成為習慣之後，勉為其難地大方。」〔註33〕是戲謔也是嘲諷，正如李碧華借小說人物之口表達的對香港社會的透徹觀察與精闢理解：「在香港風月場中，什麼叫情？什麼叫意？還不是大家自己騙自己。什麼叫癡？什麼叫迷？簡直是男男女女在做戲！」〔註34〕無怪乎《青蛇》中小青悲哀於自己的越來越聰明，以及對於世情的明白和洞察：

> 每個男人，都希望他生命中有兩個女人：白蛇和青蛇。同期的，
> 相間的，點綴他荒蕪的命運。——只是，當他得到白蛇，她漸漸成
> 了朱門旁慘白的餘灰，那青蛇，卻是樹頂青翠欲滴爽脆刮辣的嫩葉
> 子。到他得了青蛇，她反是百子櫃中悶綠的山草藥，而白蛇，抬盡
> 了頭方見天際皚皚飄飛柔情萬縷新雪花。
> 每個女人，也希望她生命中有兩個男人：許仙和法海。……〔註35〕

有研究者特別注意到李碧華作品中的新女性主義視角，而實際上，李碧

〔註31〕李碧華：《潘金蓮之前世今生・誘僧》，廣州：花城出版社 2001 年版，第 3 頁。
〔註32〕李碧華：《胭脂扣》，北京：人民文學出版社 1993 年版，第 102～104 頁。
〔註33〕李碧華：《胭脂扣》，北京：人民文學出版社 1993 年版，第 106 頁。
〔註34〕施建偉：《香港文學簡史》，上海：同濟大學出版社 1999 年版，第 226 頁。
〔註35〕李碧華：《霸王別姬・青蛇》，廣州：花城出版社 2001 年版，第 378～379 頁。

華並不是一個刻意的女性主義者，甚至這稱呼與她也無甚關聯，她對於男人、女人以及男女之間性別關係的精闢論斷和分析來源於對性別身份的經驗和感知，來源於對此文化傳統的深切洞察，這是香港（中國）本土的女性主義的精華：

> ——不要提攜男人。
>
> 　是的，不要提攜他。最好到他差不多了，才去愛。男人不作與「以身相許」，他一旦高升了，伺機突圍，你就危險了。沒有男人肯賣掉一生，他總有野心用他賣身的錢，去買另一生。〔註36〕

同樣，《鳳誘》中的李鳳姐從古代史書歷史敘述的間隙逸出，現身現代香港，其所企求的愛情最終證明是虛妄的，於是只好回到書中，回到古代，回到命定的結局中去。至於《滿洲國妖豔——川島芳子》，雖帶有一定的紀實成分，但其悲劇的命運不能不說和其性別的錯位也有推諉不開的關係，為了光復大清，她在很小的時候就被送到日本，當作男孩進行復國訓練，其性格的乖僻、怪奇和毒辣都和其畸形的性別身份息息相關。李碧華的這些取材於老故事的愛情抑或傳奇小說，基本上都對原有的成說進行了顛覆，其中包括許多怪談小說，如《櫻桃青衣》等。李碧華的小說中很少有直接取材於現時現世生活的小說，即使有，也必然勾連起某一歷史典故，如《荔枝債》中的楊貴妃，反而有一往情深、三生不變的愛情；《秦俑》則是畸情畸性所帶來的又一則人性的變異和悲歌。

美國論者亞歷山大・多蒂（Alexander Doty）在他的文章《這裡有些酷異》（There's Something Queer Here）中指出，「酷異」作為一種「觀照」，是游離於男性／女性、同性／異性之間的二分法以外，在包含這種種的差異之餘，同時也涵蓋其他性別的邊緣類別，例如雙性、易裝和變性，它甚至是一種浮動於各種性別身份變換的狀態。其次，他強調「酷異」是一個「抗衡的位置」（site of resistance），用以對抗異性戀的霸權意識及由此衍生而來的單一觀照，「酷異」講求的是開放的文本、多元的閱讀，既關乎創作者的性別呈示，也關乎讀者的性別立場，兩者撞擊便可帶來多種面向、複雜而又能走入深層結構的觀察。基於個人性別認同游離的經驗，多蒂對酷異文化現象的理解帶有流動、多元和復向的視角——性別的認同與身份的建構絕不是一個穩定不變的過程，當中會有許多反反覆覆的浮游、偏離、否定的探索或確認的追尋，而「出櫃」

〔註36〕李碧華：《霸王別姬・青蛇》，廣州：花城出版社 2001 年版，第 380 頁。

不獨是「性取向」的宣示，而且更是一種性別身份的「演出」，以及對這個身份和自我形象的認可。〔註37〕是故，以上李碧華小說中的畸形戀情的書寫就成為一種典型的「酷異」景觀，這不僅僅是人物性取向的問題，還是人物性別身份的一種宣告和認同，甚至是一種性別身份的表演。此外，李碧華如此集中而系統的性別關係書寫，也表現了她對傳統文化中主流觀念的異議，甚至在某種程度上，是對香港不尷不尬身份的深層婉諷。

無獨有偶，黃碧雲的小說則以更加暴烈的語言表達了人與「物」之間的「畸戀」。既然在世，卻無人以為愛，是否還必然有所眷戀呢？是否必然要尋求一物並用生命進行維繫呢？《溫柔生活》中的尚伊無可選擇，只有愛「物」——世間已經無人可以眷戀，只有物質是實實在在、并永遠不會背叛，也只有對物質的愛才可以不管不顧對方死活。於是，愛者愛物之表現呈現出如下之極端、慘烈和凶霸的狀態。

> 所以瘋狂的買東西，整個房子她活動的地方不超過兩平方米。
> 她有二十三套床單三十五隻咖啡杯六個芝士盤可以夠她開一間酒店
> 連飯館，還有八十九隻鞋三十三套睡衣連牙擦都有一打，有時她覺
> 得她好像住在女童院。
> 物這樣多她懷疑發生一場火警她應該逃生還是救她的物。
> 她攪不清楚物重要些，還是人重要些。
> 她這樣變成戀物狂。
> 最重要的是去愛。愛甚麼不重要。愛到令被愛者極其不幸都不
> 重要。〔註38〕

在一個破碎與冷漠的後現代社會景觀中，將自我的存在依賴或寄託於物質之上的人就成為「戀物狂」，只有貪得無厭的物質才能夠填補她空虛的心靈。在黃碧雲充滿慘烈與暴虐的小說世界中，每一愛者都經歷了與被愛者的血與肉的較量和撕裂，剩下無可救藥的畸形狂人。或許是對於城市及未來生存空間的怵離，或許是對於相愛者愛而不能的決絕，但都造成了永不磨滅和忘懷的創傷記憶，苟活於人間的軀體，以各種奇嗜怪癖為填充物，癡戀於生命中各種不捨不願不甘和不能不如此。留下和離開，愛和不愛，生還是死，最後都歸

〔註37〕洛楓：《盛世邊緣：香港電影的性別、特技與九七政治》，香港：牛津大學出版社 2002 年版，第 59 頁。
〔註38〕黃碧雲：《溫柔生活》，《七種靜默》，香港：天地圖書 1997 年版，第 118 頁。

結為絕望地存活，而且畸形地撕裂著自身……愛的方式也是千奇百怪、痛苦莫名：不僅有女同性戀、有自戀症、有戀物癖、還有戀母和戀父。小說《七種靜默》講的則是一個兒子與父親爭奪母親的故事，可以和 1940 年代張愛玲小說《心經》中許小寒與她的母親爭奪父親的情節進行對照性閱讀：

> 「呀——」冬冬衝進來拉開他。他已經長到和他父親一樣高了。
> 他皺眉看著他父親，沉默、悲哀而恐懼。又看看他的母親，拉他的
> 父親道：「你到我的房間去睡吧。我留在這裡。」他的父親搖搖頭。
> 冬冬道：「不是你便是我，讓我留在這裡吧。」這是第一次子寒看到
> 沉默、悲哀而恐懼，出現在冬冬臉上。就在這一刻，冬冬長大成人。
> 這是子寒所知道的，最悲哀的生日會了。〔註39〕

對於父親來說，兒子的長大成人竟然意味著如此慘烈的對白：不是你便是我，在和母親的關係上，兒子與父親成為對立的兩級。除此之外，小說《七種靜默》裏還講到了妹妹戀上哥哥的故事，無憂、可歡和張悅在商量著從高樓的窗戶裏跳下去的時候，可歡卻突然帶著歡喜地說：「我死了，我哥哥一定會哭。他會很後悔。」不為別的，正因為哥哥談了女朋友，並且可能就要結婚了，為了懲罰哥哥，可歡和同學一起夜不歸家、在外流浪，甚至準備跳樓自殺。最終，一切愛恨癡纏都化為《無愛記》中的男男女女，父親、母親、外婆、外祖父、女兒、女兒的男朋友，父親的外遇紛紛登場，在猶如末日的世界景觀中透過個人心靈和情感的曝光將所有的空虛與絕望進行種種清算：這一個個無所皈依的孤魂野鬼真能夠了卻宿怨，回歸無欲無愛嗎？「《無愛紀》也是在透過對羅曼史的模擬，企圖顛覆掉通俗小說的愛情主題：沒有天長地久、海枯石爛這一回事，唯有一封封固執等待的情書，穿越漫天戰火，反倒成了愛情最大的嘲諷。」〔註40〕女主人公楚楚認為：二十年的婚姻生活，如果讓她明白了什麼，竟然就是可有可無。這時她心頭一霎：忽然明白，母親說死了都不要和阿爸合葬的意思。不是不愛更無所謂厭恨，只是可有可無並且已經夠了。事情也並不多，當時覺得很大的事情，過後就輕若雪，轉眼成雲霧，不復記憶了。連丈夫身邊多了李紅這個女人這件事好像也不是什麼事，一切都可以都可有可無。

在黃碧雲的小說世界中，生命如此短暫，又是如此漫長。林楚楚為什麼不能夠無所顧忌地、張揚恣肆地、狂歡地去愛任何一個人呢？她正在下一決定，

〔註39〕黃碧雲：《七種靜默》，香港：天地圖書 1997 年版，第 143 頁。
〔註40〕郝譽翔：《情慾世紀末》，臺北：聯合文學出版社 2002 年，第 188 頁。

正在準備採取一個行動，那人卻不是別人，正是女兒的男朋友。林楚楚不但愛上了自己女兒的男朋友，而且和他發生了親密的關係。黃碧雲說：「無愛紀無所缺失、無所希冀、幾乎無所憶、模棱兩可，什麼都可以。」〔註41〕她不但否定了愛情，也否定了人本身：「沒有什麼事情是長久的。我們說愛，但我們自己的命運都不能把握，細弱的生命獨自飄搖，每個人拼盡全力都不過保著自己不致毀滅。我們從來不可能照亮其他人。」〔註42〕《無愛紀》為香港女性小說越界畸戀的跨界書寫描畫下最驚心動魄的一筆，也為香港文化身份的曖昧寫下酷異絕倫的注記。

第三節　酷兒書寫

　　1987 年臺灣「解嚴」之後，控制臺灣社會的主流意識全面鬆動，整個臺灣社會呈現出前所未有的開放姿態，各種新思潮的湧入給臺灣文壇帶來了新生機。繼 1980 年代就已經湧入臺灣的以「解構」、「反宏大敘事」、「解中心」等為宗旨的後現代主義思潮的發展促使控制整個臺灣文學的主流中心思想進一步動搖和鬆動，人們開始關注諸如同性戀等存在於臺灣社會多時的邊緣現象。並且，各種邊緣勢力積極發聲，逐漸呈現出邊緣顛覆中心的態勢。後現代主義思潮的湧入帶來了許多先進的西方思想主義思潮，以陳雪、紀大偉、洪凌等為代表的「酷兒文學」思潮便是其中之一。臺灣獨有的社會文化為「酷兒」書寫提供了肥沃的土壤，一時間「酷兒文學」爆發出的反叛力量幾乎震撼整個臺灣文壇。在 1990 年代臺灣女性主義思潮的強勢影響下，臺灣女性文學對性別議題再度開發，並大量涉足女性情慾書寫。

　　性別議題作為一個有效的突破點，在 1990 年代受到島內女作家的極大重視，她們試圖以此打開爭取男女平權的局面。同性戀題材很早就進入臺灣文壇。1970 年代有白先勇的《孽子》，歷經顧肇森、葉姿麟、梁寒衣、藍玉湖、西沙、江中星等眾多作家的創作，到 1990 年代有楊麗玲的《愛染》。1994 年，朱天文的《荒人手記》和邱妙津的《鱷魚手記》雙雙獲得《中國時報》的文學大獎，而到了紀大偉、洪凌等作家的筆下，傳統的同性戀題材已不能滿足作家的創作需要，酷兒寫作開始出現。「一般的『同性戀』題材作品重在描寫情和

〔註41〕黃碧雲：《無愛紀》，臺北：大田出版 2001 年版，第 271 頁。
〔註42〕黃碧雲：《無愛紀》，臺北：大田出版 2001 年版，第 87 頁。

欲的諸般面貌，面對傳統規範和主流文化，其人物基本上採取防衛自辯的姿勢。而『酷兒』之作則意在質疑、鬆動、劫抗乃至徹底顛覆在他們看來屬於一種霸權的傳統道德法律和社會體制。」〔註43〕「在1990年代西方興起的性理論思潮中，酷兒理論是對社會性別身份與情慾之間關係的嚴重挑戰。它預示著一種新的性文化，它不僅要顛覆異性戀的霸權，而且要顛覆以往同性戀的正統觀念。」〔註44〕因此，臺灣女性作家對同性戀與酷兒的書寫，是以一種極其邊緣的創作姿態挑戰中心文化，是後現代理論中解構與顛覆等應有之義的具體實踐。1990年代的酷兒寫作，重新闡釋了情與色的關係，凸顯邊緣群體的非主流情慾與生存狀態。1990年代登臨文壇的臺灣新世代女作家，鍾情於後現代消費情境中都市人生的書寫和個人化敘述。在新世代女作家的創作中，普遍表現出對政治議題的疏離和諷刺，在處理傳統兩性議題時，展現出不同於前世代女作家的性別觀念，在一種人為想像的虛擬的場景中，以洞穿世事的眼光，以調侃諷刺的口吻，對現實社會進行深度透視和批判。

其中，在「酷兒理論」影響之下形成的「酷兒文學」便是一股十分重要的勢力。「『酷兒文學』對於邊緣議題的開發、對於中心霸權的瓦解以及基本的反寫實風格，都充分顯示出其屬於後現代文學的範疇，而以『邊緣』身份對固有『中心』進行顛覆與解構的革命精神，更體現了『酷兒』與後現代主義精神的聯繫。」〔註45〕「酷兒理論」是20世紀90年代西方興起的一種關於性與性別的理論，它的目的是解構和顛覆性與性別的兩分模式，挑戰男權中心文化。它具有典型的後現代主義色彩，是後現代主義在性學研究上的典型表現。由於「酷兒理論」與臺灣文壇「去中心」的語境十分切合，因此自20世紀90年代登陸臺灣後備受學界與文化界的重視，甚至影響了臺灣同性戀集體認同運動。〔註46〕在「酷兒理論」的影響下，臺灣文壇逐漸形成了本土的「酷兒文學」與酷兒研究。一大批優秀的作家作品層出不窮，如邱妙津及其《鱷魚手記》（1991）和《蒙馬特遺書》（1996）、朱天文及其《荒人手記》（1994）、洪凌及

〔註43〕朱雙一：《臺灣文學創作思潮簡史》，北京：九州出版社2010年版，第318頁。

〔註44〕樊洛平：《當代臺灣女性小說史論》，鄭州：河南人民出版社2005年版，第391頁。

〔註45〕張英姿：《驛動的後現代女性書寫——陳雪小說論》，成功大學碩士學位論文，2006年。

〔註46〕朱雲霞：《試論臺灣酷兒小說的身體敘事及跨文類實踐——以紀大偉、陳雪、洪凌的酷兒文本為例》，《臺灣研究集刊》2012年第2期。

其《異端吸血鬼列傳》（1995）、杜修蘭及其《逆女》（1996）、陳雪及其《惡女書》（1995）和《夢遊 1994》（1996）以及紀大偉及其《感官世界》（2000）等。「這些作品以變形、裝扮、雌雄同體、同性戀等女性慾望進行論述，出現激進張揚的酷兒書寫，對性別、性取向作重新的思考。」〔註47〕

在眾多的酷兒作家中，陳雪以鮮明的姿態毫不避諱地表明自己的酷兒立場。她自稱「酷兒」，其本身就是一名女性同性戀者。「我是個酷兒，如果大家還記得這個詞背後的意義」〔註48〕在文學創作實踐上，陳雪與當時的「酷兒」風潮接軌，成為臺灣「酷兒文學」的主要代表作家。陳雪自創作之初就自覺進行「酷兒」文本的寫作，其作品中有很大一部分都是「酷兒」文學的代表之作。在陳雪的「酷兒」書寫中，情慾成為一種越界行為，身體成為一種表演，性別成為一種角色扮演。因此，作品呈現出十分強大的僭越與顛覆的色彩。在陳雪的作品中，那些處在性別、性向「灰色地帶」的「邊緣人」，由社會的角落逐漸走到大街上，由面對壓迫沉默無聲到逐漸發出自己的聲音，進而挑戰社會的權威，都呈現出一種邊緣反抗的自覺。他們自覺地站到臺前來演說，甚至不惜付出生命的代價（在陳雪的小說中不乏因社會壓迫而丟掉性命的人），質疑、鬆動乃至顛覆在他們看來屬於一種霸權的傳統道德法律和社會體制。對於陳雪而言，「酷兒文學作家」與「禁忌與邪惡的代言人」不僅成為其在臺灣文壇發聲的身份與姿態，而且也深深影響了她以後的文學創作。陳雪於 90 年代在臺灣後現代主義的浪潮中發聲，其持續穩定的創作內涵都緊密貼合時代的軌跡，而且其豐沛的女性創作能量也能夠在書寫中對後現代思潮有所發揚和拓展。

古往今來，「身體」和「情慾」一直是女性不可觸及的「禁區」，傳統的封建道德規範更使女性的性慾本能被人為壓抑，女性甚至稍微大膽展示一下自己的欲望訴求，便會被指為蕩婦，淫婦。因此，在後現代女性主義者的眼中，爭取到主導女性「身體」與「情慾」的權利也就在相當程度上尋回和重構了女性主體。新世代的女作家們，諸如朱天文、袁瓊瓊、成英姝、陳雪等，以極大膽、前衛的姿態書寫、展示自己的身體，「她們用文學形象展示女性隱秘的性經驗、性心理，凸現出女性被壓抑的情慾狀態，並以無所畏懼的叛逆姿態，

〔註47〕曾麗華：《論 20 世紀 90 年代兩岸女性主義小說創作》，《集美大學學報》2010 年第 2 期。
〔註48〕陳雪：《惡女書·新版自序》，臺北：印刻出版 2005 年版，第 8 頁。

向歷來是男性霸權的情色禁區發起大膽衝擊。」〔註49〕她們強烈反叛性禁忌，大膽追求情慾自主，企圖在反叛與顛覆中重構女性主體，尋回女性主體意識。隨著臺灣社會女權運動的進一步發展，1990 年代的女性作家開始關注女性自身的情慾問題。「女性的性和性愛問題成為一個公共性的私人問題，她們拒絕傳統的女性形象，在兩性平等基礎上為女性重新定位，以大膽前衛的姿態，在對欲望的關注和釋放中尋求自我、建構自我。」〔註50〕因此，臺灣文壇的女作家們開始廣泛關注和書寫女性情慾題材，女性的「身體」和「情慾」成為臺灣女性文學書寫的中心議題。

在父權異性戀文化思維中，男女之間的異性戀被視為唯一取得社會的認可和支持的美好形式。基於異性戀基礎之上組成的家庭應該是幸福、美滿、和諧的，然而事實並非如此。在《蝴蝶的記號》中，主人公的媽媽和爸爸表面上是一對和諧幸福的令人嫉妒的夫妻，實際上夫妻之間卻充滿著欺騙、虛偽和背叛。爸爸背著媽媽偷偷和「阿姨」們約會，媽媽在懷疑、猜忌的折磨下幾次曾拉著「我」去投海自盡。而「我」在家庭和社會的重壓之下，被迫離棄同女「真真」，和開店的阿明墮入尋常婚姻。然而，「我」和阿明看似美滿幸福的婚姻背後，只是在用我「難以言喻的痛苦」和行尸走肉般的軀體維持著阿明渴望已久的有一個幸福家庭的夢想。最後，無論爸爸、媽媽，還是「我」和阿明，都不免走向離婚的結局。除此之外，在陳雪其他作品中，一如《色情天使》中「我」和牙科醫生，《愛情酒店》中寶兒和阿豹，《夜的迷宮》中「我」與丈夫阿丁……更把異性戀體制之內或實或虛的戀愛和婚姻關係完全轉變成了發洩肉體欲望的方式和途徑。主人公沒有在異性戀婚姻或「愛情」中找到幸福和歸屬感，這至少證明了異性戀不是性實踐唯一的最完美的形式。

長期以來，人們把異性戀視為「常態」〔註51〕，而把同性戀視為變態。在異性戀社會規範統治之下，異性戀者憎恨、排斥同性戀者，給同性戀者冠以污名，而同性戀者在長期浸染之下也開始懷疑進而質疑、否定自己。在《貓死了

〔註49〕劉紅林：《試論臺灣女性主義文學對身體自主的追求》，《臺灣文學研究集刊》2001 年第 3 期。

〔註50〕徐學：《從性別政治到性慾政治——臺灣女性思潮變遷的一個側面》，《臺灣研究集刊》2009 年第 4 期。

〔註51〕「常態」：主要指的是異性戀制度和異性戀霸權，也包括那種僅僅把婚內的性關係和以生殖為目的的性行為當作正常的、符合規範的性關係和性行為的觀點。李銀河：《譯者前言：關於酷兒理論》，〔美〕葛爾·羅賓等著，李銀河譯：《酷兒理論》，北京：時事出版社 2000 年版，第 4 頁。

之後》中，主人公「雪兒」在父權異性戀文化浸染的家庭、社會的教育之下被灌輸同性戀是非正常的、病態的思想，在自知愛上女人之後便開始害怕和恐慌。面對同女阿貓熾熱而真摯的感情時只能「緊張的想逃跑」、「總覺得害怕」，「甚至無法處理自己對她萌生的熱情和性慾，只覺得好羞恥」。〔註52〕這種「害怕」和「羞恥」最終導致了雪兒的落荒而逃。然而同女在逃離同性情誼之後，不但沒有在異性戀的天空下找到自己的位置，反而變成了折翼的天使，失掉原有的靈魂，只能「踐踏自己」。正如雪兒深刻的自我叩問：「我因為自己愛上一個女人而驚慌不已，甚至害怕得逃離，只是不願和別人一樣而已，結果呢？結果讓自己變成一具行屍走肉，空洞地在世上飄來蕩去，誰又認同我了呢？」〔註53〕

在作品中，陳雪尖銳地指出了異性戀社會文化的狹隘性：「我們自小在社會中成長，各種教育、訊息、知識都告訴我們，男生愛女生，女生愛男生是天經地義的事，人可以對一隻狗，一隻貓產生像親人一般的感情，卻不能容忍人對相同性別的人產生愛情和性慾。」〔註54〕非但如此，在父權異性戀社會中，「文化裏的保護機制只對社會中遵守社會規範的群體即異性戀者發生作用，作為文化的叛離者的同志則無法得到社會的保護，甚至被社會全然的否定。」〔註55〕因此，同性戀者不但不能取得社會認同，而且更無法保障其在法律、道德等方面相應的權益。在作品中，陳雪便揭示了同性戀這種痛苦的現狀。在《蝴蝶的記號》中，「我」由於愛上了女人，並且忍受不了丈夫阿明對「我」的監視、懷疑和窺視，決定離婚，可是因為「我」同性戀的身份，「我」竟然不能取得孩子的撫養權，而且這種剝奪是不可爭取，不可商量的，「法律和輿論都不會站在我這邊」，因為「我們不能讓小孩健康快樂的長大」，因為母親是「變態」，孩子也會跟著母親學壞，因為「不正常」的家庭不會培養出「正常」的小孩。然而誰規定的什麼是正常，什麼是變態？這無疑揭示了父權異性戀社會的毫無道理的「霸王條款」，它可以毫無道理地剝奪了一個女同性戀者做母親的機會。這所有的歧視和偏見，致使同性戀者的合法權益遭到毫無理由地剝奪。

〔註52〕陳雪：《惡女書》，臺北：印刻出版，2005 年版，第 192 頁。
〔註53〕陳雪：《惡女書》，臺北：印刻出版，2005 年版，第 217 頁。
〔註54〕陳雪：《惡女書》，臺北：印刻出版，2005 年版，第 216 頁。
〔註55〕李淑君：《身體‧權力‧認同——論陳雪女同志小說中的身份政治》，臺南：成功大學碩士學位論文，2005 年。

　　此外，正如白先勇在《孽子》中揭示同性戀最終走向消隱和毀滅的歸宿，陳雪在作品中也講述了許多在異性戀社會和家庭中少數性戀族群走向毀滅的悲慘故事。例如在《蝴蝶的記號》中，心眉和武皓的遭遇則反映了異性戀霸權不可僭越的權威性。高中生心眉和武皓因為「怪怪的」，「好像是同性戀」而被社會、學校、家庭視為「壞孩子」，被同學「指指點點」，終於在「私奔」未遂之後被強制分開。而身為老師的「我」不但沒有及時阻止她們的「不正常」關係，而且還給她們提供幫助而受到家長、學校老師的指責，幾乎工作不保。在多方力量的圍追堵截之中，她們最終被迫分開。武皓在被送出國的前一天自殺，心眉精神失常被關在家裏的倉庫。本是兩朵嬌豔的花朵，因為純潔的同性情誼而走向毀滅，這無疑是對異性戀霸權的強烈質疑和控訴。

　　早期女性主義者將傳統性別劃分為三個不同的概念，即生理性別、社會性別和性向（性慾），認為異性戀機制最強有力的基礎在於生理性別、社會性別和性慾這三者之間的關係：一個人的生理性別決定他的社會性別特徵和性傾向，而社會性別決定了他的異性戀欲望對象。「儘管有大量的實踐違反了這三者之間的關係，異性戀霸權仍舊認為性慾的表達是由社會性別身份決定的，而社會性別身份又是由生理性別決定的。」[註56] 換言之，一個人如果生而為男性，那麼他就應該是具有陽剛氣質的男性，而且必須只能愛女人，反之亦然。然而，在朱迪斯·巴特勒的「性別操演」[註57] 理論看來，「人們的異性戀同性戀或雙性戀的行為都不是來自某種固定的身份，而是像演員一樣，是一種不斷變換的表演。」[註58] 在作品中，陳雪通過性慾的流動和性身份的展演打破了這種性慾與身份的對應關係，從而動搖甚至顛覆了異性戀霸權禁錮同性戀的基礎。

[註56]〔美〕葛爾·羅賓著，李銀河譯：《酷兒理論——西方 90 年代性思潮》，北京：時事出版社 2000 年版，第 4 頁。

[註57]「性別操演」：也有學者譯為「性別表演」。性別操演理論是由美國著名女性主義理論家朱迪斯·巴特勒在其論著《性別麻煩：女性主義與身份的顛覆》（1990）中提出的理論概念。巴特勒認為並不存在一個先在的生理性別，我們認為我們自身有某種「本質」的性別特質，這其實是社會規範不斷作用於我們身體的結果。因此，她看來，生理性別並不是先於社會話語存在的事實，它和社會性別一樣，都是話語建構的結果。在性別表達的背後沒有性別的本體身份，性別身份形成於持續的操演行為中，先有操演行為，後有性別身份。參見都嵐嵐：《論朱迪斯·巴特勒性別理論的動態發展》，《婦女研究論叢》2010 年第 6 期。

[註58] 鍾厚濤：《朱迪斯·巴特勒：性別表演》，《齊齊哈爾師範高等專科學校學報》2006 年 3 期。

　　在作品中，陳雪尤其擅長展現性身份和欲望的互相穿梭與交織。身體通過情慾的流動呈現出不同的表演形態，因情慾對象的不同而在不同的性身份之間轉換。正如陳雪所言：「因為對象不同，人會產生某些不同的關係，我們也會在那樣的關係裏，改變自己的身份。」〔註59〕《愛情酒店》中主人公「寶兒」以不同的身份在阿豹和阿青之間流轉。和阿豹在一起時「寶兒」是一個猶如天使一樣的女孩，安然接受阿豹如父親一般濃烈的愛意，扮演著純粹的女性性角色。而在阿青面前，她又是一個主動出擊的「男性」角色，渴望溫暖和治癒阿青受傷而冰冷的心靈。因此，「寶兒」的性身份完全取決於她所欲望的對象。「媽媽」更是如此：「她這人忽男忽女可男可女的，從小我已經習慣我媽經常是不同性別的打扮，……國小的時候我媽就跟女人同居了，那些女人從來都是當著我的面就跟我媽在那裡又親又抱的，媽媽不是在舞廳就是在酒店上班，上班的時候打扮得妖嬌美麗在那兒跟男人打情罵俏，下了班回家就變成英俊瀟灑的俏公子跟她的女朋友在客廳裏摟摟抱抱。」〔註60〕在此，流動多變的情慾將身份從傳統的二元對立中解放出來，使身份具有表演的性質，打破了性和性別身份一一對應的關係。

　　在陳雪的筆下，不僅表現性慾流動與身份表演，甚至性慾和性身份成為一道多選題，人們可以聽由自己的意願任意選擇自己的性對象和性身份。正如《愛情酒店》中的寶兒一樣，「跟男人上床也不是什麼罪過，我沒想那麼多，如果遇到讓我心動的女人我也會跟她上床跟她交往，大概是從小看多了性別對我來說不是值得困擾的問題，私下我也曾經暗自揣想如果那天碰上個讓我心動的女人我也會意亂情迷不能自持，……」〔註61〕寶兒的這種看似雙性戀的行為，是對性別情慾法則的徹底顛覆。由此可見，陳雪讓性慾從性別、身份的限制中徹底解放出來，不再讓性別和身份問題成為捆綁女性情慾的枷鎖。除此之外，陳雪還展現了諸如雙性戀、戀物癖、跨性別等其他少數性戀族群的性慾流動與性身份的穿梭。所有這些成為顛覆傳統性別觀念，實現性別越界的欲望演出。陳雪如此多元流動的欲望與身份的展演不僅將異性戀架構下的性別界限一一抹除，而且也是對男性父權異性戀體制徹底地對抗和顛覆，具有相當的反中心，反二元的後現代解構精神。

〔註59〕邱貴芬：《（不）同國女人聒噪》，臺北：元尊文化1998年版，第79頁。
〔註60〕陳雪：《愛情酒店》，臺北：麥田出版2002年版，第17頁。
〔註61〕陳雪：《愛情酒店》，臺北：麥田出版2002年版，第22頁。

　　作為臺灣 90 年代酷兒文學代表作家之一，陳雪一反傳統的女同書寫，呈現出鮮明的僭越特徵。與以往同志文學作家把同性戀污名內化為自我意識，而將同性戀情視為避之唯恐不及的傳染疾病、邪惡禁忌不同，陳雪不再讓她的同性主人公背負這樣的污名。他們不必作為苦悶焦灼的「鱷魚」（邱妙津在其《鱷魚手記》中對同性戀者的代稱），躲在臺北「新公園」蓮花池（白先勇《孽子》中同性戀者的聚集地）周圍的黑暗王國，暗自感傷。同時，陳雪筆下的同性戀也不同於曹麗娟、朱天心等人筆下的「姐妹情誼」，在自己的小世界裏「小打小鬧」。陳雪為她筆下的同性戀者賦予了冰清玉潔的氣質，追求自我的人格力量和頗有前景的未來。紀大偉認為「其實陳雪寫『惡』就是在挑釁法統，她在擴大女同性戀的面目（而不是在逃避女同性戀身份），她在異性戀社會的夾縫中經營女性的、同性戀的次文化（而不是在逃避社會）。」〔註62〕這就將陳雪的邊緣反抗立場充分彰顯出來。陳雪筆下的同性戀者不再甘於承受異性戀社會強加於她們頭上的污名和毫無理由的剝奪，她們變得勇敢、堅強、無所畏懼，敢於與異性戀社會抗衡，去爭取自己的正當的權益。此外，陳雪還為讀者展示了一個更為寬容的社會環境，這樣的環境中，異性戀體制社會不再排斥和詆毀同性戀者，而是給予認可和尊重。

　　與其他作家將同性戀當作一種病態或社會問題的觀照視角不同，陳雪筆下的同性情慾成為女性發現自我、拯救自我的途徑。而且，不同於傳統同性戀書寫對情慾的描寫多指向自我性身份的認同，在辨別自身情慾對象的基礎之上把自身定位到「T」或者「婆」的性身份之上，陳雪把同性情慾書寫成一種個體取得生命認同、證明自我存在的方式。同女們不再壓抑、隱藏自己，而是敢於拒絕異性戀社會和家庭，奔向自己的同性情誼。《蝴蝶的記號》中的主人公小蝶是一個有著同性戀意識的女人，由於社會和家庭的壓力，她被迫放棄自己的同性愛人而走入異性戀家庭。然而在與阿明的婚姻中她卻絲毫感受不到真正的快樂，只能背負著「好女兒」、「好妻子」、「好老師」等各種身份如行屍走肉般遊走於世。小蝶一直逃避自己的同性戀情慾，直到遇見同女阿葉，並從對阿葉難以抑制的欲望中再次確認自己。明白自身情慾在異性戀世界中無法容身之後，小蝶毅然走出異性戀家庭，並從阿葉擁有的原始清澈的生命力當中重新審視自己的生命。此外，小蝶的母親也因為遇到自己的同性愛人，找到真

〔註62〕紀大偉：《夢遊 1994・序》，陳雪：《夢遊 1994》，臺北：遠流出版 1996 年版，
　　　　第 8 頁。

愛而從異性戀婚姻中出走。從此，她不再如以前那樣哭哭啼啼，整日在丈夫的風流韻事中糾纏以致陷入瘋狂自虐的境地，而是自信從容，臉上始終掛著幸福的笑容。小蝶和母親都是從傳統異性戀家庭中失去主體、失去自我，卻在同女情感中尋回建立主體的方式。因此，這一從異女到同女的轉變過程，也實現了女性經由同性情誼重新發現和建構自我主體意識的目的。

除此之外，陳雪在創作中一改逃避、壓抑同女情慾的書寫傳統，大膽張揚了同女的欲望。情慾不再是不能言說的禁忌，而是成為拯救同女死寂靈魂的妙藥良方。《異色之屋》中陶陶「喚醒我形容枯槁的靈魂」，《色情天使》中在哥哥死後，「我」放縱情慾是為了填補內心的空虛，證明自身的存在。《尋找天使遺失的翅膀》中「我」通過欲望阿蘇實現對自我意識的確認……雖然陳雪也描寫了同女們面對同性情慾一時間表現出的渴望與恐懼、彷徨與無助，但是相較於邱妙津等人，陳雪的步伐似乎走得更遠。不同於邱妙津《鱷魚手記》（1991）中的拉子和水伶在愛欲折磨和互相傷害中最終走向毀滅，以及《蒙馬特遺書》（1996）中的 Zoe 在同性愛欲的煎熬和折磨中自絕於世，陳雪筆下的雪兒與阿貓、小蝶與阿葉等在經歷質疑、恐懼和逃避之後最終敢於坦然面對自己的同性情誼，共同抵抗外界的一切傷害，走向幸福的結局。

在陳雪筆下，情慾並不是生理欲望的簡單釋放，也不指向性身份的認同，而是指向個體對自我生命的確認。作為才華橫溢、風格獨特的女作家，陳雪大膽地書寫流動多變的情慾，用細膩的筆觸展現了一個豐富多彩的同女情慾世界，其僭越傳統的反叛姿態也為我們重新審視傳統提供一個全新的角度。陳雪如此借由流動的不可歸類的情慾，僭越和反抗了不可逾越的傳統。

在臺灣新世代的女作家的情慾書寫當中，陳雪無疑是最前衛、最激進的。陳雪的女性情慾書寫，相較於林白、陳染等在密閉的私人空間悄悄地「私語」顯得更大膽，更激烈，相較於衛慧、綿綿等純女性肉體的展覽則更有深度和內涵。陳雪把女性情慾問題提到相當高的高度，女性情慾已經不僅僅是女性反抗男性父權壓迫的武器，而且已經成為女性重新建構自我意識和自我主體的重要工具。早在 1995 年其處女作《惡女書》出版之時，陳雪赤裸裸的女性身體私密部位的細緻刻畫，以及女性大膽直露地對情慾的主動追求就已經引起了臺灣文壇一陣騷動，並因此使《惡女書》的出版幾經波折。隨後，在《蝴蝶的記號》《愛情酒店》中，陳雪對女性，尤其是同女的情慾問題展開更加多元的思考。在反抗父權的情慾書寫中，陳雪尤其關注女同性戀之間的情慾問題。

在男性父權異性戀體制中，女性的身體是不被開發的處女地，而女性情慾則更是不可觸碰和言說的禁忌。女性的情慾遭到壓抑，身體遭到禁閉，女性不能主動要求，只能被給予。女性擁有欲望本來就是一種罪惡，而女同的欲望則更被視為天地之大忌。千百年來，那些有同女情誼的女人們，只能在教育、家庭、社會重重地包圍、封鎖與壓迫之下「安分」的走進婚姻，「一生都在做違背自己的事」，像《蝴蝶的記號》中的小蝶一樣，將自己訓練成行屍走肉般的「什麼都似乎感覺不到的人」並以「錯覺」來解釋自己對女人的欲望。然而，同女的欲望卻像蠢蠢欲動的岩漿，壓抑的越久，積攢的爆發的願望也就越強烈，一旦爆發就是驚天動地的力量。

作為陳雪代表作的《惡女書》，可以說是其展現女性情慾生命力的集大成者。在作品中，陳雪以驚世駭俗的筆觸大膽書寫同女們間的無法遏制和澆滅的情慾。「灰綠蚊帳頂端冒出一縷黃煙霧向上飛昇，屋內充滿甜膩的糕餅味讓蟑螂瘋狂起舞，孩子聽見獸類撕咬的追逐和叫囂，聽見蜻蜓撲撲鼓翅，聽見貓兒痛苦狂喜的呼喊，沿著昏黃夜燈的照射，蚊帳底下兩條人影變得好巨大，彼此糾纏、翻滾、碰撞，在孩子眼中蜷曲交疊幻化……」〔註63〕這近乎野獸般的呼喊，或許如其他評論者所說盡是穢物、垃圾、不堪入目，但卻是女性被重壓在火山之下的欲望。惟有這欲望才能讓同女們逃逸父權異性戀體制的枷鎖，讓已經死寂的生命重新燃燒出熱情。

陳雪不僅大膽展露女同們的情慾，而且還賦予這情慾以超常的力量，它可以讓同女們發現自我的美麗。陳雪在作品中不止一次書寫女性情慾的魅力，例如《蝴蝶的記號》中「我」與真真之間濃烈、歡暢又不乏美感的情慾體驗：「那夜我在她的引導之下體會了女孩子身體的神秘，知道因快樂而呻吟甚至哭泣的感受，我像第一次發現自己的身體似的，充滿了好奇和驚喜，我也從她身上看見真正的魅力，原來是這樣的力量，它可以令人為之瘋狂，為之深陷而不自知。」〔註64〕同女真真成為「我」的性啟蒙，因而進一步擺脫了父權文化所謂的「陽具中心主義」。女性不再通過男性獲得情慾愉悅，同時，這情慾也不再是男性父權眼中的「惡」，而是可以改寫女性的身體，拯救女性死寂的靈魂，重塑女性的美麗：「她只是撫摸著，讓我呻吟不停，我的呻吟變成一首歌細密悠揚，愛的幻術從她的手指變換出來，……我的身體就此被改寫，每一處她的

〔註63〕陳雪：《惡女書》，臺北：印刻出版2005年版，第67頁。
〔註64〕陳雪：《蝴蝶》，臺北：印刻出版2005年版，第58頁。

手指經過的地方都已脫胎換骨，我成為一個無比美麗的女孩，在阿青手心里長出眼睛看見傳遞到我腦中，那麼清晰，我竟然真的是美麗的。」〔註65〕

陳雪用驚心動魄的筆觸描寫女性之間極度歡娛、細緻、癲狂的情慾，相較於男女異性之間情慾的痛苦和蒼白，女性之間的情慾充滿了愉悅和美感。男性陽具中心主義認為女性唯一的性高潮來源是「陰道插入」，亦即唯有陰莖插入陰道才能使女性獲得性滿足，陰道也在傳統性論述中被視為女性唯一的、被動的性器官，而在陳雪同女情慾書寫中卻展示出女性身體與情慾的豐盈，僅僅是通過觸摸就能使女性達到極致的愉悅，這似乎徹底顛覆了父權陽具中心之上的性愛邏輯。

除此之外，陳雪還通過釋放同女情慾實現女性的自我救贖。在《貓死了之後》中，「我」原本死寂的靈魂和枯竭的身體因為和同女之間的性行為而再一次活了過來，這無疑是對父權男性陽具中心主義徹底地反抗和顛覆。陳雪描寫了各種各樣的情慾充盈的「惡女」，然而這些「惡女」非但不惡，而且其內在和靈魂卻最潔淨、最美麗。因為脫離男性宰制的女性們，才能真正懂得女人身體和情慾的奧秘，成為自我靈魂的拯救者和塑造者。從陳雪的創作脈絡中可以看出，女性一直是陳雪言說和書寫的主要對象。陳雪的作品從主題和敘事等方面呈現出鮮明的女性書寫風格，可以說陳雪的女性書寫就是她對女性命運和個性體驗的真實寫照。作為一名女作家，陳雪一直堅持以一個女性的身份去言說。無論是傳統女性還是現代女性，陳雪都能以敏銳的眼光解讀出潛藏在她們心中的痛苦和壓抑。無論性別書寫還是身體、情慾書寫，陳雪都試圖展現女性在傳統的父權思維文化中的沉重壓抑和痛苦掙扎，試圖讓女性擺脫父權中心思維的束縛和枷鎖。

作為一名「酷兒」，她深切地感受到女性同志在社會中遭遇的種種不公、偏見和歧視，由此也引發了她對女性集體命運的思考。女性，在人類歷史上從來都是不存在的虛無。然而這種「虛無」從來不是女性自己的選擇，是被男性霸權所建構起來的。女性被視為「次等」性別，從來都沒有享受到與男性同等的待遇。不僅如此，女性的身體和欲望被完全抹殺和消除，以至於很多女性都不得不在痛苦壓抑中艱難求生。陳雪根本就無需渲染，僅僅是赤裸裸地展現女性的真實境遇，就足以震驚文壇，驚醒沉睡中的女人。所以，顛覆和前衛從來不是陳雪故作的姿態，而是女性生命所蘊含的本真色彩。

〔註65〕陳雪：《愛情酒店》，臺北：麥田出版 2002 年版，第 236～237 頁。

陳雪的早期創作呈現一種鮮明的反抗與僭越的前衛姿態，因此，她一在文壇發聲就引起了軒然大波。然而她並沒有站在高臺上搖旗吶喊，站在時代的風口浪尖也從來不是陳雪進行文學創作的目的。她從來都不是在操縱某種議題，只是在忠實地書寫女性，尤其是女同志真實的生命體驗和人生經歷。作為認真寫作的女作家，其所關注的從來不是某個單一「議題」。除了最初的「女同志」、「女性情慾」、「精神疾病」等議題之外，「家庭關係」、「階級」、「鄉土」這些議題都具有多重解讀的意義。正如陳雪所言：「我腦子裏還有很多很多想寫的題材，總是不斷地想要寫出更多『人內在』的故事。」〔註66〕事實上，陳雪也一直保持著旺盛的文學創造力，不斷帶來更具衝擊力的作品。

第四節　性別政治

有別於陳芳明《謝雪紅評傳》族群敘事下的政治爭拗，謝雪紅口述、楊克煌筆錄《我的半生記》革命敘事下的自我塑造，臺灣女性主義小說家李昂《自傳の小說》撰寫的既不是一部謝雪紅回憶錄，亦非謝雪紅革命大事記，也不是一個國族的隱喻或象徵。在真實人物謝雪紅所經歷的個人與時代的巨大空間裏，李昂將寫作的虛構功能發揮到極致，其中充分表現了她本人對女性、政治、身體與革命的個人看法。「李昂首先要反撥官方塑造的惡女謝雪紅，避掉陳芳明筆下的臺灣精神象徵謝雪紅，再反轉謝雪紅自我塑造的秋瑾繼承人巾幗英雄形象，訴說一個性貫滿盈的欲女謝雪紅。不慣亂舞的欲女是否隻手把政，更重要的是主欲的女性如何馳騁男性疆域，引用並改寫父權教化經典，揭破性政治的權力關係。」〔註67〕其中的權力關係、隱喻互現涉及多個層面：如惡女與欲女、男性與女性、性別與國家、民間與官方、傳說與正統、傳統與現代等等。

明顯地，李昂的《自傳の小說》採用的是一種極端而犀利的性別敘事話語。小說在鋪敘謝雪紅人生的時刻，不時穿插「我」成長過程中所受到的來自三伯父為代表的根深蒂固的男權話語規範中種種關於女性妖魔化的訓誡和律令：詭異驚恐的虎姑婆的故事、狐狸精的故事、「魔鬼仔」的故事、「二形」故事；過往女人深處險境中的種種自毀方式：撞牆咬舌、剪刀刺心、菜刀自刎、跳水自盡、懸樑上弔、剔目割鼻等以免受辱；還有老妓皮城門降敵的至高秘法

〔註66〕陳雪：《惡女書》，臺北：印刻出版 2005 年版，第 9 頁。
〔註67〕洪英雪：《從性政治突圍而出──論謝雪紅書寫以及李昂〈自傳の小說〉》，《臺灣文學研究學報》2008 年第 7 期，第 18 頁。

邪術、女人是禍水的種種例證……然後再以謝雪紅經歷、思想和行動的種種對之形成深刻顛覆，其間穿插種種影射性、政治、國家族群身份的迷惘與認同話語，以女性自我的書寫質疑和顛覆既往之歷史和記憶：不可靠不信任，呈現出一種極其酷烈和極具顛覆性的女性主義話語方式。例如，談到歷史上的女性王昭君、文成公主：

> 外交便是送有身份的女人（這身份還並非真正血緣的尊貴，是受封追加的頭銜與位置），當然還一定是美麗的女人，到鄰國君主（可以是貴族、敵人）的床上。〔註68〕

再如，關於女革命黨人秋瑾：

> 而要到很多年後，我們才終於瞭解，秋瑾進入我們的小學課本，成為我們效法的女性楷模，並非因為她推動了「男女平權」、辦女報、她的女性悽婉特質；而是因著她愛國，作為革命烈士，並不惜「壯烈成仁」。〔註69〕

這些民間傳說故事或官方歷史記載中的女性故事的重寫，不僅顛覆了古代官方歷史話語，而且顛覆了近代政治革命話語，將王昭君、文成公主和秋瑾還原到一個女性的個體，去思考和探究這些歷史上的名女人是如何在男權社會中被利用——不僅生前她的身體和美麗被利用，而且在她死後她的死亡和名聲也被利用。並由此透視，官方歷史敘述中關於女性的講述是如何不可靠，甚至是如何虛偽和可恥。儘管如此充滿女性主義立場的顛覆性性別話語比比皆是，但是，李昂在《自傳の小說》中反覆強調的是：縱使謝雪紅的名字常常在街談巷議中出現，她的存在意義也只是大人在嚇唬小孩時的類似狼外婆的虎姑婆的重要詞彙，沒有人真正知道謝雪紅是誰和意味著什麼。

現在，始終對謝雪紅進行男權話語妖魔化的三伯父去世了，儘管「我」已經不可能再從他那裡知道有關謝雪紅的被污名的種種，但卻可以在新的敘事話語中重述「我」心中的謝雪紅——這不僅意味著需要從殘缺不全的男權話語鋪就的歷史的瓦礫堆中打撈女性歷史，還意味著以女性敘事話語重新建構全新的女性歷史。小說開始於三伯父的死訊傳來，結束於送三伯父靈柩上山，三伯父意味著一個時代，也意味著一個世界，三伯父生命過程的結束，也意味著傳統男權話語的被埋葬。小說的結尾，「我」終於按捺不住多年壓抑於胸而

〔註68〕李昂：《自傳の小說》，香港：香港明報月刊出版社2009年版，第199頁。
〔註69〕李昂：《自傳の小說》，香港：香港明報月刊出版社2009年版，第121頁。

未能表達的女性心聲：

> 謝雪紅
>
> 我要找尋的，又豈只是你的一生。
>
> 謝雪紅，
>
> 你的一生、我的一生……
>
> 我們女人的一生。〔註70〕

　　敘述者所要尋找和建構的不僅是謝雪紅被歷史淹沒和被男權污名的一生，而且是所有女人被男權歷史話語所重重壓抑和被迫隱藏的一生。相對於男人所擁有的天然的法定的話語權，長久以來，女人的聲音微弱而匱乏，就像小說中隱匿於月光叢林下尋求著人類的口封的狐狸精，它乞求轉化為人的話語權從何獲得？歷史沒有記載。但是，經過一生無盡的曲折、誤解和殘酷的折磨、鬥爭，沒有上過小學也沒有讀過中學的謝雪紅，甚至沒有正式學過寫字的五十一歲的謝雪紅，在 1952 年以後開始有意寫她一生的自傳，對於傳統男權話語來說，這一行為本身就具有雙重的顛覆意義。李昂的小說固然以謝雪紅口述自傳《我的半生記》作參考，但她在親身經歷過謝雪紅所經歷的空間、情感和政治場域後，她以決然反叛的姿態為她所理解的女性立言。

　　為了對照，也是為了進一步展示中國女人的命運，小說穿插了大量的和女性有關的民間傳說故事，有賣身葬父的孝女故事、有充滿誘惑的狐狸精的故事、有恐怖的魔神仔的故事，當然也有女英雄樊梨花的故事，更有禍國殃民的紅顏禍水褒姒、妲己的故事。有研究者稱：「《自傳の小說》的一大特點是引述大量的民間故事、臺灣歌謠、習俗來比附謝雪紅，這些民間傳說多是與女性相關的故事，從中顯現出父權社會對女性與其性意識的規約。而這些被父權社會作為女性教本的民間故事，在《自傳の小說》有層次性的引用下，反而成為女性由性附屬到性自由的進化歷程。」〔註71〕這些故事雖然來自民間，但其故事模式都極具類型化特徵：自我犧牲的被高度褒揚，而貪圖欲望的則被鞭撻；前者代代相傳成為教導和規約女性的行為範本，後者也作為反面教材不斷警示和訓誡著後來人。敘述者的反轉就是從這些傳統規訓的再解讀開始。

　　敘述者通過對經典的改寫將被層層包裹的恐懼揭開，還原其生命的本真，

〔註70〕李昂：《自傳の小說》，香港：香港明報月刊出版社 2009 年版，第 455 頁。

〔註71〕洪英雪：《從性政治突圍而出——論謝雪紅書寫以及李昂〈自傳の小說〉》，《臺灣文學研究學報》第 7 期，2008 年 10 月，第 32 頁。

從而將既定的隱喻功能進行了置換:「《自傳の小說》所引述的種種民間故事,不只展現了女性從性恐懼、性啟蒙,到性自主的歷程,也展現了女性從毫無自覺意識的依賴、臣服男性,到不需男性自行玩樂、自體玩足,到最後具備顛覆力量的自主歷程。在這樣的歷程之下,女性從物化、性化的客體,變成安享歡娛,甚至具備反撲能力的主體。父權文化,也在這樣的逆轉之下漸次鬆動。而這一切所憑藉的便是修正改寫經典,引用置換隱喻。」〔註72〕通過敘述對男權話語進行了肢解和粉粹,展現了女性身體和靈魂的反客為主,形成對男性話語的傲慢而深刻的諷刺。但是,特別需要指出的是,「《自傳の小說》雖然意圖描述『臺灣女性爭取獨立自主的一段歷程』,然而所追求的終極目標,並非是消滅父系只存單一母系霸權,解除單一性別文化的偏頗不公,同享『人』的一切權力,才是霸權壓迫不再重演的方法。」〔註73〕

　　事實上,李昂在寫作《自傳の小說》的同時,根據她追隨和考察謝雪紅生命足跡的經歷寫下了自傳體散文《漂流之旅》,這部作品雖不在本文研究之列,但作為兩部可以對照閱讀的自傳性文學作品,李昂在小說扉頁的一段話確實起到很好的提示作用:叫「自傳」的小說充滿虛構,而遊記裏卻有自傳色彩。這意味著小說隱在的線索所記敘的個人生命和情感是真實的,顯在的謝雪紅革命生涯的經歷卻存在著很大的虛構空間,尤其在對謝雪紅革命與身體、政治與欲望的書寫中顛覆了之前的各類謝雪紅評傳,凸顯了李昂個人的情慾與欲望表達。這不僅是李昂挑戰真實與虛構的界限的努力,也是對於女性歷史的新的建構。李昂曾談及她的寫作意圖:「我一直想找尋一種有別於過去編年史、事件陳述方式的政治小說寫作,並試圖探討女性與權力、政治的書寫關係」,《自傳の小說》又是一部怎樣的女性自傳性小說?其中的矛盾正如她自己所謂:「如果是『自傳』,又何以『一部小說』?『自傳』又何以能由人代筆創作?『小說』又何以能成為『自傳』?因而,究竟是誰的自傳?誰的小說?」〔註74〕由此,《自傳の小說》選取了多軌式的敘事手法,從我對童年時三伯父講的恐怖故事開始,分別以第三人稱和第一人稱的「我們」切入對謝雪紅命運的展示,正是沿著謝雪紅的足跡,感應著個人的情感需求,李昂在多軌式的敘

〔註72〕洪英雪:《從性政治突圍而出——論謝雪紅書寫以及李昂〈自傳の小說〉》,《臺灣文學研究學報》2008 年第 7 期,第 39 頁。

〔註73〕洪英雪:《從性政治突圍而出——論謝雪紅書寫以及李昂〈自傳の小說〉》,《臺灣文學研究學報》2008 年第 7 期,第 28 頁。

〔註74〕李昂:《自傳の小說·序》,香港:香港明報月刊出版社 2009 年版,第 5 頁。

事人稱中給我們還原了一個完全不同的謝雪紅，撼動了男性歷史書寫的常規，也動搖了男性歷史記憶的穩定性與權威性。

在書寫謝雪紅命運的同時，敘述者不斷地返回到「我」這個臺灣女子兒時所受到的各種歷史、政治、道德、倫理與文化的恐嚇與欺瞞，互相映照，互相對質，於是她的自我獲得拯救：「我明白到我同時活著兩種人生：我自己的生活，以及，謝雪紅多姿多彩的一生。」〔註75〕除此之外，還將謝雪紅所投身其中的革命所引起的群眾的誤解甚至妖魔化進行了祛魅還原，表現了李昂對作為曾經的臺灣民運的積極參與者所受到的打擊與傷害的自我療傷。這種不斷變換的人稱實際上具備了多重的話語權力，在一定程度上彰顯了女性敘述聲音的權威。

於是，在她的書寫中，時間表現為一種不確定的存在，而記憶更是靠不住的東西。《自傳の小說》中的謝雪紅由一個沒有名字的臺灣女子，賣身葬父，給人做媳婦仔，從夫家逃跑，到個人創業，再到一個偶然的機會去上海，並在上海開始接觸革命，遂被安排到俄國學習，學成後先後到日本、臺灣進行革命活動，二二八事件後再逃往上海並在大陸終老。小說敘事幾乎沒有時間的交待，突出的是空間意識，每一地的情感和身體經驗，結合著其革命際遇進行書寫，而時間的概念相當模糊，其人生中重要的轉折既沒有時間的記載，也沒有歷史資料可以憑依，發生在其生命歷程中的那些 20 世紀的戰爭和革命更沒有提及，甚至可以說，李昂是在女性而不是任何革命者的立場上書寫謝雪紅的傳記。

故而，《自傳の小說》裏的謝雪紅不是惡女、英雄，也無法成為臺灣精神象徵，謝雪紅只不過是一個平凡的肉身女體，而這個平凡的肉身女體不僅開啟女性認識自己、認識自己身體的契機，而且「李昂的寫作方法，讓這個已被國族主義與父權社會妖魔化的女性，具備改寫歷史敘述與女權性解放的幾個效應：其一，引述各類文本並強調謝雪紅流動、不定於一的形象，將謝雪紅於各類國家霸權論述中的工具性位置解救出來；其二，塑造一個肉慾橫流的謝雪紅，不僅擾亂堂皇莊嚴的歷史大敘述、改寫政治正確方能入史的歷史寫作傳統，也勘透國族沙文主義的虛妄；三者，以謝雪紅的身體情慾，呼籲女性不該是父權體制下的性慾禁臠，同屬人類的女性應該和男性一樣，具有情慾自主以及情慾解放的本能與自由，逆反父權所設定的價值規範，反撥父權所規劃的女

〔註75〕李昂：《漂流之旅》封底，臺北：皇冠出版 2000 年版。

性形象，女性不再是依附於男性的第二性存在。」〔註76〕這也是李昂的女性主義書寫的意義和價值所在，對於歷史和當下的女性敘述來說，只有擺脫「他者」的身份，傾聽自己發自內心的欲求並付諸實踐，女性的主體認同才可能有重生的機會。

不妨將謝雪紅書寫現象置放在後殖民主義理論的框架中去分析。太平洋戰爭之後，各殖民國紛紛改變統治策略：為了獲取更大的利益，殖民國給予前殖民地政治形式上的獨立主權，同時利用殖民國和被殖民國之間的關係，與新的政治和資本精英緊密合作，事實上更加鞏固了宗主國對前殖民地在經濟、文化、軍事甚至政治意識形態方面的控制。除此之外，後殖民主義理論不僅著重於殖民國與曾經的殖民地之間的控制與反控制關係，同時也關注殖民地之間尤其是殖民地內部的權力關係。陳映真曾經明確指出：「由於在經濟上對於『美援』的依賴，臺灣在政治、外交上成為美國反共政治的附庸，在軍事上成為美國遠東反共戰略的前沿，在文化、思想、文學、藝術各個方面都從屬於美國。」〔註77〕當然，臺灣亦不能擺脫日本殖民的影響。與此同時，作為從半殖民地時期走過來的中國大陸，也同樣帶著西方殖民的創痕，同時受制於建國初期和蘇聯之間的特殊關係。由於分屬不同的陣營，對於同一歷史時段和歷史人物的塑造也就大相徑庭。再加上 1970 年代之後兩岸陸續受到西方女性主義思潮的影響，李昂的書寫和被接受更加證明了曾經的殖民地內部被壓抑的力量。故而，來自不同族群的人塑造了不同的謝雪紅形象，在一定的意義上書寫了族群、家國、歷史、性別占位和角色中的書寫者自己。

其實，不光謝雪紅這樣在兩岸擔任政治職務的人物，還有更多和政治有牽連的女性，她們也在不斷地被書寫，包括歷史上的眾多女性人物，如武則天、慈禧、太平公主、上官婉兒等，不同的書寫者出自各不相同的立場或視域，或者書寫她們的殘忍，如川島芳子；或者書寫她們的情慾，如宋慶齡；或者書寫她們的愛情，如宋美齡。於是，「也就是在這一層面，《行到天涯》和《百齡箋》才真正顯現出『姐妹篇』的對話意義，並衍生更進一步的相互辯證：同屬男性民國史上的『未亡人』，同樣輾轉於家國人生公私領域，也同樣柔情似水，滿懷愛欲心事，作姐姐的有口難言，妹妹絕望地甘於『不可能留下任何文字』，

〔註76〕洪英雪：《從性政治突圍而出——論謝雪紅書寫以及李昂〈自傳の小說〉》，《臺灣文學研究學報》2008 年第 7 期，第 40～41 頁。

〔註77〕陳映真：《關於「臺灣社會性質」的進一步討論——答陳芳明先生》，《聯合文學》2000 年第 9 期。

也『從來沒擔心過歷史會怎麼樣寫她』，唯一能做的，只是以身體感官的震顫，幽微地『體』現被長久壓抑的女性情慾，艱難地見證國父的死亡之旅，共產社會的人世沉浮。然而，作妹妹的，卻要讓敘述欲望化作千言萬語，一筆一筆銘記女性為家國時代發言作證的始末，向自由世界不斷昭告那迴蕩於宗教愛情政治社會各場域中的女性聲音。」〔註78〕但是，所有的書寫最後都回到一個根本的問題，性別政治的問題。也正是在這個意義上，埃萊娜・西蘇才會在她的女性主義理論名篇《美杜莎的笑聲》中主張：「讓身體被聽見」（letting the body be heard），「寫自己。你的身體必須被聽見」（ Write yourself. Your body must be heard）〔註79〕。

　　無論如何，這些書寫終將匯入集體記憶。那麼，集體記憶將如何記憶謝雪紅、記憶川島芳子、記憶宋家姐妹，記憶這些從不同的族群、階級、性別話語中彙集而來的各種各樣的政治女性形象？莫里斯・哈布瓦赫在《論集體記憶》中認為：人的歷史記憶是被建構的，並且是依照個人或群體的利益或政治現實去建構。建構的方式透過各種紀念活動、儀式或週年慶、同鄉會、同學會、生活禮俗、史詩、傳說、歷史故事等等。因此，不同的群體和制度，有不同的集體記憶。在這個意義上，平路的系列小說，如《行道天涯》《百齡箋》《何日君再來》，李昂的系列小說，從《殺夫》《暗夜》《迷園》，到《彩妝血祭》《北港香爐人人插》，也才具備超越女性主義書寫的更加強烈的性別政治和歷史建構的價值和意義。由是觀之，從歷史記憶的角度來說，活躍於現實生活中的各種歷史人物「事蹟」及「故事」具有什麼價值和意義呢？它不可能再是真實過去的再現，而是人們為種種各自現實的理由而「塑造」出來的。既然這樣，相對於瞭解這些文本的內涵和意義，追問其被「塑造」的過程、為什麼被如此「塑造」以及如何進一步反「塑造」，探究書寫背後各種權力關係的博弈和制衡則成為更具意味的課題。

〔註78〕梅家玲：《「她」的故事：平路小說中的女性・歷史・書寫》，梅家玲編：《性別論述與臺灣小說》，臺北：麥田出版 2000 年版，第 199 頁。

〔註79〕埃萊娜・西蘇：《美杜莎的笑聲》，張京媛主編：《當代女性主義文學批評》，北京：北京大學出版社 1992 年版，第 197 頁。

結　論

　　如前所述，近 30 年海峽兩岸暨港澳女性文學整體觀的研究不是兩岸暨港澳女性文學的創作史，也不是兩岸暨港澳女性文學的論爭史或思潮史，而是整體觀照下的兩岸暨港澳性別想像的共同體建構。當然，這也不是兩岸暨港澳女性文學發生的重大事件或運動的彙編，或兩岸暨港澳女性文學的簡單比較，而是以臺灣女性文學創作為主，把主要目光放在臺灣，兼顧香港女性文學和澳門女性文學，而研究者站在大陸立場，以近 30 年大陸女性文學創作為背景的大陸視角下的觀照和整合研究。本整體觀研究注重提取兩岸暨港澳女性文學創作的共性，在梳理整合女性文學創作的主題層面，提煉出歷史（時間）、地方（空間）、文化（時空）和性別（政治）四個維度，並就其各自的發展歷程、書寫類型、敘事話語、比較反思等層面進行了分析。與此同時，也在整體觀照的過程中，發現了大陸、臺灣、香港和澳門女性文學創作的差異性和個體性，這種差異性和個體性的形成原因既來自於創作群體自身，也來自於孕育這些作品的文化土壤，其數百年來的歷史、政治、經濟、語言等變遷所共同鎔鑄而成的民族屬性和文化根底。

　　正如本尼迪克特・安德森在《想像的共同體：民族主義的起源與散佈》中談到其研究起點時所說的：「民族歸屬（nationality），或者，有人會傾向使用能夠表現其多重意義的另一字眼，民族的屬性（nationness）以及民族主義，是一種特殊類型的文化的人造物（cultural artefacts）。想要適當地理解這些現象，我們必須審慎思考在歷史上它們是怎樣出現的，它們的意義怎樣在漫長的時間中產生變化，以及為何今天它們能夠掌握如此深刻的情感上的正當性。我將會

嘗試論證，這些人造物之所以在 18 世紀末被創造出來，其實是從種種各自獨立的歷史力量複雜的『交匯』過程中自發地萃取提煉出來的一個結果；然而，一旦被創造出來，它們就變得『模式化（modular）』，在深淺不一的自覺狀態下，它們可以被移植到許多形形色色的社會領域，可以吸納同樣多形形色色的各種政治和意識形態組合，也可以被這些力量吸收。我也會試圖說明，為什麼這些特殊的文化人造物會引發人們如此深沉的依戀之情。」〔註1〕而本課題所研究的兩岸暨港澳恰恰就是這樣一個「民族歸屬」的事實存在。

「中華民族」這一「特殊類型的文化的人造物」的出現有其源遠流長、複雜多變的歷史根源，並在 20 世紀以來的世界政經局勢中，經歷了複雜的交匯、自發地萃取提煉以及形形色色社會領域和政治意識形態的移植與吸納，它是兩岸暨港澳民眾深沉的情感依戀所在，也是兩岸暨港澳女性文學創作所根植的文化土壤和精神家園。也就是在這個意義上，兩岸暨港澳女性文學的研究必須堅持一種歷史的和聯繫的研究觀念和方法：「我所主張的是，我們應該將民族主義和一些大的文化體系，而不是被有意識信奉的各種政治意識形態，聯繫在一起來加以理解。這些先於民族主義出現的文化體系，在日後既孕育了民族主義，同時也變成民族主義形成的背景。只有將民族主義和這些文化體系聯繫在一起，才能真正理解民族主義。」〔註2〕即在民族歸屬的基礎上，有效地融合早前的文化體系，而不僅僅是服從各種既有的政治意識形態，並且還要特別警惕對某種政治意識形態的有意信奉的傾向。相較於中華民族強大而悠久的文化體系，某些政治意識形態的存在顯然是臨時而短暫的，它終將被強大的民族文化吸納和融化，並最終成為這個龐大的文化體系裏的一箇舊痕。

何況人們當下所處的這個被稱作「晚期資本主義」〔註3〕的社會不僅擁有成熟的資本運作手段、高超的印刷科技以及世界通行的語言形式，還有著前所未有的發達網絡科技和無孔不入的媒體融合技術，這使得新的「想像的共同體」的實現不僅成為可能，而且具備更加廣域的延展疆界。「資本主義、印刷

〔註1〕〔美〕本尼迪克特・安德森著，吳叡人譯：《想像的共同體：民族主義的起源與散佈》，上海：上海人民出版社 2005 年版，第 4 頁。

〔註2〕〔美〕本尼迪克特・安德森著，吳叡人譯：《想像的共同體：民族主義的起源與散佈》，上海：上海人民出版社 2005 年版，第 11 頁。

〔註3〕〔美〕詹明信著，張旭東譯：《晚期資本主義的文化邏輯》，北京：生活・讀書・新知三聯書店 1997 年版。

科技與人類語言宿命的多樣性這三者的重合，使得一個新形式的想像的共同體成為可能，而自其基本形態觀之，這種新的共同體實已為現代民族的登場預先搭好了舞臺。這些共同體可能的延伸範圍在本質上是有限的，並且這一可能的延伸範圍和既有的政治疆界（大體上標誌了王朝對外擴張的最高峰）之間的關係完全是偶然的。」〔註4〕正是在這一延伸和影響的再造過程中，那些優質的文化產品必將被凸顯出來，而那些稍顯幼稚的文化也將在這一輪新變的激蕩中得到快速提升，從而成為新的文化共同體中的具有標誌性的新質。

眾所周知，「大論述、大敘事不但營造線性歷史的同一性，同時所承載的是男性書寫的權威。有關大歷史的反思，性別歷史所提供的小故事不單活潑可愛，貼近生活，同時更是對男性權力的直接顛覆。」〔註5〕相對於傳統大敘事的模式，女性的歷史多采多姿，混雜瑣碎，反覆重視個人經驗，體現出歷史內在的種種糾葛矛盾。女性歷史挑戰了只強調國族身份的論述，擺脫了既有的書寫教條，闡述了小人物在歷史洪流中的掙扎歷程，否定了主流與小眾的二元劃分，把被壓抑的小歷史重新釋放，並與大歷史進行對話，從而將之顛覆，所以，兩岸暨港澳女性文學中的歷史書寫不僅是女性的歷史，而且是擁有了女性主義、新歷史主義、後殖民主義和消費文化觀念的女性的歷史書寫，其多面性自不容小覷。當然，其地方書寫、文化書寫和性別書寫也擁有同樣的多面性隱喻和象徵。香港作家黃碧雲在談到「後殖民」的「後」時，這樣寫道：

　　「後」是一種異變：她承接但她暗胎怪生。「後」不那麼赤裸裸的去對抗、控訴，不那麼容易去定義。「後」是猶猶疑疑的，這樣不情願、那樣不情願，反覆思慮的，而我理解的「後」甚至帶點邪氣、不恭，廣東話就說好「陰濕」，所以我的「後」是愉快的。

　　「後殖民」當然不是殖民之後。「後」無視時間：時間是來回反覆的，以為過去，其實是現在。現在的事，過去已經有了。因此「後」不相信發展，不相信歐洲與美國，是世界其他國家發展的必然模式。

　　「後殖民」語言是一種混雜的語言；她不是「西方」的，也不是「中國」的，她重寫、對比、抄襲，她在世紀初以 pidgin 不中不西的形式出現；她現身更為複雜狡黠；她可能以中國文字的形態出

〔註4〕〔美〕本尼迪克特‧安德森著，吳叡人譯：《想像的共同體：民族主義的起源與散佈》，上海：人民出版社 2005 年版，第 45 頁。
〔註5〕潘毅、余麗文主編：《書寫城市：香港的身份與文化‧導言》，香港：牛津大學出版社 2003 年版。

現，但她所指的又完全與「中國的」疏離。〔註6〕

　　所以，後殖民理論家的闡述在這裡得到了最為形象的解釋：「後」既是一種策略性的反抗立場，還是一種對時間和空間以及一切權威的挑戰，同時也是一種完全獨立的語言和文化的再造。需要指出的在於，無論是反抗，還是挑戰、顛覆抑或再造，都關乎寫作者個體的身份認同。由於身份認同目標設定的非永恆性和非唯一性，也由於身份書寫行動本身的非停頓性，作為一種不斷地分化、不斷地行動和不斷地在矛盾和同一中求證的自我行為，「差異性」因此成為身份書寫的內在規定性之一，而「差異性」原本就是身份書寫的關鍵性成分和構成要素。同時，女性主義也強調世界之中的同一是相對的，差異是絕對的。那麼，兩岸暨港澳女性寫作中身份書寫的差異性表現在哪些方面？又是如何表現出來的呢？兩岸暨港澳女性寫作通過對歷史（時間）身份的尋繹和指認、對地方（空間）身份的鉤沉與拆解、對文化（時空）身份的想像與離析、對性別（政治）權力的隱喻和消解來獲取個體的身份感和存在證明。因為人的身份感的獲得是同個體生存的具體時間、空間以及文化特徵分不開的，所以在不同的歷史時間、不同的地域空間和不同的文化語境中個體的身份遂呈現為不同的認同面向。

　　由於長期的集體話語的影響，近 30 年大陸女性寫作致力於個人話語及主體身份的尋求，故而在此主體性尋求和獲得的過程中，有一個言說主體和思維主體的逐漸確立過程。具體表現為從七八十年代之交的集體話語認同，到 1980 年代初期的社會話語認同，然後是 1980 年代中期的性別話語認同，直到 1990 年代凸顯為一種身體話語認同，這當然是受到世界範圍內女性主義思潮的影響、進行本土化實踐後的結果。但新世紀之後，在 1990 年代表現為狂飆突進的大陸女性主義寫作開始出現多元分流的局面，性別對抗意識明顯回落，甚至整個女性寫作呈現出靜默時刻的沉潛局面〔註7〕。固然，大陸女性寫作的代表人物，如張潔、王安憶、鐵凝等人的作品，始終執著於自我和歷史之間的辯證，其中包括對國家和集體話語的辨析與反思，但最終無法跳脫出自我認同之迷宮或人性美醜之辯。在林白的《萬物花開》《婦女閒聊錄》敘述轉向之後，倒是孫惠芬的《上塘書》《街與道的宗教》帶來異樣的驚喜，堪和蕭紅的

〔註6〕黃碧雲：《費蘭明高女子》，《後殖民志》，香港：天地圖書有限公司 2004 年版，
　　　　第 264～266 頁。
〔註7〕王豔芳：《靜默時刻的女性寫作》，《文藝報》2006 年 6 月 8 日。

《呼蘭河傳》等自傳性的地域書寫相媲美，但類似的作品不多，大陸女性寫作在經過一輪性別意識的高漲之後，顯現出某種疲憊和寡淡，更新一代的年輕作者也還沒有真正成長起來。

相對而言，近30年香港女性小說的核心話語還是身份的尋找、確立、焦慮和建構，圍繞著香港女性小說的言說空間和精神軌跡，香港女性小說的身份書寫分別在城市（空間）身份、歷史（時間）身份、文化（異度空間）、主體（性別）身份等層面展開。在西西、施叔青、鍾玲、李碧華、鍾曉陽、黃碧雲、陳慧等多樣化的身份建構書寫之外，新世紀以來，黃碧雲、謝曉紅、韓麗珠的小說敘事越來越神秘詭異，深具後現代意味和風格，充滿新變探索之可能。與此同時，澳門的女性小說創作在回歸之後也漸趨活躍，第三代作家廖子馨以及更年輕一代的梁淑淇、馮傾城、袁紹珊等，莫不沛然可期。

最令人刮目相看的是1990年代以來的臺灣女性文學創作，幾乎每隔一個時段都會推出煥然一新的創作潮流，其書寫的面向紛然雜陳而各異其趣，舉凡地方書寫、自然書寫、旅行書寫、飲食書寫、政治書寫、島嶼書寫、鬼魅書寫、同志書寫莫不各當其行，輔之以已成氣候的身體書寫、欲望書寫、成長書寫、自傳書寫、家族書寫、民俗書寫、鄉土書寫等，林林總總頗為壯觀。不同於香港文學時空的相對狹小和單一，不同於香港作家無論怎樣進行自我身份的建構，都是將香港作為一個整體的文化身份或者象徵符號與背景來認同，臺灣女性文學的身份認同互相頡頏而能共處。儘管和大陸相比，臺灣的地域空間與文化資源相對有限，但臺灣女性文學中的地方書寫卻伴隨著近年的旅遊開發、環保主題以及自然生態書寫潮流而蔚為風氣。

從蔡素芬筆下臺南的舊日風俗、到方梓小說中花蓮的開荒拓展，再到陳玉慧筆下大臺中的文學構建以及陳雪、郝譽翔筆下臺北城的多棱鏡面貌，其中又不乏更為細小的地理空間書寫，或為淳樸的鄉間、或為風華的都市、或為傳奇發生地、或為鬼魅出沒處，如北投、金門、鹿港、離島等等。不得不說臺灣社會長久而深厚的鄉土社會歷史和背景，使其文學作品的表現在很長的時間段內和鄉土生存保持著密切的聯繫，而進入現代社會以後，儘管都市書寫蔚然成風，但鄉土主題的書寫仍是不可忽略的一道文學景觀。再加上較早受到西方女權主義思潮的影響，臺灣本島的女性解放意識高漲，使得性別書寫成為臺灣女性寫作中份量最重的一個品類。當然，在此之前，施叔青、李昂、朱天文、朱天心等也都曾經熱衷於臺灣的歷史、性別、政治、欲望、現代化、懷舊等書寫主題。

其中，外省二代作家和本省作家的寫作立場、出發點以及表達的興趣與焦點頗有差異，當然，五年級、六年級女性作家的表現主題和風格也有明顯區別。

問題在於，在對以上不同區域和時段的作品進行整體觀照的時候，就會發現 1990 年代以後的大陸女性寫作糾結在女性主體性話語獲得的地平線上，而臺灣、香港甚至澳門的女性小說因應巨變的時代氛圍，在流離書寫、身份拷問，主體捍衛以及生存鐫刻方面進行了更多更新的探索。也就是說，對於臺港女性小說來說，女性主體話語的獲得是其寫作的基礎和起點。所以，無論是從主題表現形態、精神文化訴求，還是文本敘事策略層面來看，無論是對兩岸暨港澳女性文學進行宏觀的整合，還是微觀的剖析，都必須注意在尋求兩岸暨港澳女性文學同一性過程中的差異性分析，並進而探析其多元發展和互補的文學發展形態。

顯而易見，主權歸屬問題的談判激發了香港的女性寫作，縈繞著每一位寫作者的心靈，所以，對於心靈的、政治的、歷史的、文化的，甚至亂離背景下性別的歸屬問題都做了很好的演繹和說明，其中既有消費文化的引領、外來文化的混雜、精英文化的抗爭、中原文化的潛移默化，使得香港文學發展出它混雜多元而新鮮的特色。而對於臺灣文學來說，1945～1949 年的亂離記憶（國民政府收復臺灣和國民黨軍隊潰敗臺灣）是一個文學上無論如何都繞不過去的關口，1987 年的「政治解嚴」也是同樣重要的時間節點，其中臺灣與大陸的一度的對峙關係、與美國的曖昧不明以及與日本之間的既愛又恨的情感，貫穿在文學作品的細枝末節和字裏行間。所以，整體觀照中的後殖民文化視角必然不可或缺。

除此之外，大陸在經歷了新中國成立、反右、文革以及改革開放等一次次政治經濟文化的洗禮之後，某些傳統的東西已經日漸衰微，在對西方文化的饑不擇食的攫取中，更將殘存的中國文化日漸丟棄，到目前為止，這一輪對西方文化的強力崇拜依然嚴重。大陸女性寫作則剛剛走出她的成長期，顯然還沒有獨立而成熟的發言權，表現為稚嫩和矛盾的自我始終糾結的話語狀態。這就是這塊古老而現代的陸地現有的文化狀態和書寫語境。但是，臺港澳的島嶼身份與之不同，其差異在很大程度上產生於大陸和島嶼的生存認同的懸殊，無論是香港作家西西筆下的浮城想像，還是臺灣作家郝譽翔筆下的島嶼意象，都說明了生存感的差異。無邊無際的平原和山地所構成的無限的大陸、與面海臨洋一眼望穿的島嶼，其生存感的差異在某種程度上導致了其書寫主題的不同。

　　相對而言，島嶼上的傳統文化遺存比之大陸還要悠久而恒定，歷經幾百年的代代流傳，雖則在異域文化滲入後發生了不少的改變，但總有可穩固的一部分遺留下來，無論香港還是澳門抑或臺灣，佛教文化始終佔據不衰地位。當然，這又和航海的庶民生存方式以及文化圖騰有關，媽祖崇拜、天公傳說和土地爺傳說基本沒有差別。閩南和廣東文化圈也對這三地的文化形成很大影響，如果說香港與粵文化接近，臺灣更多受到閩文化影響，都可以歸為東南沿海文化圈。對於大陸而言，無神論思想早已深入人心，舊文化在被掃除的同時，也帶來了倫理、道德、親情、信仰、精神和操守的喪失，偏偏又遇合消費主義文化塵囂甚上的時代。從精英文化立場起步的大陸女性寫作不可避免地受到消費文化的衝擊和裹挾。所以，在文學的消費主義傾向上，兩岸暨港澳的女性寫作有著毫不愧怍的共同語言。總之，不同的政治文化語境孕育了不同的文學內容和文學形式，兩岸暨港澳女性文學在主題形態、文化訴求和敘事策略上各有側重，但其女性之經驗主體、思維主體、審美主體和言說主體始終在場，並保持著各自鮮活豐富的寫作多樣性。

　　然而，著眼海峽兩岸暨港澳女性文學整體觀、性別想像共同體研究的理論前提並不僅僅在於上述的「想像的共同體」觀念、整體觀的文學史理念、女性文學的性別議題以及後殖民主義和消費主義文化理論等，兩岸暨港澳女性文學整體觀之所以能夠提出並成為一個問題，首先在於近 30 年兩岸暨港澳女性文學創作同一中的差異性。上個世紀 80 年代以降，大陸女性文學迎來文學的新時期，自我意識和女性解放的話題開始出現在創作之中，經歷了 1990 年代女性主義創作的狂飆突進，新世紀以來的大陸女性文學進入沉潛的多元化創作時段。對於臺灣女性文學來說，1980 年代正是在西方女性主義思潮的催動下，本土的女權主義運動日漸趨於高潮之時，而差不多就在同時，臺灣威權政治的「解嚴」使得女性文學創作在 1990 年代迎來了她最為紛繁多姿的時段。相對於新世紀以來大陸女性文學創作的平緩態勢，臺灣新世紀女性文學的創作勢頭絲毫沒有疲憊或衰竭的跡象，幾乎每個作家都在這個時段推出了她們最為酷烈也最具代表性的作品。與大陸和臺灣形成對比的是香港和澳門的女性文學創作，或許因為這兩個區域受到較長時期的西方政經文化思想的薰染，女性創作者並沒有特別受到類似大陸和臺灣這一波風起雲湧的女性主義思潮的影響，但卻維持著相對穩定的嚴肅文學創作，儘管作家作品的數量不是很多，但始終保持著較高的文學水準。

其次，在立足差異的基礎上，海峽兩岸暨港澳女性文學整體觀提出的基礎更多地基於其文學源流與創作發展的同質性。兩岸暨港澳自古以來就是中國的固有區域，中華文化的根脈綿遠悠長，華人與漢語成為其創作構成最為核心的兩大要素。儘管近 30 年兩岸暨港澳女性文學發展的脈絡不同，風貌有別，特質各異，但其根莖中都蘊藏著無處不在的中華文化因子。統觀兩岸暨港澳的女性文學創作，不難發現在表現日常生活的衣食住行、民風民俗的節日慶典、生老病死的儀禮形式，包括形而上學的宗教觀念、審美理想等方面都有著一脈相承的文化根源上的同一性。特別是對於女性文學這一以性別為主體的創作潮流來說，它是從男尊女卑的傳統性別文化的譜系出發，展現出在這個漫長而沉重的性別不平等的極度壓抑的性別文化變遷過程中，女性書寫所能抵達的性別解放的不同程度或高度，從個體生存的感知和體悟出發，對女性物質和精神生存的處境、地位和狀況所進行的最大限度的展示和昭告。從而，衝破既有的文化束縛、構建自我的性別主體成為兩岸暨港澳女性文學努力的共同目標，甚至深入到歷史書寫的深處，通過打撈女性記憶的方式重建女性歷史，於是，兩岸暨港澳女性文學中的女性自傳和家族書寫遂成為一種醒目的文學創作標識。

如上所述，在洶洶而來的新的文化體系造就出來之前，「『最後一波』的民族主義——大多發生在亞洲和非洲的殖民地——就起源而論乃是對工業資本主義所造就的新式全球帝國主義的一個反應。正如馬克思以其難以模仿的風格所言：『一個持續擴張的市場對產品的需求把資產階級趕到了地球表面的每個角落。』然而經由印刷品的散佈，資本主義協助在歐洲創造出群眾性的、以方言為基礎的民族主義，而這個民族主義則從根本上腐蝕了歷史悠久的王朝原則，並且煽動了每一個力有所及的王朝去進行自我歸化。」〔註8〕顯然，中華民族這個「想像的共同體」，則是由古老王朝歸化而來的堅固的民族主義，兩岸暨港澳文學、尤其是一直處於弱勢和邊緣的女性文學有必要記錄下它之前或之後的歸化過程，通過女性的聲音的記錄下其間發生的所有的必然和偶然。

在這個意義上，書寫就意味著權力，這裡所論述的歷史書寫、地方書寫、文化書寫以及性別書寫則從書寫開始，經由對歷史記憶的反思、地方政治的考量、文化能指的分析和性別權力的隱喻，都最終指向了政治權力的較量，當然，

〔註8〕〔美〕本尼迪克特・安德森著，吳叡人譯：《想像的共同體：民族主義的起源與散佈》，上海人民出版社 2005 年版，第 130 頁。

此政治權力的博弈都在話語內部以文字的方式進行。吳叡人在《譯後記》中說：「在政治學、哲學與歷史的歧路徘徊，在日本史、中國史和西洋史的地圖上流離，在民族主義研究的迷宮裏彷徨，在知識與政治之間掙扎，從青年到壯年，這一切都是為了尋找回家的路。」〔註9〕這句話對於海峽兩岸暨港澳女性文學的寫作者來說亦然，她們以文學的方式徘徊在政治學、哲學和歷史之間，也在中國、日本、美國、英國、葡萄牙等國的殖民歷史中尋覓排查，甚至一度陷入狹隘民族主義的迷宮，但最後終於找到了文學書寫和政治權力之間的象徵性關聯，並將之訴諸各自的文學話語，對她們來說，這既是在尋找回家的路，同時也是給後來者留下回歸的路標。

〔註9〕吳叡人：《譯後記》，〔美〕本尼迪克特・安德森著，吳叡人譯：《想像的共同體：民族主義的起源與散佈》，上海人民出版社 2005 年版。

主要參考文獻

一、中文專書

1. 王晉民：《臺灣當代文學》，南寧：廣西人民出版社 1986 年版。

2. 白少帆：《現代臺灣文學史》，大連：遼寧大學出版社 1987 年版。

3. 葉石濤：《臺灣文學史綱》，高雄：文學界雜誌社 1987 年版。

4. 古繼堂：《臺灣新詩發展史》，北京：人民文學出版社 1989 年版。

5. 古繼堂：《臺灣小說發展史》，瀋陽：春風文藝出版社 1989 年版。

6. 古瑞雲：《臺中的風雷──跟謝雪紅在一起的日子裏》，臺北：人間出版社 1990 年版。

7. 鄭樹森編選：《張愛玲的世界》，臺北：允晨文化出版 1990 年版。

8. 劉登翰等主編：《臺灣文學史》（上），福州：福建海峽文藝出版社 1991 年版。

9. 王德威：《閱讀當代小說：臺灣‧大陸‧香港‧海外》，臺北：遠流出版 1991 年版。

10. 古繼堂：《臺灣新文學理論批評史》，瀋陽：春風文藝出版社 1993 年版。

11. 劉登翰等主編：《臺灣文學史》（下），福州：福建海峽文藝出版社 1993 年版。

12. 楊翠：《日據時期臺灣婦女解放運動》，臺北：時報文化出版 1993 年版。

13. 陳芳明：《謝雪紅評傳：落土不凋雨夜花》，臺北：前衛出版社 1994 年再版。

14. 廖子馨：《論澳門現代女性文學》，澳門：澳門日報出版社 1994 年版。

15. 古遠清：《臺灣當代文學理論批評史》，武漢：武漢出版社 1994 年版。

16. 陳子善編：《私語張愛玲》，杭州：浙江文藝出版社 1995 年版。

17. 蔡鳳儀編：《華麗與蒼涼：張愛玲紀念文集》，臺北：皇冠出版社 1996 年版。

18. 陳芳明：《張愛玲與臺灣文學史的撰寫》，《張愛玲國際研討會論文》，「中華民國行政院文化建設委員會」，1996 年 5 月 26 日。

19. 李漢偉：《臺灣小說的三種悲情》，臺北：駱駝出版社 1997 年版。

20. 邱貴芬：《中介臺灣·女人：後殖民女性觀點的臺灣閱讀》，臺北：元尊文化 1997 年版。

21. 謝雪紅口述、楊克煌筆錄：《我的半生記》，臺北：楊翠華出版 1997 年版。

22. 陳玉玲：《尋找歷史中缺席的女人》，嘉義：南華管理學院 1998 年版。

23. 紀大偉：《戀物癖》，臺北：時報出版 1998 年版。

24. 簡瑛瑛：《何處是女兒家：女性主義與中西比較文學／文化研究》，臺北：聯合文學出版社 1998 年版。

25. 劉亮雅：《欲望更衣室：情色小說的政治與美學》，臺北：元尊文化 1998 年版。

26. 邱貴芬：《「（不）同國女人」聒噪：訪談臺灣當代女作家》，臺北：元尊文化 1998 年版。

27. 林芳玫：《色情研究：從言論自由到符號擬象》，臺北：女書文化 1999 年版。

30. 羅鋼、劉象愚主編：《後殖民主義文化理論》，北京：中國社會科學出版社 1999 年版。

31. 楊澤主編：《閱讀張愛玲：張愛玲國際研討會論文集》，臺北：麥田出版社 1999 年版。

32. 張京媛主編：《後殖民理論與文化批評》，北京：北京大學出版社 1999 年版。

33. 陳玉玲：《臺灣文學的國度：女性·本土·反殖民論述》，臺北：博揚文化 2000 年版。

34. 顧燕翎：《女性主義理論與流派》，臺北：女書文化 2000 年版。

35. 紀大偉：《感官世界》，臺北：探索出版 2000 年版。

36. 李仕芬：《女性觀照下的男性——女作家小說析論》，臺北：聯合文學出

版社 2000 年版。

37. 李元貞：《女性詩學：臺灣現代女詩人集體研究 1951～2000》，臺北：女書文化 2000 年版。

38. 梅家玲編：《性別論述與臺灣小說》，臺北：麥田出版 2000 年版。

39. 水晶：《張愛玲的小說藝術》，臺北：大地出版社 2000 年第三版。

40. 吳明益：《迷蝶誌》，臺北：麥田出版 2000 年版。

41. 周英雄、劉紀蕙編：《書寫臺灣：文學史、後殖民與後現代》，臺北：麥田出版 2000 年版。

42. 陳芳明：《後殖民臺灣：文學史論及其周邊》，臺北：麥田出版 2002 年。

43. 郝譽翔：《情慾世紀末：當代臺灣女性小說論》，臺北：聯合文學出版社 2002 年版。

44. 蘇偉貞：《孤島張愛玲：追蹤張愛玲香港時期（1952～1955）小說》，臺北：三民書局 2002 年版。

45. 王德威：《跨世紀風華：當代小說 20 家》，臺北：麥田出版 2002 年版。

46. 許南村編：《反對言偽而辯：陳芳明臺灣文學論、後現代論、後殖民論的批判》，臺北：人間出版社 2002 年版。

47. 簡瑛瑛主編：《女性心／靈之旅：女族傷痕與邊界書寫》，臺北：女書文化 2003 年版。

48. 黎湘萍：《文學臺灣：臺灣知識者的文學敘事與理論想像》北京：人民文學出版社 2003 年版。

49. 劉紹銘、梁秉鈞、許子東編：《再讀張愛玲》，香港：牛津大學出版社 2003 年版。

50. 邱貴芬：《後殖民及其外》，臺北：麥田出版 2003 年版。

51. 王甫昌：《當代臺灣社會的族群想像》，臺北：群學出版 2003 年版。

52. 吳明益：《臺灣自然寫作選》，臺北：二魚文化出版 2003 年版。

53. 吳明益：《蝶道》，臺北：二魚文化出版 2003 年版。

54. 周芬伶：《豔異：張愛玲與中國文學》，北京：中國華僑出版社 2003 年版。

55. 畢恒達：《空間就是性別》，臺北：心靈工坊文化 2004 年版。

56. 李欣倫：《戰後臺灣疾病書寫研究》，臺北：大安出版 2004 年版。

57. 劉紹銘、梁秉鈞、許子東編：《再讀張愛玲》，濟南：山東畫報出版社 2004 年版。

58. 水晶：《替張愛玲補妝》，濟南：山東畫報出版社 2004 年版。

59. 王德威：《落地的麥子不死》，濟南：山東畫報出版社 2004 年版。

60. 吳明益：《以書寫解放自然──當代臺灣自然書寫探索（1980～2002）》，臺北：大安出版社 2004 年版。

61. 徐宗懋：《二二八事變第一主角：謝雪紅珍貴照片》，臺北：時英出版社，2004 年版。

62. 張傳仁：《謝雪紅與臺灣民主自治同盟》，廣州：廣東人民出版社 2004 年版。

63. 曹惠民：《他者的聲音──曹惠民臺港華文文學論集》，南京：江蘇人民出版社 2005 年版。

64. 陳靜宜：《張愛玲長篇小說的女性書寫》，臺北：文津出版社 2005 年版。

65. 樊洛平：《當代臺灣女性小說史論》，鄭州：河南人民出版社 2005 年版。

66. 劉紅林：《臺灣女性主義文學新論》，北京：臺海出版社 2005 年版。

67. 王德威：《如此繁華》，香港：天都圖書 2005 年版。

68. 楊克煌遺稿、楊翠華整理：《我的回憶》，臺北：楊翠華出版 2005 年版。

69. 周芬伶：《孔雀藍調：張愛玲評傳》，臺北：麥田出版 2005 年版。

70. 白舒榮：《自我完成　自我挑戰──施叔青評傳》，北京：作家出版社 2006 年版。

71. 劉亮雅：《後現代與後殖民：解嚴以來臺灣小說專論》，臺北：麥田出版 2006 年版。

72. 孟樊：《文學史如何可能：臺灣新文學史論》，臺北：揚智文化 2006 年版。

73. 蘇偉貞：《描紅：臺灣張派作家世代論》，臺北：三民書局 2006 年版。

74. 王豔芳：《女性寫作與自我認同》，北京：中國社會科學出版社 2006 年版。

75. 周芬伶：《芳香的秘教：性別、愛欲、自傳書寫論述》，臺北：麥田出版 2006 年版。

76. 陳國偉：《想像臺灣：當代小說中的族群書寫》，臺北：五南圖書出版 2007 年版。

77. 公共電視臺監製、女視界工作室製作：《臺灣第一位女革命家：謝雪紅》，臺北：公共電視文化事業基金會 2007 年版。

78. 劉俊：《世界華文文學整體觀》，北京：人民文學出版社 2007 年版。

79. 劉紹銘：《張愛玲的文字世界》，臺北：九歌出版社 2007 年版。

80. 王德威：《後遺民寫作》，臺北：麥田出版 2007 年版。

81. 吳明益：《家離水邊那麼近》，臺北：二魚文化出版 2007 年版。

82. 張克輝：《啊！謝雪紅》，臺北：愛鄉出版社，2007 年版。

83. 范銘如：《文學地理：臺灣小說的空間閱讀》，臺北：麥田出版 2008 年版。

84. 李癸雲：《結構與符號之間：臺灣現代女性詩作之意象研究》，臺北：里仁書局 2008 年版。

85. 李歐梵等著，陳子善編：《重讀張愛玲》，上海：上海書店出版社 2008 年版。

86. 李瑞騰主編：《評論 30 家：臺灣文學 30 年菁英選.1978～2008》（上下），臺北：九歌出版社 2008 年版。

87. 饒芃子、莫嘉麗等：《邊緣的文學解讀：澳門文學論稿》，北京：中國社會科學出版社 2008 年版。

88. 須文蔚主編：《文學@臺灣：11 位新銳臺灣文學研究者帶你認識臺灣文學》，臺南：臺灣文學館 2008 年版。

89. 王鈺婷：《身體、性別、政治與歷史》，臺南：臺南市立圖書館 2008 年版。

90. 廖信忠：《我們臺灣這些年：1977 年至今》，重慶：重慶出版社 2009 年版。

91. 許蓁蓁：《時空的重組與再現：臺灣文學與城市論述》，臺北：秀威信息科技 2009 年版。

92. 趙稀方：《後殖民理論》，北京：北京大學出版社 2009 年版。

93. 卓慧臻：《從〈傳說〉到〈巫言〉——朱天文的小說世界與臺灣文化》，北京：中國旅遊出版社 2009 年版。

94. 陳明柔主編：《遠走到她方：臺灣當代女性文學論集》（上下），臺北：女書文化 2010 年版。

95. 費小平：《家園政治：後殖民小說與文化研究》，北京：北京大學出版社 2010 年版。

96. 古遠清：《海峽兩岸文學關係史》，福州：福建人民出版社 2010 年版。

97. 陳芳明：《臺灣新文學史》（上下），臺北：聯經出版 2011 年版。

98. 方紅：《完整生存：後殖民英語國家女性創作研究》，杭州：浙江大學出版社 2011 年版。

99. 柯品文：《書寫與詮釋：80 年代前後臺灣散文之家國書寫探勘》，臺北：

文津出版社 2011 年版。

100. 邱琳婷：《圖像臺灣：多元文化視野下的臺灣》，臺北：藝術家出版社 2011 年版。

101. 宋以朗編：《張愛玲私語錄》北京：北京十月文藝出版社 2011 年版。

102. 宋澤萊：《臺灣文學三百年》，新北：INK 印刻文學 2011 年版。

103. 世界女記者與作家協會中華民國分會編著：《誰領風騷一百年：女作家》，臺北：天下遠見出版 2011 年版。

104. 徐學：《地母與瘋婦：臺灣女性半世紀》，臺北：秀威信息科技 2011 年版。

105. 許子東：《張愛玲的文學史意義》，香港：中華書局 2011 年版。

106. 葉蓁著、黃宛瑜譯：《想望臺灣：小說、電影、國家中的文化想像》，臺北：書林出版 2011 年版。

107. 張翰璧：《扶桑花與家國想像》，臺北：群學出版 2011 年版。

108. 白舒榮：《以筆為劍書青史》，新北：遠景出版 2012 年版。

109. 江寶釵、林震山編：《不凋的花季：李昂國際學術研討會論文集》，臺北：聯合文學出版社 2012 年版。

110. 邱子修：《跨文化的主體性：臺灣後殖民女性研究論述》，臺北：臺灣大學出版中心 2012 年版。

111. 石芳瑜：《花轎、牛車、偉士牌：臺灣愛情四百年》，臺北：有鹿文化 2012 年版。

112. 吳明益：《臺灣現代自然書寫的探索 1980～2002》，新北：夏日出版 2012 年版。

113. 吳明益：《臺灣現代自然書寫的作家論 1980～2002》，新北：夏日出版 2012 年版。

114. 吳明益：《自然之心　從自然書寫到生態批評》，新北：夏日出版 2012 年版。

115. 鍾文榛：《孤獨與疏離：從臺灣現代小說透視時代心靈的變遷》，臺北：秀威信息科技 2012 年版。

116. 朱立立、劉小新：《近 20 年臺灣文學創作與文藝思潮》，鎮江：江蘇大學出版社 2012 年版。

117. 莊信正：《張愛玲莊信正通信集》，北京：新星出版社 2012 年版。

118. 傅蓉蓉：《當代臺灣文學研究》，北京：九州出版社 2013 年版。

119. 簡義明:《寂靜之聲——當代臺灣自然書寫的形成與發展(1979～2013)》,臺南:臺灣文學館 2013 年版。

120. 夏志清:《張愛玲給我的信件》,臺北:聯合文學出版社 2013 年版。

121. 陳丹燕:《我的旅行哲學》,杭州:浙江文藝出版社 2014 年版。

122. 樊洛平、王萌:《海峽兩岸女性小說的歷史流脈與創作比較》,北京:人民出版社 2014 年版。

123. 黃冠翔:《異鄉情願:臺灣作家的香港書寫》,臺北:獨立作家 2014 年版。

124. 黃萬華:《多源多流:雙甲子臺灣文學(史)》廣州:花城出版社 2014 年版。

125. 侯如綺:《雙鄉之間:臺灣外省小說家的離散與敘事:1950～1987》,臺北:聯經出版社 2014 年。

126. 侯作珍:《個人主體性的追尋:現代主義與臺灣當代小說》,臺北:臺灣學生書局 2014 年版。

127. 廖信忠:《這就是臺灣,這才是臺灣》,北京:九州出版社 2014 年版。

128. 劉亮雅:《遲來的後殖民:再論解嚴以來臺灣小說》,臺北:臺灣大學出版中心 2014 年版。

129. 張羽、陳美霞:《鏡像臺灣:臺灣文學的地景書寫與文化認同研究》,福州:福建人民出版社 2014 年版。

130. 周定邦主編:《島嶼敘事　臺灣唸歌》(第 1 冊),臺南:臺灣文學館 2014 年版。

131. 周定邦主編:《島嶼敘事　臺灣唸歌》(第 2 冊),臺南:臺灣文學館 2014 年版。

132. 曹惠民、司方維:《臺灣文學研究 35 年(1979～2013)》,鎮江:江蘇大學出版社 2015 年版。

133. 陳平原、陳國球、王德威編:《香港:都市想像與文化記憶》,北京:北京大學出版社 2015 年版。

134. 林丹婭:《臺灣女性文學史》,廈門:廈門大學出版社 2015 年版。

135. 林佩苓:《依違於中心與邊陲之間:臺灣當代菁英女同志小說研究》,臺北:秀威信息科技 2015 年版。

136. 王豔芳:《異度時空下的身份書寫》,北京:中國社會科學出版社 2015 年版。

137. 曾麗琴：《臺灣小說中後現代都市想像》，北京：九州出版社 2016 年版。

138. 劉乃慈：《布迪厄與臺灣當代女性小說》，臺北：臺灣學生書局 2016 年版。

139. 王國安：《小說新力：臺灣一九七〇後新世代小說論》，臺北：秀威信息科技 2016 年版。

140. 王豔芳：《千山獨行——張愛玲的情感與交往》，北京：人民出版社 2016 年版。

141. 王豔芳：《大眾傳媒視域下的女性文學》，北京：中國戲劇出版社 2016 年版。

142. 司方維：《認同與解構：臺灣外省第二代女作家研究》，北京：中國社會科學出版社 2017 年版。

143. 王泉：《新世紀臺灣文學的景觀書寫》，長沙：湖南師範大學出版社 2018 年版。

二、理論譯著

1. 〔美〕詹明信著，張旭東譯：《晚期資本主義的文化邏輯》，北京：生活・讀書・新知三聯書店 1997 年版。

2. 〔英〕邁克・費瑟斯通著，劉精明譯：《消費文化與後現代主義》，南京：譯林出版社 2000 年版。

3. 〔英〕巴特・穆爾—吉爾伯特德國編撰，楊乃喬等譯：《後殖民批評》，北京：北京大學出版社 2001 年版。

4. 〔英〕巴特・穆爾—吉爾伯特著，陳仲丹譯：《後殖民理論：語境、實踐、政治》，南京：南京大學出版社 2001 年版。

5. 〔日〕藤井省三著，張季琳譯：《臺灣文學這一百年》，臺北：麥田出版 2004 年版。

6. 〔美〕阿里夫・德里克著，王寧等譯：《跨國資本時代的後殖民批評》，北京：北京大學出版社 2004 年版。

7. 〔美〕本尼迪克特・安德森著，吳叡人譯：《想像的共同體：民族主義的起源與散佈》，上海人民出版社 2005 年版。

8. 〔英〕Linda McDowell 著，徐苔玲、王志弘譯：《性別、認同與地方：女性主義地理學概說》，臺北：群學出版 2006 年版。

9. 〔英〕Tim Cresswell 著，徐苔玲、王志弘譯：《地方：記憶、想像與認同》，

臺北：群學出版 2006 年版。

10. 〔美〕周蕾著，蔡青松譯：《婦女與中國現代性：西方與東方之間的閱讀政治》，上海：上海三聯書店 2008 年版。

11. 〔美〕黃心村著，胡靜譯：《亂世書寫：張愛玲與淪陷時期上海文學及通俗文化》，上海：上海三聯書店 2010 年版。

12. 〔法〕加斯東‧巴捨拉著，龔卓軍、王靜慧譯：《空間詩學》，臺北：張老師文化 2012 年版。

13. 〔美〕段義孚著、王志標譯：《空間與地方：經驗的視角》，北京：中國人民大學出版社 2017 年版。

三、學位論文

1. 許淑真：《政治與傳記書寫：謝雪紅形象的變遷》，臺中：東海大學歷史學系碩士論文，2000 年。

2. 莊宜文：《張愛玲的文學投影：臺、港、滬三地張派小說研究》，臺北：東吳大學中國文學研究所博士論文，2001 年。

3. 陳明成：《陳芳明現象及其國族認同研究》，臺南：成功大學歷史所碩士論文，2002 年。

4. 蔡淑芬：《解嚴前後臺灣女作家的吶喊和救贖——以郭良蕙、聶華苓、李昂、平路作品為例》，臺南：成功大學歷史學系碩士論文，2003 年。

5. 楊翠：《鄉土與記憶——七〇年代以來臺灣女性小說的時間意識與空間語境》，臺北：臺灣大學歷史學研究所博士論文 2003 年。

6. 王鈺婷：《身體、性別、政治與歷史——以〈行道天涯〉和〈自傳の小說〉為考察對象》，臺南：成功大學臺灣文學研究所碩士論文，2004 年。

7. 謝怡婷：《李昂小說中的性別論述研究》，高雄：中山大學中國文學系碩士論文，2004 年。

8. 曾尚惠：《臺灣當代女性傳記研究（1945～2004）》，桃園：中央大學中國文學研究所碩士論文，2005 年。

9. 阮愛惠：《九〇年代臺灣女性自傳研究》，臺北：銘傳大學應用中國文學系碩士論文，2006 年。

10. 李麗華：《再現的自我與自我的再現——臺灣解嚴後的女性自傳研究》，臺中：東海大學中國文學系博士論文，2007 年。

11. 陳宜屏：《論李昂小說中的女性問題之呈現》，新北：淡江大學中國文學系碩士論文，2009年。

12. 陳香玫：《女性自傳中的婚姻與自我：女性主義觀點的語藝批評》，臺北：輔仁大學大眾傳播學研究所碩士論文，2009年。

13. 陳芹淯：《平路、李昂小說中的「政治女性」書寫研究》，臺中：中興大學臺灣文學研究所碩士論文，2011年。

14. 呂姿穎：《「謝雪紅」書寫中的形象轉換與性別論述——以〈我的半生記〉、〈謝雪紅評傳〉與〈自傳の小說〉為分析對象》，臺中：中興大學臺灣文學研究所碩士論文，2011年。

四、作家作品

1. 艾米：《山楂樹之戀》，南京：江蘇文藝出版社2007年版。

2. 蔡素芬：《鹽田兒女》，臺北：聯經出版1994年版。

3. 蔡素芬：《橄欖樹》，臺北：聯經出版1998年版。

4. 蔡素芬：《臺北車站》，臺北：聯經出版2000年版。

5. 蔡素芬：《姊妹書》，臺北：聯合文學出版社2005年版。

6. 蔡素芬：《燭光盛宴》，臺北：九歌出版社2009年版。

7. 蔡素芬：《逃離之後》，北京：中國友誼出版公司2015年版。

8. 蔡珠兒：《南方絳雪》，臺北：聯合文學出版社2002年版。

9. 蔡珠兒：《雲吞城市》，臺北：聯合文學出版社2003年版。

10. 蔡珠兒：《紅燜廚娘》，臺北：聯合文學出版社2005年版。

11. 蔡珠兒：《饕餮書》，臺北：聯合文學出版社2006年版。

12. 陳慧：《拾香記：1974～1996》，香港：七字頭出版社1998年版。

13. 陳慧：《補充練習》，香港：七字頭出版社1999年版。

14. 陳慧：《味道／聲音》，香港：同學出版2000年版。

15. 陳慧：《人間少年遊》，香港：天地圖書2001年版。

16. 陳慧：《四季歌》，香港：天地圖書2002年版。

17. 陳慧：《好味道》，香港：天地圖書2002年版。

18. 陳慧：《看過去》，香港：天地圖書2002年版。

19. 陳慧：《小事情》，香港：天地圖書2006年版。

20. 陳慧：《愛情街道圖》，香港：明報週刊2006年版。

21. 陳慧：《愛未來》，香港：天地圖書 2006 年版。

22. 陳慧：《他和她的二三事》，香港：天地圖書 2008 年版。

23. 陳慧：《愛情戲》，香港：天地圖書 2009 年版。

24. 陳淑瑤：《流水帳》，臺北：印刻出版 2009 年版。

25. 陳雪：《夢遊 1994》，臺北：遠流出版 1996 年版。

26. 陳雪：《愛上爵士樂女孩兒》，臺北：探索出版社 1998 年版。

27. 陳雪：《惡魔的女兒》，臺北：聯合文學出版社 2000 年版。

28. 陳雪：《愛情酒店》，臺北：麥田出版 2002 年版。

29. 陳雪：《鬼手》，臺北：麥田出版 2003 年版。

30. 陳雪：《只愛陌生人》，臺北：INK 印刻出版 2003 年版。

31. 陳雪：《陳春天》，臺北：INK 印刻出版 2005 年版。

32. 陳雪：《蝴蝶》，臺北：INK 印刻出版 2005 年版。

33. 陳雪：《天使熱愛的生活》，臺北：INK 印刻出版 2005 年版。

34. 陳雪：《無人知曉的我》，新北：INK 印刻出版 2006 年版。

35. 陳雪：《惡女書》，新北：INK 印刻出版 2006 年版。

36. 陳雪：《她睡著時他最愛她》臺北：印刻文學出版 2008 年版。

37. 陳雪：《附魔者》，臺北：INK 印刻出版 2009 年版。

38. 陳雪：《橋上的孩子》，臺北：INK 印刻出版 2012 年版。

39. 陳雪：《人妻日記》，臺北：INK 印刻出版 2012 年版。

40. 陳雪：《臺妹時光》，臺北：INK 印刻出版 2013 年版。

41. 陳雪：《致不會說愛的你》北京：新星出版社 2014 年版。

42. 陳燁：《藍色多瑙河》，臺北：聯經出版 1988 年版。

43. 陳燁：《飛天》，臺北：聯經出版 1988 年版。

44. 陳燁：《牡丹鳥》，高雄：派色文化出版社 1989 年版。

45. 陳燁：《泥河》，臺北：自立晚報 1989 年版。

46. 陳燁：《孤獨與年輕總是睡在同一張床上》，臺北：聯經出版 1990 年版。

47. 陳燁：《燃燒的天》，臺北：遠流出版 1991 年版。

48. 陳燁：《半臉女兒》，臺北：平安文化 2001 年版。

49. 陳燁：《古都之春：陳燁自選集》，臺南：臺南市立圖書館 2002 年版。

50. 陳燁：《烈愛真華》，臺北：聯經出版 2002 年版。

51. 陳燁：《姑娘小夜夜》，臺北：麥田出版 2006 年版。

52. 陳燁：《有影》，臺北：遠景出版社 2007 年版。

53. 陳燁：《玫瑰船長》，臺北：遠景出版社 2007 年版。

54. 陳玉慧：《海神家族》，南京：江蘇人民出版社 2010 年版。

55. 成英姝：《人類不宜飛行》，臺北：聯合文學出版社 1986 年版。

56. 成英姝：《公主徹夜未眠》，臺北：聯合文學出版社 1994 年版。

57. 成英姝：《私人放映室》，臺北：聯合文學出版社 1997 年版。

58. 成英姝：《好女孩不做》，臺北：聯合文學出版社 1998 年版。

59. 成英姝：《女流之輩》，臺北：聯合文學出版社 1999 年版。

60. 成英姝：《無伴奏安魂曲》，臺北：時報文化出版 2000 年版。

61. 成英姝：《恐怖偶像劇》，臺北：印刻出版 2002 年版。

62. 成英姝：《魔術奇花》，臺北：印刻出版 2002 年版。

63. 成英姝：《究極無賴》，臺北：印刻出版 2003 年版。

64. 成英姝：《戀愛無用論》，臺北：圓神出版 2003 年版。

65. 成英姝：《似笑那樣遠，如吻這樣近》，臺北：INK 印刻出版 2005 年版。

66. 成英姝：《地獄門》，臺北：皇冠文化出版 2006 年版。

67. 成英姝：《男妲》，臺北：聯合文學出版社 2007 年版。

68. 成英姝：《Elegy》，臺北：聯合文學出版社 2008 年版。

69. 成英姝：《神之手》，臺北：心靈工坊 2010 年版。

70. 成英姝：《人間異色之感官胡亂推理事件簿》，臺北：九歌出版社 2010 年版。

71. 遲子建：《北極村童話》，北京：作家出版社 1989 年版。

72. 遲子建：《偽滿洲國》，北京：人民文學出版社 2004 年版。

73. 遲子建：《額爾古納河右岸》，北京：五洲傳播出版社 2013 年版。

74. 遲子建：《晨鐘響徹黃昏》，北京：人民文學出版社 2014 年版。

75. 遲子建：《群山之巔》，北京：人民文學出版社 2015 年版。

76. 笛安：《芙蓉如面柳如眉》，武漢：長江文藝出版社 2011 年版。

77. 笛安：《南方有令秧》，武漢：長江文藝出版社 2014 年版。

78. 范小青：《褲襠巷風流記》，天津：天津人民出版社 2011 年版。

79. 方方：《風景》，南京：江蘇文藝出版社 1996 年版。

80. 方方：《烏泥湖年譜》，北京：人民文學出版社 2000 年版。

81. 方方：《武昌城》，北京：人民文學出版社 2011 年版。

82. 方梓：《采采卷耳》，臺北：聯合文學出版社 2008 年版。

83. 方梓：《來去花蓮港》，臺北：聯合文學出版社 2012 年版。

84. 方梓：《野有蔓草》，臺北：二魚文化 2013 年版。

85. 葛水平：《守望》，天津：百花文藝出版社 2006 年版。

86. 葛水平：《裸地》，北京：作家出版社 2011 年版。

87. 葛水平：《喊山》，杭州：浙江文藝出版社 2011 年版。

88. 韓麗珠：《輸水管森林》，香港：普普出版 1998 年版。

89. 韓麗珠：《寧靜的獸》，香港：青文書屋 2004 年版。

90. 韓麗珠：《風箏家族》，臺北：聯合文學出版社 2008 年版。

91. 韓麗珠：《灰花》，臺北：聯合文學出版社 2009 年版。

92. 韓麗珠：《縫身》，臺北：聯合文學出版社 2010 年版。

93. 韓麗珠、謝曉紅：《雙城辭典I・II》，臺北：聯經出版 2012 年版。

94. 韓良露：《微醺之戀——旅人與酒的相遇》，臺北：方智出版社 2001 年版。

95. 韓良露：《美味之戀——人在臺北，玩味天下》，臺北：方智出版社 2001 年版。

96. 韓良露：《食在有意識——韓良露與朱利安的美味情境》，臺北：麥田出版 2003 年版。

97. 韓良憶：《流浪的味蕾》，臺北：皇冠文化 2001 年版。

98. 韓良憶：《我的音樂廚房》，上海：上海人民出版社 2013 年版。

99. 郝譽翔：《洗》，臺北：聯合文學出版社 1998 年版。

100. 郝譽翔：《逆旅》，臺北：聯合文學出版社 2000 年版。

101. 郝譽翔：《衣櫃裏的秘密旅行》，臺北：天培文化 2000 年版。

102. 郝譽翔：《那年夏天，最寧靜的海》，臺北：聯合文學出版社 2005 年版。

103. 郝譽翔：《幽冥物語》，臺北：聯合文學出版社 2007 年版。

104. 郝譽翔：《溫泉洗去我們的憂傷》，臺北：九歌出版 2011 年版。

105. 何福仁編：《西西卷》，香港：香港三聯書店 1992 年版。

106. 黃碧雲：《揚眉女子》，香港：博益 1987 年版。

107. 黃碧雲：《其後》，香港：天地圖書 1991 年版。

108. 黃碧雲：《她是女子，我也是女子》，臺北：麥田出版 1994 年版。

109. 黃碧雲：《溫柔與暴烈》，香港：天地圖書 1994 年版。

110. 黃碧雲：《我們如此很好》，香港：青文出版 1996 年版。

111. 黃碧雲：《七宗罪》，臺北：大田出版 1997 年版。

112. 黃碧雲：《七種靜默》，香港：天地圖書 1997 年版。

113. 黃碧雲：《突然我記起你的臉》，臺北：大田出版 1998 年版。

114. 黃碧雲：《烈女圖》，香港：天地圖書 1999 年版。

115. 黃碧雲：《十二女色》，臺北：麥田出版 2000 年版。

116. 黃碧雲：《媚行者》，香港：天地圖書 2000 年版。

117. 黃碧雲：《血卡門》，臺北：大田出版 2001 年版。

118. 黃碧雲：《無愛記》，臺北：大田出版 2001 年版。

119. 黃碧雲：《後殖民志》，香港：天地圖書 2004 年版。

120. 黃碧雲：《沉默。暗啞。微小。》，香港：天地圖書 2004 年版。

121. 黃碧雲：《末日酒店》，臺北：大田出版 2011 年版。

122. 黃碧雲：《烈佬傳》，香港：天地圖書 2012 年版。

123. 黃碧雲：《微喜重行》，香港：天地圖書 2014 年版。

124. 霍達：《穆斯林的葬禮》，北京：北京十月文藝出版社 1988 年版。

125. 賴香吟：《島》，臺北：聯合文學出版社 2000 年版。

126. 賴香吟：《其後》，新北：INK 印刻出版 2012 年版。

127. 賴鈺婷：《彼岸花》，臺北：源流出版 2006 年版。

128. 賴鈺婷：《小地方：一個人流浪，不必到遠方》，臺北：有鹿文化 2012 年版。

129. 賴鈺婷：《遠走的想像》，北京：現代出版社 2014 年版。

130. 林白：《一個人的戰爭》，南京：江蘇教育出版社 1997 年版。

131. 林白：《萬物花開》，北京：人民文學出版社 2003 年版。

132. 林白：《婦女閒聊錄》，北京：新星出版社 2005 年版。

133. 魯敏：《愛戰無贏》，天津：百花文藝出版社 2005 年。

134. 魯敏：《六人晚餐》，北京：北京十月文藝出版社 2012 年版。

135. 廖輝英：《油麻菜籽》，臺北：九歌出版社 2012 年版。

136. 李昂：《混聲合唱》，臺北：中華文藝月刊社 1975 年版。

137. 李昂：《人間世》，臺北：大漢出版社 1977 年版。

138. 李昂：《愛情試驗》，臺北：洪範書店 1982 年版。

139. 李昂：《殺夫》，臺北：聯經出版 1983 年版。

140. 李昂：《女性的意見：李昂專欄》，臺北：時報出版 1984 年版。

141. 李昂：《她們的眼淚》，臺北：洪範書店 1984 年版。

142. 李昂：《花季》，臺北：洪範書店 1985 年版。

143. 李昂：《外遇》，臺北：時報出版 1985 年版。

144. 李昂：《暗夜》，臺北：時報出版 1985 年版。

145. 李昂：《一封未寄的情書》，臺北：時報出版 1986 年版。

146. 李昂：《走出暗夜》，臺北：前衛出版社 1986 年版。

147. 李昂：《貓咪與情人》，臺北：時報出版 1987 年版。

148. 李昂：《年華》，臺北：時報出版 1988 年版。

149. 李昂：《甜美生活》，臺北：洪範書店 1991 年版。

150. 李昂：《李昂集》，臺北：前衛出版社 1992 年版。

151. 李昂：《花間迷情》，臺北：大塊文學 2005 年版。

152. 李昂：《漂流之旅》，臺北：皇冠出版社 2000 年版。

153. 李昂：《北港香爐人人插：戴貞操帶的魔鬼系列》，臺北：麥田出版 2002 年版。

154. 李昂：《愛吃鬼》，臺北：一方出版社 2002 版。

155. 李昂：《看得見的鬼》，臺北：聯合文學出版社 2004 年版。

156. 李昂：《迷園》，臺北：麥田出版 2006 年版。

157. 李昂：《鴛鴦春膳》，臺北：聯合文學出版社 2007 年版。

158. 李昂：《七世姻緣之臺灣／中國情人》，臺北：聯經出版 2009 年版。

159. 李昂：《自傳の小說》，香港：香港明報月刊出版社 2009 年版。

160. 李昂：《愛吃鬼的華麗冒險》，臺北：有鹿文化 2009 年版。

161. 李昂：《附身》，臺北：九歌出版社 2011 年版。

162. 林文月：《飲膳箚記》，臺北：洪範書店 1999 年版。

163. 凌煙：《失聲畫眉》，臺北：自立晚報 1990 年版。

164. 龍應台：《大江大海一九四九》，臺北：天下雜誌 2009 年版。

165. 呂秀蓮：《這三個女人》，臺北：聯合文學出版社 2008 年版。

166. 彭小妍：《斷掌順娘》，臺北：麥田出版 1994 年版。

167. 平路：《椿哥》，臺北：印刻出版 2002 年版。

168. 平路：《玉米田之死》，臺北：印刻出版 2003 年版。

169. 平路：《五印封緘》，臺北：印刻出版 2004 年版。

170. 平路：《是誰殺了 XXX》，臺北：圓神出版社 1991 年版。

171. 平路：《捕諜人》，與張系國合著，臺北：洪範書店 1992 年版。

172. 平路：《行道天涯》，臺北：聯合文學出版社 1995 年版。

173. 平路：《禁書啟示錄》，臺北：麥田出版 1997 年版。

174. 平路：《百齡箋》，臺北：聯合文學出版社 1998 年版。

175. 平路：《紅塵五注》，臺北：聯合文學出版社 1998 年版。

176. 平路：《凝脂溫泉》，臺北：聯合文學出版社 2000 年版。

177. 平路：《何日君再來》，臺北：印刻出版 2002 年版。

178. 平路：《東方之東》，臺北：聯合文學出版社 2011 年版。

179. 平路：《蒙妮卡日記》，臺北：聯經出版 2011 年版。

180. 平路：《婆娑之島》，臺北：城邦文化出版 2012 年版。

181. 平路：《黑水》，臺北：聯經出版 2015 年版。

182. 平路：《到底是誰聒噪》，臺北：當代出版社 1988 年版。

183. 平路：《在世界裏遊戲》，臺北：圓神出版社 1989 年版。

184. 平路：《非沙文主義》，臺北：唐山出版社 1992 年版。

185. 平路：《小說 20 家》，臺北：九歌出版社 1998 年版。

186. 平路：《愛情女人》，臺北：聯合文學出版社 1998 年版。

187. 平路：《女人權力》，臺北：聯合文學出版社 1998 年版。

188. 平路：《巫婆的七味湯》，臺北：聯合文學出版社 1998 年版。

189. 平路：《我凝視》，臺北：聯合文學出版社 2002 年版。

190. 平路：《讀心之書》，臺北：聯合文學出版社 2004 年版。

191. 平路：《平路精選集》，臺北：九歌出版社 2005 年版。

192. 平路：《浪漫不浪漫》，臺北：聯合文學出版社 2007 年版。

193. 平路：《香港已成往事》，臺北：牛津大學出版社 2009 年版。

194. 齊邦媛：《巨流河》，北京：生活・讀書・新知三聯書店 2010 年版。

195. 邱妙津：《蒙馬特遺書》，臺北：聯合文學出版社 1996 年版。

196. 邱妙津：《鱷魚手記》，臺北：時報文化出版 2003 年版。

197. 蘇偉貞：《沉默之島》，臺北：時報文化出版 1994 年版。

198. 蘇偉貞：《封閉的島嶼》，臺北：麥田出版 1996 年版。

199. 孫惠芬：《上塘書》，北京：人民文學出版社 2004 年版。

200. 孫惠芬：《街與道的宗教》，瀋陽：春風文藝出版社 2011 年版。

201. 孫惠芬：《後上塘書》，上海：上海文藝出版社 2015 年版。

202. 施叔青：《一夜遊——香港的故事》，香港：香港三聯書店 1985 年版。

203. 施叔青：《完美的丈夫》，臺北：洪範書店 1985 年版。

204. 施叔青：《夾縫之間》，香港：香江出版 1986 年版。

205. 施叔青：《她名叫蝴蝶》，廣州：花城出版社 1999 年版。

206. 施叔青：《遍山洋紫荊》，廣州：花城出版社 1999 年版。

207. 施叔青：《寂寞雲園》，廣州：花城出版社 1999 年版。

208. 施叔青：《愫細怨》，上海：上海文藝出版社 2003 年版。

209. 施叔青：《兩個芙烈達·卡羅》，上海：上海文藝出版社 2003 年版。

210. 施叔青：《行過洛津》，臺北：時報文化出版 2003 年版。

211. 施叔青：《驅魔》，臺北：聯合文學出版社 2005 年版。

212. 施叔青：《風前塵埃》，臺北：時報文化出版 2007 年版。

213. 施叔青：《三世人》，臺北：時報文化出版 2010 年版。

214. 鐵凝：《玫瑰門》，北京：作家出版社 1989 年版。

215. 鐵凝：《大浴女》，瀋陽：春風文藝出版社 2000 年版。

216. 鐵凝：《笨花》，北京：人民文學出版社 2006 年版。

217. 王安憶：《黃河故道人》，成都：四川文藝出版社 1986 年版。

218. 王安憶：《紀實與虛構》，北京：人民文學出版社 1993 年版。

219. 王安憶：《長恨歌》，北京：人民文學出版社 2000 年版。

220. 王安憶：《尋找上海》，上海：學林出版社 2001 年版。

221. 王安憶：《天香》，北京：人民文學出版社 2011 年版。

222. 王安憶：《「文革」軼事》，上海：上海文藝出版社 2013 年版。

223. 西西：《東城故事》，香港：明明出版社 1966 年版。

224. 西西：《春望》，香港：素葉出版社 1982 年版。

225. 西西：《哨鹿》，香港：素葉出版社 1982 年版。

226. 西西：《像我這樣的一個女子》，臺北：洪範書店 1984 年版。

227. 西西：《鬍子有臉》，臺北：洪範書店 1986 年版。

228. 西西：《我城》，香港：素葉出版社 1996 年增訂版。

229. 西西：《手卷》，臺北：洪範書店 1988 年版。

230. 西西：《美麗大廈》，臺北：洪範書店 1990 年版。

231. 西西：《候鳥》，臺北：洪範書店 1991 年版。

232. 西西：《像是笨蛋》，臺北：洪範書店 1991 年版。

233. 西西：《哀悼乳房》，臺北：洪範書店 1992 年版。

234. 西西：《飛氈》，臺北：洪範書店 1996 年版。

235. 西西：《故事裏的故事》，臺北：洪範書店 1998 年版。

236. 西西：《白髮阿娥及其他》，臺北：洪範書店 2006 年版。

237. 西西：《我的喬治亞》，臺北：洪範書店 2008 年版。

238. 西西：《像我這樣的一個女子》，桂林：廣西師範大學出版社 2010 年版。

239. 西西：《我城》，桂林：廣西師範大學出版社 2010 年版。

240. 西西：《哀悼乳房》，桂林：廣西師範大學出版社 2010 年版。

241. 西西：《縫熊志》，南京：江蘇文藝出版社 2011 年版。

242. 西西：《看房子》，桂林：廣西師範大學出版社 2010 年版。

243. 西西：《猿猴志》，桂林：廣西師範大學出版社 2012 年版。

244. 蕭麗紅：《冷金箋》，臺北：皇冠出版社 1975 年版。

245. 蕭麗紅：《桂花巷》，臺北：聯經出版 1986 年版。

246. 蕭麗紅：《千江有水千江月》，臺北：聯經出版 1986 年版。

247. 蕭麗紅：《桃花與正果》，臺北：皇冠出版社 1986 年版。

248. 蕭麗紅：《白水湖春夢》，臺北：聯經出版 1996 年版。

249. 謝曉紅：《好黑》，臺北：寶瓶文化 2005 年版。

250. 徐小斌：《羽蛇》，廣州：花城出版社 2000 年版。

251. 嚴歌苓：《雌性的草地》，北京：解放軍文藝出版社 1989 年版。

252. 嚴歌苓：《扶桑》，北京：中國華僑出版社 1996 年版。

253. 嚴歌苓：《人寰》，上海：上海文藝出版社 1996 年版。

254. 嚴歌苓：《金陵十三釵》，北京：中國工人出版社 2007 年版。

255. 嚴歌苓：《寄居者》，西安：陝西師範大學出版社 2011 年版。

256. 嚴歌苓：《陸犯焉識》，北京：作家出版社 2011 年版。

257. 嚴歌苓：《小姨多鶴》，西安：陝西師範大學出版社 2012 年版。

258. 嚴歌苓：《穗子》，天津：天津人民出版社 2014 年版。

259. 嚴歌苓：《媽閣是座城》，北京：人民文學出版社 2014 年版。

260. 嚴歌苓：《誰家有女初長成》，北京：人民文學出版社 2015 年版。

261. 嚴歌苓：《一個女人的史詩》，北京：作家出版社 2016 年版。

262. 嚴歌苓：《第九個寡婦》，北京：作家出版社 2016 年版。

263. 嚴歌苓：《芳華》，北京：人民文學出版社 2017 年版。

264. 楊絳：《洗澡》，北京：人民文學出版社 2004 年版。

265. 楊絳：《洗澡之後》，北京：人民文學出版社 2004 年版。

266. 張愛玲：《張愛玲文集》，合肥：安徽文藝出版社 1992 年版。

267. 張愛玲：《同學少年都不賤》，天津：天津人民出版社 2004 年版。

268. 張愛玲：《重訪邊城》，臺北：皇冠出版社，2008 年版。

269. 張愛玲：《小團圓》，北京：北京十月文藝出版社 2009 年版。

270. 張愛玲：《異鄉記》，北京：北京十月文藝出版社 2010 年版。

271. 張愛玲：《雷峰塔》，北京：北京十月文藝出版社 2011 年版。

272. 張愛玲：《易經》，北京：北京十月文藝出版社 2011 年版。

273. 張愛玲：《張愛玲私語錄》，北京：北京十月文藝出版社 2011 年版。

274. 張愛玲：《少帥》，臺北：皇冠文化出版 2014 年版。

275. 張惠菁：《惡寒》，臺北：聯經出版 1999 年版。

276. 張惠菁：《末日早晨》，臺北：大田出版 2000 年版。

277. 張潔：《無字》，北京：北京十月文藝出版社 2002 年版。

278. 張抗抗：《赤彤丹朱》，北京：人民文學出版社 1995 年版。

279. 趙玫：《我們家族的女人》，瀋陽：春風文藝出版社 1998 年版。

280. 宗璞：《南渡記》，北京：人民文學出版社 2004 年版。

281. 宗璞：《東藏記》，北京：人民文學出版社 2004 年版。

282. 宗璞：《西徵集》，北京：人民文學出版社 2009 年版。

283. 鍾曉陽：《哀歌》，香港：天地圖書 1991 年版。

284. 鍾曉陽：《流年》，香港：天地圖書 1992 年版。

285. 鍾曉陽：《春在綠蕪中》，香港：天地圖書 1993 年版。

286. 鍾曉陽：《停車暫借問》，香港：天地圖書 1995 年版。

287. 鍾曉陽：《愛妻》，香港：天地圖書 1995 年版。

288. 鍾曉陽：《遺恨傳奇》，香港：天地圖書 1996 年版。

289. 鍾曉陽：《燃燒之後》，香港：天地圖書 1997 年版。

290. 鍾曉陽：《哀傷紀》，香港：天地圖書 2014 年版。

291. 鍾文音：《女島紀行》，臺北：探索文庫 1999 年版。

292. 鍾文音：《昨日重現——對象和影像的家族史》，臺北：大田出版社 2001 年版。

293. 鍾文音：《過去：關於時間流逝的故事》，臺北：大田出版社 2001 年版。

294. 鍾文音：《在河左岸》，臺北：大田出版 2003 年版。

295. 鍾文音：《中途情書》，臺北：大田出版社 2005 年版。

296. 朱少麟：《燕子》，臺北：九歌出版社 1999 年版。

297. 朱少麟：《傷心咖啡店之歌》，臺北：九歌出版社 2005 年版。

298. 朱少麟：《地底三萬尺》，臺北：九歌出版社 2005 年版。

299. 朱天文、朱天心、朱天衣：《三姊妹》，臺北：皇冠出版社 1986 年版。

300. 朱天文：《世紀末的華麗》，成都：四川文藝出版社 1999 年版。

301. 朱天文：《花憶前身》，上海：上海文藝出版社 2001 年版。

302. 朱天文：《巫言》，上海：上海人民出版社 2009 年版。

303. 朱天文：《荒人手記》，濟南：山東畫報出版社 2009 年版。

304. 朱天文：《有所思，乃在大海南》，上海：上海譯文出版社 2010 年版。

305. 朱天文：《傳說》，上海：上海譯文出版社 2010 年版。

306. 朱天文：《炎夏之都》，上海：上海譯文出版社 2010 年版。

307. 朱天文：《淡江記》，濟南：山東畫報出版社 2010 年版。

308. 朱天文：《黃金盟誓之書》，濟南：山東畫報出版社 2010 年版。

309. 朱天心：《小說家的政治周記》，臺北：時報文化 1994 年版。

310. 朱天心：《古都》，臺北：麥田出版 1997 年版。

311. 朱天心：《擊壤歌》，桂林：廣西師範大學出版社 2010 年版。